# PROTETTA DA UN LICANTROPO

## SERIE ROMANTICA DI WEREWOLF GUARDIAN

## JODI VAUGHN

Traduzione di Ernesto Pavan

Copertina di Melody Simmons

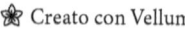 Creato con Vellum

# CAPITOLO UNO

*D*amon Trahan si infilò una mano nella tasca dei jeans e si appoggiò alla sua Harley-Davidson Breakout nera. Per tre lunghe ore aveva fatto la posta all'esterno del degradato bar fatto di mura di calcestruzzo, tetto di lamiera arrugginita e cupa disperazione. Quel bar sinistro era un noto luogo di ritrovo per lupi fuorilegge che non avevano alcun rispetto per la Legge dei Lupi, la qual cosa lo rendeva il nascondiglio perfetto per il sospettato.

Damon fece una smorfia quando il puzzo di urina stantia e vomito fresco lo raggiunse, serrandogli lo stomaco in uno spasmo violento. Si pentiva di aver parcheggiato nel vicolo buio lontano dall'accecante luce di sorveglianza, ma la missione di quella sera richiedeva furtività, per cui aveva rinunciato all'aria fresca e alla comodità. L'unico sollievo da quell'odore ripugnante era l'occasionale brezza portata dal vento di ottobre.

Strinse gli occhi guardando la porta, come per ordinare a Raymond Wilson di uscire in modo che lui potesse arrestarlo. Non aveva idea della ragione per cui un lupo mannaro fosse disposto a rischiare di rivelare al mondo l'esistenza della loro specie in cambio di quattro soldi per drogarsi. I comportamenti a rischio, che fossero criminali o meno, non erano tollerati dal Branco. Il governo degli Stati Uniti sapeva dell'esistenza dei licantropi; anzi, alcuni dei migliori membri delle forze armate erano lupi mannari. D'altra parte, la popolazione civile umana ignorava che la loro specie esistesse davvero. Se gli umani lo avessero scoperto, si sarebbe scatenata una vera e propria guerra. I lupi mannari sarebbero stati cacciati uno a uno fino all'estinzione.

Nessuno meritava di vivere nella paura. Nessuno.

Il suo cellulare vibrò contro la coscia. Stringendo i denti, Damon lo tirò fuori dalla tasca. "Ho da fare, Barrett."

"Damon, dobbiamo parlare."

Damon si infastidì nell'udire il brusco tono autoritario nella voce del suo Capobranco. Da quando si era trasferito nello Stato Naturale, Barrett Middleton stabiliva la sua agenda, giorno e notte, ventiquattro ore al giorno, sette giorni su sette. Così andavano le cose quando un lupo si univa alle auguste fila dei Guardiani. Bisognava rinunciare alla vita privata per proteggere il Branco e tenere d'occhio i licantropi civili.

Damon non aveva di che lamentarsi. Essere un Guardiano gli aveva dato uno scopo, un motivo per tirare avanti. Era pronto a dare la vita per il bene del Branco.

La loro piccola comunità di licantropi, stanziata appena oltre i confini di Little Rock in Arkansas, passava per un complesso militare agli occhi degli umani. In realtà, si trattava di una base di addestramento per soldati licantropi di élite, noti anche come Guardiani. Barrett era il Capobranco dell'Arkansas, ma doveva comunque rispondere al Generale e al Consiglio. Il potere era troppo grande perché un singolo lupo mannaro governasse da solo.

Un maschio bianco spalancò la porta di uscita del bar con tanto vigore che essa rimbalzò sbattendo contro il muro e il tuono che ne risultò riecheggiò nelle orecchie di Damon. Musica country dal jukebox si riversò nella notte su fili sottili di fumo di sigarette.

Damon serrò le mani a pugno, senza mai distogliere lo sguardo dal sospettato. "Possiamo parlarne più tardi? Il tuo colpevole se ne sta andando."

Il sospettato, fra i trentacinque e i quarant'anni, con capelli color del fango, uscì in fretta e furia dal bar. Vestito con una camicia di flanella rossa e jeans strappati, l'uomo si diresse direttamente verso un ammaccato furgone blu e bianco. Lanciò qualche occhiata nervosa alle ombre fra cui era accovacciato Damon.

Damon inclinò la testa all'indietro e annusò l'aria frizzante. Le sue narici si spalancarono quando l'odore familiare di un lupo lo colpì. Lo spacciatore poteva anche avere un aspetto umano, ma era innegabile che il suo odore fosse tutto lupo.

"Devo andare." Damon montò in sella alla sua Harley.

"Perdiana, Damon. Lascialo perdere."

"Perché?" Damon cambiò posizione sul sellino mentre il suo sguardo correva dal sospettato al bar. C'era qualcosa che non andava.

Barrett non lasciava mai un incarico in sospeso. Il Capobranco di Damon era inflessibile quando si trattava di mantenere l'ordine e di proteggere i licantropi dell'Arkansas. Sospendere l'indagine quando erano così vicini a catturare un sospettato era completamente innaturale.

A meno che…

A meno che Damon non fosse sul punto di essere rimosso e riassegnato a un altro Branco.

Damon si sciolse il collo nel tentativo di allentare la

tensione sbocciata all'improvviso. Non di nuovo. Il suo ultimo Branco, in Louisiana, lo aveva buttato fuori senza preavviso, costringendolo a cercarsi da solo un altro Stato, un altro branco, un'altra casa. Aveva creduto di aver trovato una casa in Arkansas. Per una volta, si era quasi permesso di credere di essere stato accettato.

Era stato un fottuto imbecille a prendere in considerazione un'idea del genere.

"A quale Branco vuoi riassegnarmi? Quello dell'Alaska? Quello dell'Antartide?" Il commento puzzava di sarcasmo e Damon fece una smorfia per l'amarezza che quelle parole gli lasciarono in bocca.

"Mi sa che non hai capito." Barrett abbassò la voce, come avrebbe potuto fare una madre sul punto di punire un bambino discolo. "Si è resa necessaria una missione di emergenza. La sto affidando a te. Da solo." La cupezza nella voce di Barrett fece zampettare l'inquietudine come un millepiedi lungo la spina dorsale di Damon.

Non aveva mai svolto una missione da solo. Barrett lo aveva sempre assegnato assieme ad almeno altri quattro membri del Branco. In effetti, gli altri tre Guardiani – Zane, Lucien e Jaxon – stavano probabilmente tallonando il sospettato e lamentandosi dell'assenza di Damon.

"Una delle nostre femmine è stata rapita." La voce di Barrett uscì dal telefono bassa e carica di intento omicida.

"Chi?" Le labbra di Damon si arricciarono in una smorfia ferina mentre il suo cuore accelerava i battiti. Certi crimini erano punibili con la morte e rapire una femmina era il primo della lista.

"Ava Renfroe."

Il sangue fuggì dal viso di Damon e si accumulò nel suo stomaco in un'ondata nauseante. Il resto della conversazione si trasformò in un ronzio di rumore bianco fra le orecchie.

Ava Renfroe era la figlia del generale.

Viveva nei pressi di Jonesboro e lui l'aveva vista solo una volta, da lontano, quando era venuta a trovare il generale durante le feste. Con setosi capelli neri, occhi del colore degli smeraldi e un corpo fatto per peccare, Ava era una femmina per la quale qualunque maschio sarebbe stato disposto a combattere.

"Quali sono le richieste?" Damon accentuò la presa sul cellulare. La plastica cigolò, minacciando di rompersi sotto il suo palmo sudato.

"I rapitori non hanno presentato alcuna richiesta. Non hanno chiesto denaro, scambi di prigionieri o territorio."

L'unica cosa di cui un Branco di lupi avesse bisogno più di cibo e territorio era una femmina. Una femmina per assicurarsi che la popolazione non calasse e che, anzi, aumentasse di numero. Damon sapeva esattamente che razza d'inferno sarebbe stato quello per una femmina bella come Ava Renfroe.

"Perché hai chiamato me, Barrett? Perché non uno degli altri Guardiani?"

"Gli altri Guardiani sono troppo lontani."

Che risposta commovente. Damon era l'ultima scelta di Barrett. O forse era la sua unica scelta.

"Tu possiedi le capacità e le qualità necessarie a infiltrarti nel complesso dove crediamo che Ava sia tenuta prigioniera."

"Vuoi dire che non mi sentiranno addosso l'odore del tuo Branco." Sembrava proprio che appartenere a pieno titolo a un Branco fosse al di fuori della portata di Damon. Che senso aveva continuare a provarci?

"Questo è anche il tuo Branco, Damon. Una volta concluso il tuo periodo di prova, verrai iniziato nel Branco dell'Arkansas."

"Come no. Continua a credere alle stronzate che ti escono dalla bocca, Barrett," ruggì Damon.

"Bada a come parli quando ti rivolgi a me," ringhiò Barrett.

Barrett non gliele mandava mai a dire quando lui faceva una cazzata. Per quello, Damon rispettava il suo leader.

"Ora come ora, la mia occupazione principale è riportare a casa quella femmina prima che le facciano Dio solo sa cosa." Damon serrò i muscoli, lottando contro la rabbia che imperversava in ogni cellula del suo corpo. Non era il momento di assumere la forma lupina.

"La zona è isolata e boscosa. Ti manderò un messaggio con le coordinate del complesso. Stando alle informazioni ricavate dai nostri aerei spia, quel posto è più chiuso del fottuto Fort Knox."

"Sarò pronto a partire nel giro di un'ora." Damon infilò il telefono nella giacca di pelle e lanciò un'occhiata alla luce gialla del suo orologio Luminox. Doveva correre a casa a prendere alcune cose. Per fortuna, aveva già con sé la maggior parte delle sue armi: due Sig Sauer 45 nelle fondine sul petto, una lama di quindici centimetri nello stivale destro e alcune sottili strisce di C4 in tasca.

Gli mancavano solo qualche detonatore, un telecomando, e sarebbe stato pronto a partire.

\* \* \*

LA LETARGIA si intrufolò nei recessi della mente annebbiata di Ava Renfroe, minacciando di trascinarla nuovamente nell'oscurità da cui stava disperatamente cercando di fuggire. Non si era mai sentita così stanca, così svuotata di ogni energia, e si chiese se per caso le fosse venuta una brutta influenza. Lottare era troppo difficile e venne risucchiata in un oblio privo di conoscenza.

Un'eternità dopo, sollevò le palpebre pesanti.

Le sbatté, lasciando che i suoi occhi si abituassero, e si guardò attorno. L'aria fredda e odorosa di muffa le pungeva il naso e ogni respiro le faceva dolere i polmoni. Un sudore freddo le ricoprì la pelle mentre guardava a bocca aperta il tetro ambiente circostante.

Mettendosi seduta, sibilò quando un dolore profondo le saettò lungo la schiena; era rimasta sdraiata troppo a lungo sul cemento. Dove diavolo era? Si tappò la bocca con una mano per non vomitare e si concentrò sul respirare lentamente in maniera costante.

L'ultima volta che si era sentita così male era stato qualche anno prima, dopo una serata a base di tequila. In seguito, aveva giurato di non toccare mai più quella roba.

Sussultando per la forte luce proveniente dall'alto, si cullò la testa pulsante tra le mani. Una vecchissima lampadina a incandescenza era sospesa sopra la sua testa, a illuminare pareti di lamiera arrugginita che si estendevano verso l'alto fino a un soffitto di travi metalliche. Si trovava in una specie di magazzino.

Come diavolo era finita in un magazzino?

"Che diavolo succede?" Ava sussultò quando la sua voce rieccheggiò nello spazio cavernoso. Chiuse gli occhi e cercò di calmare il suo cuore in tumulto. *Pensa, Ava, pensa.*

Ricordava di essersi alzata all'alba, di aver bevuto il caffè e di aver letto il giornale nella veranda posteriore della sua minuscola casa di campagna. Non era accaduto nulla di speciale durante il suo turno di mezzogiorno al Golden Lair Restaurant e Bar. Dopo il lavoro, era tornata a casa.

Ricordava che le avevano suonato al campanello. Un brivido le corse fino alle dita dei piedi mentre un altro ricordo prendeva forma. Aveva aperto la porta e trovato dall'altra parte una figura vestita completamente di nero. In seguito, ricordava… nulla.

Di colpo, i suoi occhi si aprirono. Una paura gelida, umida, le gocciolò nelle vene come l'acqua di un torrente invernale.

Perché diavolo non riusciva a ricordare ciò che era accaduto dopo?

Da qualche parte fra le ombre, una porta si aprì scricchiolando. Ava sollevò di scatto la testa e se ne pentì immediatamente. Il suo stomaco ribollì per quel movimento improvviso.

"Lieto di vedere che sei sveglia, femmina." La voce profonda dell'uomo scivolò attraverso la stanza, facendole rizzare i peli sulle braccia.

"Chi sei? Dove sono?" La voce di Ava si incrinò. "Come sono finita qui?"

"Ti ci abbiamo portata noi. Sei nostra ospite." L'accento dell'uomo era più campagnolo che meridionale. Essendo cresciuta al Sud, Ava era in grado di distinguere la differenza.

"Credo che sia ora che io vada." Un brivido le sfiorò il cuore, duro e veloce, come un sassolino su un lago ghiacciato. Cos'era accaduto nelle ultime ore da far sì che lei finisse lì, da sola?

"Ciò che desideri non ha importanza."

"La mia famiglia sa che sono sparita. Verranno a cercarmi." Rabbia e terrore marciarono lungo la spina dorsale di Ava, scuotendo il suo corpo con tremori.

Una risata malevola, che riecheggiò fra le pareti metalliche, rimase sospesa sopra di lei come la malefica promessa di ciò che sarebbe accaduto. Un rumore di stivali tamburellò sul cemento mentre il suo rapitore girava attorno a lei tenendosi all'interno del riparo ombroso che celavano la sua identità.

"La tua famiglia non ha idea della tua scomparsa. E quando lo scopriranno, potrebbero anche cercare di venire a prenderti, ma sarà troppo tardi. Noi ce ne saremo andati da tempo."

La rabbia la colmò. Quello stronzo avrebbe avuto una brutta sorpresa se pensava di poterla tenere prigioniera.

"Tu sei la chiave della nostra sopravvivenza, Ava."

"Di cosa diavolo stai parlando? La sopravvivenza di cosa? Sono solo una barista." Ava strinse gli occhi, cercando di distinguere le dimensioni della stanza e di trovare una via di uscita.

"Dobbiamo incrementare le nostre fila, Ava. Abbiamo bisogno di figli. Abbiamo bisogno che tu ci dia quei figli."

Ava raggelò. Il fiato le sfuggì dai polmoni come un palloncino bucato.

Scosse la testa. Non stava succedendo davvero. Doveva essere rimasta intrappolata in una specie di incubo.

La nausea la avvolse. Cadde bocconi e svuotò lo stomaco.

"Brava. Butta fuori quella brutta droga."

Mettendosi seduta, Ava si passò il dorso della mano sulla bocca e fulminò le ombre con lo sguardo. "Mi avete drogata?" Ciò avrebbe spiegato il senso di stordimento che aveva provato in precedenza.

"Era l'unico modo per portarti qui senza combattere." L'ombra ridacchiò. "Spero che tu sia pronta. È quasi ora."

Ava strinse gli occhi, cercando di distinguere i lineamenti dell'uomo. "Ora di cosa?"

"Ora di presentarti ai tuoi amanti, naturalmente. Tutti e quarantacinque."

\* \* \*

DAMON SCHIZZÒ sulla strada sterrata a bordo della sua Harley, sollevando una nube di polvere alle sue spalle. Stando alle coordinate fornite dalla squadra di sorveglianza, doveva essere vicino a dov'era tenuta Ava.

Strinse il manubrio della moto fino a farsi sbiancare le nocche. *Ava.* Non era stata sua intenzione portare la Harley per il salvataggio. Non sapeva in quali condizioni avrebbe potuto trovarsi la donna quando lui l'avrebbe raggiunta. Sebbene la moto avesse un piccolo sellino secondario, la sua Harley-Davidson Breakout era più adatta a una persona che a due. Ma presentarsi con l'Hummer avrebbe fatto saltare la sua copertura di lupo Fuorilegge. I Fuorilegge non avevano la disponibilità dei Guardiani e lui non doveva risaltare; doveva mimetizzarsi.

Girando la curva, rallentò la moto e si diresse fuori strada, in un campo, e guidò verso la linea degli alberi. Spense il motore e scese dalla moto. Si immobilizzò, tendendo l'orecchio in cerca di qualunque segno indicasse che fosse stato seguito.

Il verso dell'occasionale gufo e il fruscio delle foglie morte riempirono la notte, assicurandogli che era solo.

Dieci minuti dopo che aveva messo giù a Barrett, un messaggero si era recato da lui con un pacchetto che conteneva uno dei pigiami di Ava. Aveva bisogno di qualcosa che avesse l'odore della donna, nel caso non riuscisse a individuarla visivamente. Infilò una mano nella sacca di cuoio e tirò fuori i pantaloni del pigiama rosa. Il materiale morbido gli scivolò fra le dita come seta mentre lui se lo portava al naso. Il dolce profumo femminile della donna lo colpì dritto al ventre, sconvolgendo il suo corpo e provocandogli un'erezione.

Scosse la testa, scrollandosi di dosso lo stordimento che la donna gli aveva provocato col solo odore, e costrinse la sua mente a concentrarsi sull'obiettivo della missione.

Sollevò il viso verso il cielo e annusò. Gli odori delle foglie marcescenti e della fresca aria ottobrina si mescolarono nel suo naso.

Una scossa lo attraversò quando colse un altro odore nel vento.

Ava.

L'odore di lei, come caprifoglio sotto il caldo sole di luglio, era unico e completamente diverso da qualunque altro avesse mai annusato. Serrò le palpebre e riprese a forza il controllo del suo corpo. Era in missione. Non era il momento di fantasticare.

A giudicare dalla mappa aerea che aveva ricevuto dall'intelligence, il complesso dove si sospettava fosse trattenuta Ava si trovava tre chilometri all'interno della foresta. Se Damon riusciva a sentire l'odore della donna da quella distanza, ella doveva emanare ferormoni di paura molto intensi.

Il suo cuore accelerò i battiti mentre lui snudava i denti affilati. Tutte le orribili immagini di ciò che avrebbero potuto farle invasero la sua mente. Chiuse le mani a pugno, serrò i muscoli e riprese con la forza il controllo del suo lato lupino. *Una cosa alla volta. Prima devo trovare Ava.* La sicurezza della donna era la sua priorità.

Portò la Harley sotto una vicina quercia e aprì il cavalletto con un piede. Infilata una mano nella sella, tirò fuori una boccetta di profumo camuffante. Si spruzzò lo spray mascherante su tutto il corpo, coprendo eventuali odori che poteva aver raccolto quando si era trovato vicino al suo branco.

Il piano era semplice: entrare, trovare Ava e andarsene a gambe levate prima che ci lasciassero entrambi la pelle.

Diede un paio di spruzzate alla sua bandana rossa e nera prima di legarsela di nuovo la testa; poi indossò gli Oakley. Nonostante l'oscurità, i lupi avevano una vista eccellente e gli occhiali da sole non gli rendevano minimamente più difficile vedere.

Damon spezzò dei rami e li usò per mimetizzare la sua Harley cromata. L'ultima cosa di cui aveva bisogno era che un qualche stronzo burino andasse a imboscarsi con la ragazza nel bel mezzo di un campo e trovasse la sua moto.

Il profumo camuffante sarebbe durato solo per circa un'ora prima di svanire. Damon doveva entrare nel complesso, trovare Ava e uscire prima che ciò accadesse. Impostò il timer sul suo orologio Luminox, si tastò per controllare di avere con sé tutte le armi e si mise a correre all'impazzata.

L'odore di Ava lo guidò come un dito fantasma, conducendolo nel profondo del fitto bosco. I suoi piedi percossero il terreno freddo e morto mentre scattava, schivando rami bassi. La foresta era tranquilla, con l'eccezione di un procione spaventato che soffiò e balzò via dalla sua strada mentre Damon correva fra gli alberi.

Si avvicinò a un varco illuminato fra i fusti e rallentò. Rimanendo nascosto al riparo della foresta, osservò il terreno aperto.

Diversi licantropi in forma umana si aggregavano attorno a cinque piccoli fuochi da campo. Una canzone d'annata di Kid Rock tuonava dalla radio di un vecchio camion, infrangendo la solitudine della notte.

Damon strinse gli occhi all'indirizzo dei lupi quando colse una nota del loro odore.

Ma che cazzo? Non erano lupi qualsiasi. Erano lupi rossi.

Com'era possibile? I lupi rossi erano estinti da anni in Arkansas. Erano divenuti talmente selvaggi che erano riusciti a massacrarsi a vicenda in preda alla furia omicida. I lupi grigi erano gli unici rimasti in Arkansas.

Un grido risuonò per l'accampamento. Damon si accovacciò e prese in mano il freddo acciaio della sua .45. Controllò il respiro e attese l'aggressione. Quando nessuno gli saltò addosso, lanciò un'occhiata all'accampamento.

Due lupi mannari rossi si stavano spintonando a vicenda mentre litigavano sulla scelta della musica. A quanto pareva, non tutti erano fan di Kid Rock. Il resto del gruppo si avvicinò, provocandoli e incitandoli a combattere. Un lupo spintonò l'altro e i pugni presero a volare.

"Massa di coglioni."

Ora che l'attenzione di tutti era concentrata sul combattimento, nessuno stava sorvegliando il perimetro.

Damon si allontanò lentamente dalla linea degli alberi ed entrò nell'accampamento, cercando di mescolarsi al gruppo. Il suo stomaco si serrò quando l'odore prorompente dei lupi rossi si fece più forte.

Detestava che la gente lo toccasse. Ma ciò che detestava e ciò che doveva fare erano due cose diverse. Sapeva che l'odore repellente di quei lupi avrebbe mascherato il suo. Oltrepassandoli, si sfregò di proposito contro alcuni membri del variegato gruppo.

La sete di sangue gli vibrava nelle vene. Visioni del passato apparvero dietro ai suoi occhi, accecandolo quasi dalla rabbia. Faticò a non lacerare la gola di quei lupi troppo vicini.

Si allontanò dal gruppo e raggiunse una roulotte. Inginocchiatosi, finse di allacciarsi gli stivali mentre infilava un esplosivo sotto il camper.

Damon si alzò e prese una birra dal frigorifero più vicino. Si appoggiò a un furgone bianco arrugginito e bevve un lungo sorso dalla bottiglia ghiacciata. Mentre osservava il combattimento, infilò le dita sotto il cofano del furgone e vi assicurò il secondo esplosivo.

Buttò via la birra e si guardò attorno. Doveva trovare Ava e andarsene.

Inoltrandosi più a fondo nell'accampamento, vide un grosso magazzino. Due licantropi stavano su entrambi i lati della porta e guardavano storto chiunque si avvicinasse troppo.

Damon sollevò gli Oakley, incrociò lo sguardo di una delle massicce guardie, annuì e si voltò.

"Ehi, tu," gridò la grossa guardia.

Damon fece un sorrisetto. Si tese e aspettò che la guardia facesse una mossa. Una cosa che nessun lupo tollerava era la mancanza di rispetto da parte di un altro lupo che gli voltava le spalle.

"Ehi, stronzo, lo so che mi hai sentito!"

La rabbia gli ribolliva nelle profondità dello stomaco. Non avrebbe desiderato altro che saltare addosso alla guardia, in quel momento. *Prima libera Ava.* Inghiottì la rabbia e non si tirò indietro.

"Ehi, testa di cazzo!"

Va bene, quello era troppo.

Damon si voltò.

La guardia aveva abbandonato il suo posto e si trovava ora a qualche metro da lui. Il suo mullet di capelli castani e unti gli ricadeva sulle spalle robuste, facendo tornare in mente a Damon il film *Joe Dirt*. Vestito con jeans e una canottiera bianca sporca, la guardia ringhiò.

Damon sollevò gli occhiali da sole sulla testa, guardò l'uomo negli occhi e gli mostrò il medio.

La seconda guardia scoppiò a ridere. "Mi sa che non gli piaci, Bubba."

La rabbia lampeggiò negli occhi di Bubba. L'uomo caricò il colpo e sferrò un pugno. Damon schivò, gli afferrò il braccio e lo torse. La guardia emise un grido di dolore. Damon piantò il piede sulla schiena di Bubba e spinse. Bubba atterrò in una pozza di fango con un rumore sordo.

"Cosa diavolo sta succedendo?" Un maschio bianco fra i quarantacinque e i cinquanta uscì a grandi passi dal magazzino, con un fucile a pallettoni appoggiato alla spalla. I suoi capelli grigi avevano un taglio militare e il suo volto segnato dalle intemperie sembrava aver fatto più strada di un camion da diciotto ruote. Si fermò di colpo quando vide la guardia che giaceva a terra. "Bubba, cosa cazzo ci fai in mezzo al fango?"

"Sta in mezzo al fango perché ce l'ho messo io." Damon inclinò la testa e incrociò lo sguardo del vecchio.

La seconda guardia scoppiò ancora una volta a ridere sguaiatamente.

L'uomo più anziano spostò lo sguardo disgustato da Bubba a Damon. Gli puntò il fucile alla fronte. "E tu chi diavolo sei?"

"Demon." Damon sapeva che non era il caso di fornire il suo vero nome. E tuttavia, era anche abbastanza intelligente da usare un nome falso che suonava molto simile a quello vero, nel caso qualcuno lo chiamasse ad alta voce.

"Che razza di nome è Demon?"

"Che razza di nome è Bubba?" Damon sostenne lo sguardo del lupo più anziano, rifiutando di guardare altrove.

L'uomo spalancò gli occhi per un istante prima di scoppiare a ridere sguaiatamente.

"Cosa diavolo hai da ridere, Carl?" Bubba si rialzò frettolosamente in piedi. Si pulì il viso col dorso della mano, spargendo il fango e peggiorando la situazione. "Il suo posto non è qui." Puntò un dito tozzo contro Damon.

"Sta' zitto, Bubba. Non comandi tu, qui. Comando io." Carl continuò a guardare storto Damon. "A quale Branco appartieni?"

"Non appartengo a nessun Branco."

Carl inarcò un cespuglioso sopracciglio grigio. "Ah no? Questo significa che menti, oppure che sei diventato un fuorilegge."

"L'ultimo lupo che mi ha dato del bugiardo porta l'uccello al posto della cravatta," ringhiò Damon. "Come ho già detto, non ho un Branco."

"Allora cosa diavolo ci fai qui?"

"Ero di passaggio e ho sentito odore di sangue. Non mi

ero reso conto che fosse una festa privata." Damon accennò col capo alla scazzottata che si stava svolgendo in mezzo all'accampamento, ma non interruppe il contatto di sguardi.

Le labbra sottili di Carl si mossero come quelle di un roditore. Il lupo abbassò il fucile. "Non capita tutti i giorni che un lupo ammetta di essere in cerca di una rissa. Di questi tempi, i Branchi cercano di essere più tolleranti, più politicamente corretti." Carl sputò un denso grumo di saliva e tabacco. Una goccia viscida gli scivolò lungo il mento. "Sono delle fighette, se vuoi sapere come la penso."

"Che cazzo. I lupi sono animali," ringhiò Damon.

Il viso segnato di Carl si rilassò mentre le sue labbra si schiudevano in un sorriso. "Sembra che la pensiamo allo stesso modo, ragazzo."

"Non chiamarmi 'ragazzo'."

Carl rise. "Va bene, va bene. Questo posso anche rispettarlo. Sembra che tu abbia più palle di alcune di queste teste di cazzo con cui vado in giro." Lanciò un'occhiata a Bubba, che abbassò lo sguardo.

"Stai cercando un Branco a cui unirti?" Carl sollevò il mento. "Uno come te potrebbe farci comodo."

"Non mi piacciono i giochi di squadra."

"Ti capisco. Ma scommetto che potrei farti cambiare idea." Carl fece un sorrisetto e appoggiò il fucile a pallettoni alla spalla.

"Ne dubito." Damon incrociò le braccia. Non era il caso di sembrare troppo ansioso.

"Una volta che vedrai quello che abbiamo in questo magazzino, implorerai di unirti al nostro Branco." Carl sbuffò.

"Carl, avevi detto che avrei potuto averla io." Bubba serrò le labbra infangate come un ragazzino impudente.

"Non è ancora pronta, cretino. Continua a piagnucolare e ti castro. Così non la vedi proprio!"

Bubba spalancò gli occhi, poi chinò la testa in un gesto di sottomissione.

Damon sbuffò. Ma tu guarda: forse Bubba ce l'aveva un po' di cervello.

Il suo sguardo si spostò con fare noncurante sul magazzino. L'odore di Ava era fortissimo. La donna era lì dentro. Il suo stomaco si serrò fino a provocargli dolore.

"E così avete una femmina. Quindi? Siamo in ottobre. Le femmine vanno in calore solo in primavera."

Carl si avvicinò. Un sorrisetto se ne stava appeso all'angolo delle sue labbra sottili. "Beh, noi abbiamo una pozione speciale che la costringerà ad andare in calore."

Damon allargò le braccia. "Impossibile."

Le femmine andavano in calore solo per poche settimane, tra febbraio e marzo. Al momento, era ottobre.

Carl sorrise da un orecchio all'altro. "La nostra pozione accorcerà la gravidanza e farà sì che lei rimanga in calore, in modo che abbia più gravidanze nel giro di un anno."

Damon inghiottì la nausea che gli stava risalendo la gola. Le femmine erano fertili solo una volta ogni due anni. Persino la nascita di gemelli era un evento raro. Ciò che Carl stava suggerendo di fare andava oltre il male.

"Immagino che il suo compagno la terrà impegnata. La coppia fortunata vuole cominciare un branco suo, con tutta quella prole?" Damon serrò tutti i muscoli del corpo per trattenersi dal gonfiare Carl di botte seduta stante.

Carl strinse gli occhi. "Non è accoppiata e non lo sarà mai. È quello che si definisce proprietà comune."

Ava sarebbe stata schiavizzata e stuprata. A giudicare dai lupi che aveva visto Damon, nessuno di loro ci avrebbe pensato due volte prima di violentarla. Non sarebbe durata due giorni prima che la uccidessero nella loro lussuria.

"Non mi piacciono gli avanzi degli altri."

"Sono sicuro che cambierai idea dopo averla vista. È

proprio una bella figa." Carl fischiò fra i denti macchiati di tabacco.

Damon annuì, perché non si fidava a parlare. La rabbia si era diffusa in ogni angolo del suo corpo.

"Raduna tutti," sbraitò Carl. "È giunta l'ora di spacchettarla."

L'unica cosa che separava Damon da Ava era una parete di lamiera arrugginita. Gli sarebbe bastato un colpo per lacerare le pareti di lamiera del magazzino e raggiungerla.

Trasse un respiro profondo. Non era così facile. Damon era in inferiorità numerica e non poteva mettere a rischio la sicurezza della donna.

Seguì Carl nel magazzino e passò lo sguardo sulla stanza buia. Il resto del Branco li seguì in fretta e furia, imprecando e spintonando mentre la loro puzza riempiva la stanza. Damon concentrò lo sguardo su un oggetto coperto al centro della stanza.

Ava.

Qualcuno premette un interruttore, sommergendo la stanza in una luce accecante. Tutti emisero una sequela di bestemmie e si coprirono gli occhi.

"Bubba, coglione, spegni quella merda," gridò Carl.

Damon si infilò gli occhiali da sole e sbatté le palpebre, permettendo ai suoi occhi di abituarsi. Bubba barcollò fino alla parete e cercò di far scattare l'interruttore con una mano, mentre con l'altra si schermava gli occhi.

"Scusa, capo. Pensavo che la volessi bene illuminata, come in uno di quegli spettacoli quando fanno vedere il premio." Bubba tastò il muro, cercando a tentoni l'interruttore come un cieco.

"Ecco qual è il tuo problema, Bubba. Pensi dannatamente troppo." Carl raggiunse la parete, diede uno scappellotto a Bubba e spense la luce.

Sotto la copertura dell'oscurità, la mano di Damon

sfiorò il metallo freddo della sua pistola. Gli prudevano le dita dalla voglia di afferrarla e ficcare un proiettile nella testa di ciascun lupo. L'impulso di fare a pezzi i lupi a mani nude attraversò le sue accalorate vene, ma sapeva di essere impegnato in una corsa contro il tempo. Doveva prendere Ava e levarsi dalle palle, anche se ciò significava usare la Sig Sauer.

"D'accordo, ragazzi. So che morite tutti dalla voglia di conoscere la nostra nuova femmina." Carl si fermò accanto all'oggetto coperto e qualcuno gli passò una lanterna.

"Ragazzi, ecco la nostra nuova cagna." Carl afferrò una manciata di stoffa e tirò.

Damon fece un passo indietro mentre il suo stomaco precipitava.

Ava, con indosso soltanto reggiseno e mutandine neri, era imbavagliata e legata su un lettino medico. I suoi capelli neri si appiccicavano al volto striato di sporcizia e lo sguardo dei suoi occhi verdi correva spaventato da una parte all'altra della stanza. Ma non fu nulla di tutto ciò a far venire la nausea a Damon.

La donna aveva i piedi sollevati in due staffe, le gambe legate con delle corde, spalancate per il piacere voyeuristico di tutti i maschi.

Il gruppo di licantropi si avvicinò e il rumore di respiri affannosi si diffuse per la stanza. Le loro narici fremettero nel cogliere l'odore di femmina. Ruggiti esplosero nella stanza e, uno alla volta, i presenti assunsero la forma lupina, incapaci di controllare l'istinto ad accoppiarsi.

"Bravi, ragazzi; date una bella occhiata. Nel giro di qualche giorno, lei sarà tutta calda e pronta per voi." Le labbra di Carla si curvarono in un sorriso sadico mentre mostrava una siringa. "Una volta che avrà preso questa, vi implorerà in ginocchio."

L'odore del testosterone salì a un livello letale all'interno delle mura di lamiera. Quegli stronzi non avrebbero mai aspettato una settimana per avere Ava. La volevano subito.

I lupi si avvicinarono lentamente, premendo su Damon. Lui allungò un piede e l'uomo più vicino inciampò, cadendo su quello accanto, creando un effetto domino. Due lupi ringhiarono e fecero scattare i lunghi denti. Si ingobbirono e si mossero in cerchio mentre riassumevano la nuda forma umana. Il resto dei lupi assunse forma umana, ansioso di assistere al combattimento. Qualcuno sferrò un pugno e si scatenò una rissa generale.

Era la sua occasione.

Damon premette il pulsante.

Un'esplosione assordante scosse le pareti del magazzino e ruppe la finestra. Schegge di vetro piovvero dall'alto mentre i membri di quella marmaglia cadevano in ginocchio.

Damon corse al fianco di Ava mentre il Branco fuggiva dal magazzino come tante formiche.

Damon prese il coltello. Ava spalancò gli occhi mentre cercava di allontanarsi da lui.

"Non ti farò del male, Ava." Sollevò gli occhiali sulla testa e stabilì un contatto di sguardi. Lo sguardo della donna cadde sulla cicatrice sulla sua guancia sinistra. Lo sfregio non lo faceva certo sembrare meno minaccioso. Almeno quello lo sapeva.

"Adesso ti libero e ti porto via da qui, d'accordo?" Damon sollevò le mani e attese una risposta.

La giovane annuì una singola volta.

Damon le tolse il bavaglio e slacciò rapidamente le corde strette. Libera, la donna scese dal tavolo.

"Chi diavolo sei tu?" Ava afferrò un frammento di vetro rotto da terra e tenne l'arma tesa di fronte a sé.

"Sono Damon. Sono qui per portarti fuori."

"Come faccio a sapere che non sei uno dei loro?" La

donna accennò col capo alla soglia vuota, ma il suo sguardo rimase fisso di lui.

"Fidati, sono completamente diverso da loro." Damon si rimise il coltello nello stivale e si raddrizzò. "Ava, non possiamo restare qui. Devo portarti via prima che tornino." Tese la mano, sperando che la donna l'avrebbe presa.

In caso contrario, non le avrebbe lasciato scelta.

Se la sarebbe caricata in spalla e l'avrebbe portata via.

# CAPITOLO DUE

Il cuore di Ava batteva contro le costole come le ali di un colibrì. Non riusciva a distogliere lo sguardo dall'omone vestito di nero. I capelli scuri di costui spuntavano da sotto una bandana nera e rossa e gli sfioravano le ampie spalle. I suoi occhi, del colore di un oceano in tumulto, avevano uno sguardo duro e spietato. Una cicatrice minacciosa gli correva dalla guancia alla linea della mascella, l'unico segno sul suo bel viso, facendolo sembrare ancora più sinistro.

Damon somigliava più a un demonio che al suo salvatore.

A differenza degli altri, non aveva cercato di toccarla.

E sempre a differenza degli altri, non si era trasformato in lupo. Quello sì che era qualcosa.

Una risata tremante esplose dal fondo della sua gola serrata. Non poteva essere accaduto davvero. La gente non si trasformava in animali. Non nel mondo reale. Doveva trattarsi di un'allucinazione provocata dalla droga che le avevano somministrato.

Una cosa era certa: se fosse rimasta lì, l'avrebbero stuprata e uccisa.

"Sembra che io non abbia molta scelta." Ava mise la mano piccola nel calore del palmo dell'uomo.

Lo sguardo di lui scese sulle sue mutandine. Il corpo di Ava si scaldò per l'umiliazione. Allontanò di scatto la mano e cercò di coprirsi.

"Metti questa." L'uomo si accigliò e si sfilò la giacca di pelle mentre distoglieva lo sguardo. Le mise l'indumento in mano.

"Chi sei tu?" Ava infilò le braccia nella giacca calda e se la avvolse attorno al corpo. Odorava di sandalo e di cuoio. Costui non puzzava come gli altri uomini.

Ava fece una smorfia. Fra la nausea e il sudore generato dalla paura mentre era legata come un animale, probabilmente lei non aveva un odore migliore di quello dei rapitori. Damon, forse, non avrebbe voluto la giacca indietro se lei l'avesse rovinata col suo odore non proprio fresco.

"Mi chiamo Damon Trahan. Mi hanno mandato qui per riportarti a casa."

"Grazie a Dio." La polizia dell'Arkansas era davvero efficiente. Quest'anno, lei avrebbe sicuramente inviato una donazione alla loro fondazione, invece che mettere giù quando la chiamavano.

L'uomo abbassò lo sguardo sui suoi piedi nudi. "Dove sono le tue scarpe?"

"Quello stronzo me le ha tolte quando mi ha spogliata." Ava gli lanciò un'occhiata fulminante e si strinse la giacca attorno.

Un muscolo guizzò nella guancia di Damon, che tuttavia non disse nulla. Si incamminò verso la porta e guardò fuori. "Merda."

"Che c'è?" Ava sussultò mentre correva al suo fianco, cercando di ignorare la minuscola scheggia di vetro che le si era conficcata in un piede. Si aggrappò al braccio dell'uomo ed estrasse il frammento.

Lui si allontanò di un passo e ruggì. "Dobbiamo andarcene. Stanno venendo qui."

"Andiamo, allora."

"Stanno bloccando la strada. La nostra unica via di uscita è attraverso il bosco. E tu sei senza scarpe."

"Non importa. Preferisco tagliarmi i piedi che restare qui e lasciare che mi tocchino." Ava sollevò il mento. Non sarebbe rimasta lì. Assolutamente no. Mai.

"Non restare indietro," ringhiò l'uomo, afferrandola per una mano. Corsero fuori dall'edificio, oltre gli uomini frenetici che cercavano di spegnere l'incendio imperversante col ghiaccio dei frigoriferi. Damon corse, trascinandola con sé e affrettandosi verso la foresta. Ava barcollò mentre cercava di tenere il passo della sua ampia falcata. Il caos dominava l'accampamento, ma per fortuna nessuno badò a loro. Una volta raggiunta la copertura degli alberi, Damon si fermò e lanciò un'occhiata all'accampamento.

Ava liberò di scatto la mano dalla sua presa dura. Non aveva la minima intenzione di fermarsi e dare a quei pazzoidi la possibilità di catturarla di nuovo.

Oltrepassò con uno spintone l'uomo e corse nel profondo della foresta. Rovi e sottobosco le lacerarono i piedi e le gambe come mille aghi. Ava strinse i denti e ignorò il dolore. L'unica cosa importante era fuggire. I piedi tagliati sarebbero guariti. Lei no, se non fosse riuscita a scappare.

Immersa nell'oscurità, tese le mani per non andare a sbattere contro un albero. Le imprecazioni di Damon riecheggiarono alle sue spalle, dopodiché, all'improvviso, lui le stava correndo accanto.

"Quanto manca?" Ava sbatté violentemente contro la corteccia di un albero e indietreggiò barcollando. L'uomo la afferrò prima che cadesse sul culo.

"Guarda dove vai." L'uomo la sostenne, poi la spinse in avanti.

Ava fece tre passi e finì contro un altro albero. Questa volta, il suo culo ebbe un violento impatto col terreno.

"Non riesci a fare attenzione?" Dopo averla afferrata sotto le braccia, l'uomo la sollevò in piedi. Nonostante il buio, lei riusciva a immaginare il cipiglio impaziente che si allargava sul viso di lui.

"Non ci vedo al buio." Rossa in viso per la rabbia, Ava strinse le mani a pugno.

"Che significa che non ci vedi al buio? Ma certo che ci vedi." L'uomo le diede un'altra spinta.

Ava si voltò. "Spingimi ancora e ti do un pugno nelle palle. Te l'ho detto: io non ci vedo al buio. Cosa diavolo credi che io sia? Un pipistrello?"

"No, un lupo."

* * *

LE PAROLE MORIRONO sulle labbra di Damon mentre fissava Ava nella fitta oscurità. Come poteva la donna non sapere di essere un lupo?

Com'era possibile? Per la miseria, Damon aveva riconosciuto il suo odore a chilometri di distanza. L'aroma inebriante di Ava era tutto lupo.

Gli ululati furiosi del Branco di lupi esplosero, segnalando la fuga di Ava. Dovevano andarsene prima di esaurire il tempo.

Damon sollevò la donna fra le braccia.

"Cosa diavolo stai facendo? Levami le mani di dosso." Ava cercò di divincolarsi, ma lui non allentò la presa.

"Se vuoi vivere, tieniti stretta."

La donna si immobilizzò a quel brusco comando, poi gli passò le braccia attorno al collo. Damon, per un attimo, si irrigidì al contatto, prima di tornare a concentrarsi sulla missione.

Scattò attraverso la foresta, schivando alberi e rami bassi mentre si dirigeva verso la salvezza, frapponendo distanza fra loro e gli ululati dei lupi fuorilegge.

Poco dopo, Damon emerse dalla foresta e si ritrovò nel campo. Posò bruscamente Ava a terra.

"Stronzo." La donna si strinse la giacca attorno e borbottò sottovoce.

Ignorando la bizzosa femmina, Damon cominciò a togliere i rami che coprivano la sua Harley.

"Una moto?"

"Non solo una moto. È una Harley. Ci sei mai stata su?" Damon dubitava seriamente: si sarebbe rovinata i capelli.

"No."

"Beh, è la tua serata fortunata." Damon sganciò il casco dalla cinghia del sellino e lo mise sulla testa della donna, poi fece per allacciarlo.

"Faccio io." Ava gli colpì la mano con uno schiaffetto e si mise a trafficare con la cinghia sotto il mento.

"Assicurati di stringere bene." Damon si accigliò e tirò fuori i pigiami di lei dalla sacca.

"I miei pigiami?" Ava lo guardò insospettita.

"Indossali. Non ti riscalderanno, ma almeno sarai coperta."

La donna gli voltò le spalle e si infilò il sottile pigiama mentre lui avviava il motore. La Harley si risvegliò ruggendo, vibrando sotto le sue dita come un cuore pulsante. Dopo avergli messo le mani sulle spalle, Ava prese posto dietro di lui. Damon trattenne il fiato, aspettando che lei lo circondasse con le braccia. La sua Harley Breakout poteva portare due persone, ma non aveva uno schienale. La donna avrebbe dovuto restargli appiccicata per tutto il viaggio.

"Dovrai reggerti forte se non vuoi cadere."

Si rilassò leggermente quando lei gli passò le braccia attorno al petto e accentuò la presa.

Damon si infilò una mano in tasca e tirò fuori il telecomando per la seconda carica di C4 che aveva installato
nell'accampamento. Premette il pulsante. Una forte esplosione risuonò nella notte buia come l'inchiostro, seguita da
una palla di fuoco di un arancione acceso che illuminò
il bosco.

"Tieniti stretta."

Damon partì come un fulmine sulla strada sterrata e
attese di cominciare a provare la sensazione di soffocamento
che avvertiva tutte le volte che era fisicamente vicino a
un'altra persona. Le dita della donna affondarono nella sua
maglietta e il suo cuore accelerò i battiti. Ma, stranamente,
questa volta il panico non giunse.

Quando raggiunse la strada asfaltata, accelerò, aumen-
tando la velocità fino a quando praticamente non volarono.
Doveva frapporre quanta più distanza possibile fra loro e i
rapitori.

Alla velocità a cui stavano viaggiando, avrebbe riportato
Ava a casa sana e salva in meno di tre ore.

Mezz'ora dopo l'inizio del viaggio, sentì le dita della
donna tremare contro il suo petto.

Era stato così impegnato a cercare di tirarla fuori da là
che non aveva pensato ad assicurarsi che stesse al caldo.
Sarebbe morta di freddo prima di arrivare a casa.

"Mi fermerò alla prossima area di sosta e ti prenderò dei
vestiti."

"No, non fermarti." La donna gli affondò le unghie
nel petto.

"Devo prenderti qualcosa di caldo da metterti addosso."

"No. Continua."

"Porca miseria, Ava. Morirai di freddo." Damon non
aveva intenzione di salvare la donna da una situazione pericolosa solo per lasciarla morire di polmonite.

"Se ci prendono, mi riporteranno indietro. Preferisco morire di freddo che tornare indietro."

Il terrore nella voce di lei gli rivoltò lo stomaco.

"Per favore, Damon." La preghiera di Ava lo colpì al cuore, un punto che lui non aveva mai creduto che qualcuno sarebbe riuscito a toccare. Accentuò la presa sul manubrio. In quel momento, si impegnò a uccidere fino all'ultimo di quei lupi rossi che avevano osato rapirla.

"Saremo a casa fra tre ore, ma fra un'ora mi fermerò a fare una telefonata. Allora ti prenderò qualcosa da metterti. Riesce a resistere?" Damon si accigliò mentre le parole gli uscivano di bocca. Non fermarsi subito andava contro il suo giudizio.

"Sì." Il corpo della donna si rilassò leggermente contro di lui.

Damon avrebbe voluto provare lo stesso sollievo.

Il suo istinto, tuttavia, continuava a dirgli che non era finita. Nemmeno lontanamente.

\* \* \*

COME AVEVA DETTO, un'ora dopo Damon si fermò in un'area di sosta bene illuminata. Grazie a Dio. Ava non sarebbe riuscita a resistere ancora a lungo. Le faceva male tutto, aveva perso la sensibilità nelle gambe e non riusciva a smettere di tremare.

Damon parcheggiò sul retro del distributore, in ombra e lontano dalle luci. Spense il motore e cercò di alzarsi, ma lei aveva le braccia strette attorno alla sua vita.

"S-s-scusa." Si era aggrappata disperatamente mentre correvano lungo la statale, temendo che, se avesse allentato la presa per un momento, sarebbe caduta. Costrinse i suoi muscoli rigidi a rilassarsi quanto bastava per lasciare andare l'uomo.

Damon smontò dalla Harley con l'eleganza di un animale letale. Appoggiate le mani sul sellino, Ava cercò di alzarsi. I suoi muscoli indolenziti protestarono in preda alla sofferenza. Troppo orgogliosa per gridare, serrò la mascella.

Le grandi mani dell'uomo si strinsero attorno alla sua vita e lei alzò di scatto lo sguardo nel suo. Lui la sollevò come se non pesasse nulla e la fece scendere dalla moto. Ava appoggiò le mani sulle enormi spalle di lui mentre scivolava lungo il suo corpo muscoloso. All'improvviso, non riusciva a respirare.

"Grazie." Sostenne lo sguardo di Damon, incapace di distogliere il suo.

L'uomo era alto almeno un metro e ottanta, con le spalle di un giocatore di football. A giudicare dal breve contatto che Ava aveva avuto col suo corpo, esso era fatto di acciaio finemente modellato. Più lei guardava la cicatrice sul suo viso e più pensava che gli dava un'aria sexy.

Ava si accigliò. Dopo tutto quello che aveva appena passato, sbavare su un bel figo era l'ultima cosa che avrebbe dovuto fare. Forse gli effetti della droga non si erano ancora esauriti, o forse era ancora sotto choc.

"Faccio un salto a prendere dei vestiti. Dovrebbero avere dei pantaloni della tuta; dei jeans, se siamo fortunati."

Lei lo afferrò per un braccio. Lo sguardo degli occhi stretti dell'uomo si posò sulla sua mano e lei allentò la presa. "Io non resto qui fuori da sola." Incrociò le braccia.

Damon passò lo sguardo sul suo corpo.

Lei sussultò. "Entrerò per prima, così non dovrai farti vedere con me." Lasciò cadere le braccia e si abbassò la giacca fino alle cosce. Sapeva di avere un aspetto spaventoso. Se non altro, indossava i pantaloni del pigiama e non era completamente nuda. E poi, era tardi e lei dubitava seriamente che chiunque avrebbe prestato molta attenzione a ciò che indossava.

L'uomo non disse nulla, fissandola con un'intensità che avrebbe spaventato la maggior parte delle donne. Il fatto era che Ava non era la maggior parte delle donne.

"Senti, lo so che sono un mostro. Anche io sarei imbarazzata se dovessi entrare con me. Ma non voglio rimanere qui fuori da sola." Si passò le dita fra i capelli annodati, cercando di lisciarli.

"Basta." Damon le allontanò le mani. "Stai solo peggiorando la situazione." Si tolse la bandana e gliela allacciò sulla testa. L'indumento, assieme alla giacca, la avvolse nell'odore dell'uomo, nel suo calore. Nel suo piccolo, ciò la fece sentire al sicuro.

"Non parlare con nessuno," ringhiò lui.

"Non avevo intenzione di farlo."

Senza dire una parola, Damon le afferrò la mano. Ava accentuò la presa mentre si incamminavano verso l'ingresso dell'edificio illuminato a giorno. L'uomo si fermò quanto bastava per passare lo sguardo sulla zona prima di accompagnarla oltre la porta d'ingresso.

Ava accennò col capo al bagno e lui mollò la presa. Tenne la testa bassa e attraversò il negozio, diretta verso l'insegna dei bagni.

Di sottecchi, lanciò qualche rapida occhiata in giro. Il negozio era piuttosto frequentato, considerata l'ora. Un cassiere, un uomo di mezza età, era impegnato a battere lo scontrino a un camionista, mentre un altro uomo attendeva in fila per pagare della birra. Al ristorante, alcune persone stavano mangiando e una cameriera passava tra i tavoli a riempire le tazze di caffè. Al frigorifero, un paio di ragazzi con dei piercing discutevano su quale fosse la miglior bevanda energetica.

Per fortuna, nessuno la stava guardando.

Aprì la porta del bagno e fece una smorfia quando posò i piedi nudi sulle piastrelle.

Si accovacciò e guardò sotto le porte. Quando non vide piedi, prese due fazzoletti di carta dai contenitori. Li appoggiò al pavimento e pattinò fino al gabinetto più vicino.

Qualche minuto dopo, era di fronte al lavandino, intenta a sfregarsi il viso sporco con dei fazzoletti di carta che avevano assunto il colore dei sacchetti del pranzo. Non le dispiaceva nemmeno la consistenza simile a carta vetrata. Voleva solo sentirsi pulita di nuovo.

"Ava?" Sconcertata, lei corse alla porta e la spalancò. "Cosa c'è?"

Damon le tese un sacchetto di plastica. "Ecco i vestiti. Cambiati. Io rimarrò vicino alla porta, così non entrerà nessuno."

Ava si tolse la giacca di pelle dell'uomo e la appese con attenzione alla porta del gabinetto. Fece una smorfia quando si rese conto che era a piedi nudi sul pavimento del bagno. Si infilò la maglietta a maniche lunghe con la scritta "Budweiser" sul davanti. Buttò le mutande e indossò un paio di pantaloni della tuta neri e spessi calzini bianchi. Fece un sorrisetto al pensiero di quanto doveva essere ridicola mentre indossava stivali a strappo neri.

Prese il sacchetto e fece per buttarlo nella spazzatura quando sentì che sul fondo c'era qualcosa di pesante. Diede un'occhiata.

Una spazzola.

I casi erano due: o Damon era molto premuroso o pensava che lei avesse un aspetto orribile. Ava diede un'occhiata al suo riflesso.

Probabilmente la seconda.

\* \* \*

Damon si mise di fronte alla porta del bagno delle donne e guardò male chiunque si incamminasse nella sua direzione. A quanto pareva, la gente non aveva poi tanta necessità di andare in bagno.

Controllò l'orologio. Ancora un minuto e sarebbe entrato a cercare Ava. Dovevano tornare sulla strada se volevano mantenere le distanze coi lupi fuorilegge.

La porta del bagno si aprì scricchiolando e Ava uscì. Damon trasse un respiro profondo quando il suo corpo avvampò di desiderio. Col suo abbigliamento da area di sosta, Ava era assolutamente splendida.

"Grazie per avermela prestata." La donna gli offrì la sua giacca.

"Tienila." Damon serrò la mascella, ricordando a se stesso il suo dovere nei confronti del branco e di lei. Quello era un lavoro. Nulla di più e nulla di meno.

"Non prenderai freddo?"

"No." Damon strinse gli occhi. In quanto lupo, la sua temperatura corporea era più alta di quella di un essere umano. Portava la giacca solo perché gli piaceva.

Diede un'occhiata all'orologio. "Dobbiamo andare."

Quando arrivarono alla sua moto, tirò fuori il cellulare.

"Merda." Strinse i denti alla vista delle numerose chiamate perse da parte di Barrett. Il suo Capobranco non doveva essere felice.

Lo chiamò subito.

"Ava è con me. Dovremmo arrivare a Jonesboro fra circa due ore."

"Damon, dove diavolo eri? Ho cercato di contattarti," tuonò Barrett.

"Stavo guidando come un invasato. Scusa se non mi sono fermato ogni dieci minuti per controllare i messaggi o segnalare la mia posizione su Twitter." Damon fece una smorfia. "Come ti ho detto, presto riporterò Ava a casa."

"No. Non venire a Jonesboro," ordinò Barrett.

L'inquietudine serpeggiò lungo la spina dorsale di Damon. "Perché? Che è successo?"

"C'è stata un'esplosione a casa di Ava." La voce tesa di Barrett spinse Damon a prepararsi al peggio. "Inoltre, c'è stata una falla nella sicurezza. Una bomba ha appena fatto saltare la sala consigliare a Little Rock."

"Merda." Damon si strinse il ponte del naso e chiuse gli occhi. "Questo significa che quei lupi rossi sapevano che sono un Guardiano." I licantropi Guardiani erano distribuiti per tutto l'Arkansas, ma tutti sapevano che il Capomastro e il Consiglio governavano da Little Rock. La città svolgeva una funzione molto simile a quella delle capitali degli Stati umani.

"Significa anche che dovrai tenere Ava con te e lontano da qui."

Damon spalancò gli occhi. "E cosa diavolo devo farne di lei?" Si allontanò di qualche passo dalla donna mentre lei lo guardava storto. Tenerla con lui era una pessima idea.

"Spetta a te deciderlo. È sotto la tua protezione fino a quando non ti comunicherò la posizione di un rifugio sicuro."

"Aspetta…" Era troppo tardi. Barrett aveva già messo giù.

"Perfetto." Damon si passò una mano sul viso.

"Cosa c'è?" Ava lo toccò sulla spalla. Lui sussultò.

"Dobbiamo andare." Salì sulla moto e avviò il motore, mentre la sua mente progettava la mossa successiva.

Ava si arrampicò alle sue spalle e lo circondò con le braccia.

"Vuoi dirmi cosa sta succedendo?"

"No." Damon inserì una nuova destinazione nel navigatore del cellulare e si immise sulla statale. Pregava solo che il vantaggio che avevano sui lupi rossi fosse sufficiente ad arrivare alla loro nuova meta.

* * *

ERANO PASSATE da poco le due del mattino quando entrarono in una cittadina appena oltre il confine della Louisiana. Viaggiavano da quella che sembrava un'eternità e Ava sapeva che non avrebbe resistito molto più a lungo. Le faceva male il culo, era congelata fino alle ossa e aveva disperatamente bisogno di una doccia calda. Non si era mai sentita così male in vita sua.

Finalmente, Damon entrò nel parcheggio di un motel da quattro soldi. Scese dalla moto come se non avesse appena trascorso ore sul sellino. Lei cercò di imitarlo, ma le sue gambe pesanti minacciarono di cedere sotto il suo peso.

Damon scosse la testa. "Non alzarti ancora. Non sono nemmeno sicuro che sia il caso di fermarci qui per la notte."

"Senti, per quanto io apprezzi tutto quello che hai fatto per me, devo obiettare. Questa notte restiamo qui." Ava sospirò. "Non ce la faccio più. Ho bisogno di una doccia. Per non parlare del fatto che mi si è addormentato il culo." Fece una smorfia mentre si alzava lentamente dalla moto.

"È compito mio fare in modo che il tuo culo arrivi sano e salvo a casa. Se qui non è sicuro, non ci fermiamo." Damon entrò nel suo spazio personale.

"Fai come vuoi." Oltrepassandolo, Ava barcollò fino al marciapiedi e si sedette. Poi si sdraiò su un fianco e si raggomitolò in posizione fetale.

"Cosa diavolo stai facendo? Alzati."

"Dormo."

"Ava, alza il culo."

Le palpebre di Ava si chiusero. Se non fosse stata così esausta, lo avrebbe mandato al diavolo. L'ultima cosa che udì mentre i suoi occhi si chiudevano furono i passi pesanti di un paio di stivali che si allontanavano.

\* \* \*

DAMON SI VOLTÒ e guardò Ava. Nonostante il fastidio, non riusciva a non dispiacersi per lei. Per essere una persona che non era mai stata su una moto, si era aggrappata benissimo. Il culo l'avrebbe uccisa l'indomani mattina, quello era certo.

Dopo essersi assicurato che quel cesso di albergo fosse sicuro, aprì la porta dell'ufficio, assicurandosi di poter vedere Ava dall'interno. Un giovane maschio magro con una zazzera di capelli biondi e il viso segnato dall'acne sedeva al banco della reception. Era troppo occupato a giocare a un qualche gioco on-line per guardare il cliente.

"Ho bisogno di una stanza per la notte." Damon angolò il corpo in modo che l'impiegato non lo vedesse bene in viso. Costui era umano e non era fisicamente pericoloso per lui. Ma gli umani erano avidi ed erano disposti a tutto per quattro soldi. Se quei lupi fuorilegge fossero venuti lì, Damon voleva assicurarsi che l'impiegato non fosse in grado di descriverlo.

"Sì, basta che firmi qui. Fanno sessantacinque per una notte o centodieci per due." Le dita dell'impiegato danzarono sulla tastiera mentre il suo sguardo rimaneva concentrato sul gioco, che vedeva come protagonisti nani, elfi e un drago.

Damon firmò con un nome falso e mise il denaro sul bancone. L'uomo lo afferrò con una mano mentre scriveva con l'altra. Dopo aver ficcato il denaro in un cassetto, fece scivolare la chiave verso di lui.

Damon uscì nella notte gelida e si fermò, incapace di distogliere lo sguardo dalla femmina dai capelli color mezzanotte raggomitolata come un gattino sul duro e freddo marciapiede. Quella vista gli fece dolere il cuore.

Si chinò e la raccolse da terra. Questa volta, lei si sciolse fra le sue braccia, il che lo stupì. La donna sospirò e gli passò le braccia attorno al collo.

"Non farmi andare via, per favore." Il fiato caldo di lei gli sfiorò il collo. Il cuore gli martellava nel petto.

"Non ce ne andiamo. Trascorreremo la notte qui."

"Grazie." Le braccia della donna si strinsero attorno al suo collo e lei si accoccolò più vicina a lui.

I muscoli di Damon si tesero. Non riusciva a fare un altro passo. Il suo corpo si coprì di sudore e faticava a respirare. "Non farlo." Gli si era asciugata la bocca. "Non toccarmi il collo."

Gli occhi assonnati di Ava si aprirono e lei fece scivolare il braccio verso il basso, per aggrapparsi alle sue spalle. "Mi dispiace. Dai, mettimi giù. Ce la faccio a camminare."

Damon se la fece scivolare dalle braccia mentre la posava delicatamente a terra. Detestava che gli orrori del passato avessero ancora potere su di lui. Imbarazzato, si voltò e tirò fuori un borsone da una delle sue sacche.

Aprì la stanza del motel e accese le luci. Il sollievo lo travolse quando non vide scarafaggi correre sul pavimento. L'albergo poteva anche essere vecchio e fuori moda, ma se non altro sembrava pulito.

"Merda." Il suo sguardo si posò sul letto.

"Cosa c'è?"

"C'è un solo letto. Devo far cambiare la stanza."

Ava lo guardò per un istante, quindi si incamminò verso il bagno.

"Dove vai?"

"A fare la doccia."

"Aspetta che prenda un'altra stanza."

La donna scosse stancamente la testa. "Non posso. Sono lurida e non intendo continuare a esserlo per un secondo di più."

Ciò detto, entrò nel bagno e chiuse a chiave la porta.

Damon si passò le mani fra i capelli. "Fantastico." Controllò l'orologio mentre il suono attutito della doccia penetrava nella stanza. Camminando in cerchio, si sciolse le spalle mentre aspettava. Non poteva lasciare la donna da sola per andare a cambiare la stanza. Avrebbe atteso che uscisse dalla doccia. Si sedette lentamente sul bordo del letto molleggiato, il corpo stanco per le ultime due ore, ma la mente in allerta. La lucidità era parte del lavoro e lui era estremamente dedito al lavoro. Essere un Guardiano riempiva un vuoto profondo dentro di lui e gli dava uno scopo. Alcuni lupi avevano una famiglia; lui aveva la sua posizione.

La doccia si spense e Damon si alzò mentre la porta del bagno si apriva.

Per poco il cuore non smise di battergli nel petto. Ava uscì con addosso solo un asciugamano.

La donna lo guardò e sorrise. I capelli bagnati le ricadevano come nastri di seta nera sulle spalle snelle e le sfioravano la sommità dei seni sodi. Le sue lunghe gambe facevano capolino da sotto la parte inferiore dell'asciugamano liso.

Era fottutamente splendida.

Damon si costrinse a riportare lo sguardo sul suo viso.

Ava si scostò i capelli dagli occhi verdi. A differenza della maggior parte delle donne, non sembrava avere paura di lui. Anzi, lui non riusciva a sentire l'odore della paura provenire dal suo corpo.

Si schiarì la voce e prese la borsa, fingendo di frugarla per nascondere l'erezione pulsante. "Resta qui e chiudi la porta a chiave dopo che sarò uscito. Assicurati che sia io prima di riaprire." Senza attendere una risposta, chiuse con forza la porta e corse verso l'ufficio.

Tornò qualche minuto dopo, e bussò.

Ava aprì la porta e la chiuse a chiave una volta che lui fu entrato.

"Non ci sono stanze con due letti. Proveremo in un altro albergo." Tenne lo sguardo fisso sul soffitto. Ava aveva ancora un cazzo di asciugamano addosso e lui aveva ancora un'erezione. Qualche altro chilometro in sella alla Harley avrebbe dato al suo corpo tempo per darsi una calmata.

"Sono esausta. Stiamo qui e basta. Non è un problema."

Damon fece una smorfia. Nonostante fosse un lupo, dormire sul pavimento non lo attraeva.

Tirò fuori uno spazzolino e un tubetto di dentifricio extra e li buttò sul letto.

"Potrei baciarti per questo," gemette la donna.

Damon incrociò il suo sguardo di smeraldo. Il calore avvampò nel suo ventre e il suo corpo si indurì. Tutto ciò che si frapponeva fra loro era quello straccetto sottile. Sarebbe bastato uno strattone per buttare per terra quella parodia di un asciugamano.

Prima che il corpo di Damon potesse reagire, Ava girò sui tacchi e si incamminò verso il bagno con lo spazzolino in mano.

*  *  *

AVA USCÌ dal bagno sentendosi meravigliosamente pulita. Tutto ciò di cui aveva bisogno, ora, era qualcosa con cui dormire. Nella fretta di cambiarsi, aveva buttato via il pigiama all'area di sosta. Non aveva pensato che ne avrebbe avuto bisogno.

Damon le tese un'ampia maglietta con le maniche lunghe che aveva preso dal borsone. "Puoi dormire con questa."

"Grazie," mormorò lei mentre si incamminava verso il bagno. Si avvicinò al viso un po' della stoffa e inalò. Aveva il suo odore.

Scosse la testa e si infilò la maglietta dell'uomo. Che diavolo le era preso? Conosceva a malapena quel tizio, eppure stavano usando i suoi vestiti. Doveva darsi una calmata.

Sollevate le coperte, si infilò fra le lenzuola fresche e

chiuse gli occhi. Non era mai stata così felice di vedere un cuscino in vita sua. Grazie a Damon, era al sicuro per quella sera.

Non sapeva esattamente quanto tempo fosse passato quando aprì gli occhi e lanciò un'occhiata dall'altra parte del letto. Era vuoto. Si sedette e strinse gli occhi nell'oscurità.

Damon giaceva sul pavimento, un braccio muscoloso buttato sugli occhi.

"Cosa stai facendo?"

"Cerco di dormire. Devi farlo anche tu. Domani ci attende una giornata lunga."

"Non puoi dormire sul pavimento." Dopo tutto quello che l'uomo aveva fatto, non era giusto fargli trascorrere la notte sul pavimento.

"Ava, dormi."

"Damon, vieni a letto."

Damon spostò il braccio e la guardò come se le fosse cresciuta una seconda testa. "Come?"

"Non puoi dormire per terra. Puoi dormire nel letto con me. Va bene."

"No che non va bene."

"Prometto che resterò dal mio lato. Sono troppo stanca per provarci con te." Ava sbuffò.

Lui le rivolse un'occhiata inorridita. Ava sussultò all'insulto.

"Se non vuoi dormire nel letto, allora dormirò sul pavimento con te." Per quanto non volesse farlo, si alzò e prese un cuscino. L'uomo si alzò in piedi di corsa.

"Porca miseria. Torna a letto."

"Vieni anche tu?"

"Sì." Damon emise un suono simile a un ringhio.

Lei lo guardò raggiungere l'altro lato del letto e sollevare la coperta. Soddisfatta, si rimise sotto le lenzuola e chiuse gli occhi.

* * *

DAMON SI SVEGLIÒ col membro duro e dolorante. Il braccio di Ava era avvolto come un viticcio attorno a lui. Il morbido corpo della donna gli premeva contro il fianco, mentre il braccio di lei era buttato sul suo ventre, a pochi centimetri dal suo membro pulsante.

Damon strinse i denti mentre cercava di spostarsi verso il bordo del letto, sperando di poterne uscire velocemente prima che la donna si svegliasse.

Lei gemette piano, sfiorandogli la spalla col fiato ardente mentre la sua mano scendeva ancora più in basso, oltre l'elastico dei boxer.

Il corpo di Damon si coprì di sudore al calore del tocco della donna. Dio, non desiderava altro che tuffarsi fra le sue cosce fino a quando non sarebbero stati entrambi sazi.

I seni di lei premevano contro il suo braccio, e i contorni dei suoi capezzoli duri gli ustionavano la pelle attraverso la maglietta sottile. Era pronto a scommettere che quei noccioli duri avevano un sapore dolce quanto il loro profumo.

Ava sospirò e cambiò posizione, rotolando supina mentre si trascinava il braccio di Damon sul ventre piatto. Si portò la sua mano alla coscia, con le dita di Damon vicinissime al caldo tesoro che giaceva fra le sue gambe. Stringendo i denti, lui usò tutto il suo autocontrollo per scostare la mano. Ava gemette e gliela coprì.

Damon non riusciva a respirare.

Avrebbe dovuto fermarla. Davvero. Moltissimo.

Era stato con molte donne, ma di solito si trattava di cose di una notte. Una donna della bellezza di Ava non lo aveva mai degnato di una seconda occhiata, figurarsi toccarlo come stava facendo in quel momento.

D'altra parte, Ava stava dormendo. Probabilmente, stava sognando un modello di intimo di Calvin Klein.

La donna si mosse e la maglietta di Damon che indossava si sollevò pericolosamente sulla coscia.

Merda. Non portava le mutandine?

Il corpo di Damon si serrò al punto che pensò gli si sarebbero spezzate le ossa.

"Damon."

Portò di scatto lo sguardo sul viso della donna, aspettandosi di vedere lei che lo guardava. Come avrebbe fatto a spiegare di avere una mano sulla sua coscia? Ava non avrebbe mai creduto alla verità.

Gli occhi della donna erano chiusi, il suo volto perso nella concentrazione mentre sognava.

Non era sveglia. Semplicemente, aveva pronunciato il suo nome nel sonno.

Il pensiero lo attraversò fulmineo mentre la sua erezione si faceva dolorosamente più dura.

Doveva uscire dal letto prima di infilarsi fra le gambe di Ava e darle un vero motivo di gemere.

Stringendo i denti, tolse la mano e rotolò giù dal letto in un unico movimento fluido. Rimboccò la coperta fino alla vita di Ava.

La donna stiracchiò le braccia sopra la testa e sbatté le palpebre. Il suo sguardo si posò su di lui e si mise seduta. La maglietta troppo grande si allargò all'altezza del collo, dandogli una fantastica visuale su un seno sodo.

Ava seguì il suo sguardo fino al proprio petto. Arrossendo, rimise a posto la maglietta.

"Che ore sono?" Si passò la mano fra i capelli arruffati.

"Quasi le otto." Damon le diede le spalle mentre si infilava i jeans e si dava una sistemata alle parti intime. Una volta che la sua attrezzatura fu sotto controllo, si voltò verso di lei.

La donna strinse i begli occhi verdi. "Suppongo che la telefonata che hai ricevuto ieri sera significhi che non stiamo andando a Jonesboro."

"Non in questo momento."

Ava scosse la testa. "Per quanto io apprezzi quello che hai fatto per me, credo che dovremmo parlare prima che io accetti di andare da qualche altra parte con te."

"Non c'è alcun bisogno di fare conversazione. È semplice: tu sei stata rapita. Io ti ho salvata. Ti terrò al sicuro fino a quando non riuscirò a portarti da tuo padre."

Ava gli lanciò un'occhiata sbalordita. "Mio padre?" Strinse insospettita dagli occhi verdi. "È stato mio padre a chiamarti?"

"Non di persona, ma ha contattato il mio comandante."

"Comandante? Quello della base militare di Little Rock?"

Damon la fissò per un istante. Sebbene nessuno parlasse della propria natura, tutti coloro che vivevano nel complesso erano lupi mannari. Cercando di mescolarsi con la popolazione umana, erano arrivati persino a installare una base militare dove i Guardiani potevano addestrarsi. Il governo degli Stati Uniti era a conoscenza da decenni dell'esistenza dei lupi mannari. Il governo aveva fatto un patto coi licantropi: avrebbe protetto il loro segreto in cambio della loro militanza nelle forze speciali di diversi rami delle forze armate.

"Il nostro Branco di lupi, Ava. Ha contattato il nostro Branco di lupi."

La donna fece una risatina e sorrise. "Branco di Lupi. È il nome in codice della tua squadra?"

Damon fece un passo verso di lei. "Perché ti comporti così?"

"Così come?"

"Come se non sapessi di essere un lupo."

"È così che chiamate le donne?" Ava si produsse in una risata fragile mentre il suo sorriso svaniva.

"Guardami."

La donna lo guardò negli occhi. Capitava di rado che le femmine lo guardassero negli occhi. Avevano troppa paura.

Damon fissò nel suo sguardo verde, in cerca della menzogna.

Prese bruscamente fiato. La donna non stava mentendo.

"Ava, davvero non sai cosa sei?"

"Cos'è che dovrei sapere?"

"Che sei un lupo."

"Come no. E suppongo che sia un lupo anche tu." La donna fece un sorrisetto.

"Sì."

"Sei come quei pazzoidi che mi hanno rapita?" Il sorriso di Ava svanì e il suo volto impallidì. La donna si spinse verso il bordo del letto e si alzò, avvicinandosi lentamente alla porta.

"Dai retta a me: io sono completamente diverso da quei lupi." Damon aveva un codice di onore e dovere che seguiva alla lettera. I lupi fuorilegge vivevano secondo i propri desideri, uccidendo e rubando senza alcun rimorso.

La donna sollevò le mani mentre continuava a indietreggiare verso la porta. "Guarda, credo di poter arrivare a casa da sola. Chiederò al portiere di chiamarmi un taxi." Allungò la mano verso la maniglia.

Non appena lei aprì la porta, Damon scattò. Dopo averle afferrato il polso, sbatté la porta e premette contro di essa la schiena di Ava.

"Lasciami andare e giuro che non dirò a nessuno di averti incontrato." La voce della donna era un sussurro che gli accarezzava la guancia mentre lui si chinava su di lei. Il suo membro ebbe un guizzo.

"Non posso lasciarti andare."

# CAPITOLO TRE

"Mio padre può venire a prendermi e portarmi a casa."

"Non è sicuro, Ava. Non puoi tornare a casa."

Ava si immobilizzò e i suoi occhi verdi si spalancarono. "Che vuoi dire?"

"Hanno fatto scoppiare una bomba a casa tua a Jonesboro e nella nostra sala consigliare a Little Rock."

"Oddio. Qualcuno si è fatto male?" Ava si coprì la bocca con dita tremanti.

"Non lo so. Barrett non ha avuto il tempo di darmi i dettagli. Ha detto di non riportarti laggiù e di tenerti fuori vista fino a quando non sarebbe riuscito a trovare un rifugio sicuro."

Ava scosse la testa. "Non capisco. Stai dicendo che hanno messo una bomba nella sala consigliare a causa mia? Perché tu mi hai salvata?"

"Sì." Damon prese fiato. La donna sembrava più preoccupata per la sala consigliare che per la propria casa.

Ava rabbrividì. "È colpa mia."

"Non è vero. Nulla di tutto questo è colpa tua. Se vuoi

dare la colpa a qualcuno, dalla a quegli stronzi che ti hanno rapita." Damon inclinò il mento della donna coi polpastrelli, costringendola a guardarlo. "Capisci quello che volevano farti?"

Ava scacciò le lacrime che le nuotavano negli occhi, cercando di essere coraggiosa.

Damon detestava vedere una donna piangere, ma voleva tenerla al sicuro. Doveva sentirglielo dire. L'ingenuità di Ava avrebbe potuto ucciderli se lei non fosse stata attenta. "Dimmi. Hai idea di quanto fossi in pericolo? Di cosa quella gente fosse in grado di fare?"

La donna deglutì con uno sforzo visibile mentre un'emozione cruda le oltrepassava a forza le labbra serrate. "Volevano violentarmi."

Damon appoggiò una mano sul viso. "Ti avrebbero violentata ripetutamente. Nessuno ha il diritto di prendere una persona con la forza, di incatenarla e di abusare ripetutamente di lei. Nessuno ha quel diritto, capisci?" Il tono di voce di Damon si indurì. Non riusciva a smettere di immaginare ciò che quei lupi fuorilegge avevano progettato per Ava. Gli faceva venire voglia di farli a pezzi.

I loro sguardi si incrociarono e lui non riuscì a trattenere il fiume di parole che gli uscì dalla bocca.

"Non pensare mai che questa merda sia colpa tua. Se c'è qualcuno da incolpare, è quel Branco di lupi rossi."

La donna fece una smorfia. "Proprio quando pensavo che fossi tornato normale, ti metti a fare analogie canine."

Damon ringhiò per la frustrazione.

Le dita calde di Ava gli sfiorarono la guancia sfregiata. Rimase di sasso. Nessuno toccava mai la sua cicatrice.

"Mi dispiace. Mi sembra tutto incredibile. Non sono nemmeno certa se ciò che ho visto in quel magazzino sia accaduto davvero. Probabilmente, la droga che mi avevano somministrato stava ancora facendo effetto e mi ha fatto

venire le allucinazioni." Ava gli rivolse un'occhiata preoccupata. "Non sto cercando di fare la difficile, davvero. Non ti
arrabbiare."

"Non sono arrabbiato, Ava." La dolcezza della donna lo
colpì profondamente e il calore del suo tocco gli fece girare
la testa. Incapace di trattenersi, si protese verso il calore
di lei.

Un allarme gli risuonò nella testa. Non poteva farlo. Non
poteva sacrificare il suo futuro come Guardiano. Aveva già
perso troppo. La sua vita era il suo lavoro. Lasciò ricadere le
mani lungo i fianchi e fece un passo indietro. Subito, sentì la
mancanza del calore della donna. Avrebbe voluto metterle le
mani addosso, dappertutto.

"Dimostralo."

"Cosa dovrei dimostrare?" Damon si portò le mani ai
fianchi mentre osservava il pavimento. Avrebbe fatto meglio
a mettere sotto controllo i suoi istinti prima di rovinarsi la
carriera.

"Se sei un lupo, fammelo vedere." Ava inarcò un sopracciglio. "O devi aspettare che ci sia la luna piena?"

Damon sollevò di scatto la testa. Non sapeva se fosse più
infastidito o più divertito. Nel corso di tutta la sua vita, non
aveva mai conosciuto un'altra femmina come lei.

Sbuffò. "Non ho bisogno della luna piena per cambiare
forma. Non funziona così."

"Ottimo."

Damon strinse gli occhi. "D'accordo. Ma devi promettere
di non gridare."

"Va bene."

"Non ho intenzione di rovinare gli unici vestiti buoni che
ho." Damon si sfilò la maglietta e la buttò per terra. Non
mancò di notare il modo in cui la donna spalancò lo sguardo
mentre lui si abbassava i jeans e li toglieva con un calcio. Lo
sguardo della donna si posò sul tatuaggio tribale nero che si

avvolgeva attorno ai suoi bicipiti. Forse era una di quelle tipe a cui non piacevano i tatuaggi? Doveva solo aspettare di vedere l'enorme tatuaggio che gli si estendeva da una spalla all'altra, marchiandolo come Guardiano.

Chiuse gli occhi. La bestia si risvegliò ruggendo quando lui abbandonò l'autocontrollo, lasciando briglia sciolta alla creatura che viveva dentro di lui. Il suo potere esplose, buttandolo in ginocchio e acuendo i suoi sensi. Il dolore gli attraversò giunture e muscoli mentre questi si allungavano e si modificavano, adattandosi al suo corpo di lupo. Il pelo crebbe e si diffuse per tutto il suo corpo, fino a quando la sua carne non fu celata da una pelliccia folta.

Aprì i suoi occhi di lupo. Ava era in piedi accanto alla porta, la bocca spalancata, gli occhi larghi di paura.

Gridò.

Beh, merda.

Damon cercò di tornare alla forma umana, ma era troppo presto. Aveva bisogno di qualche minuto. Cosa diavolo gli era venuto in mente? Era stato un errore. A testa bassa, si incamminò verso l'angolo, girò su se stesso e si acciambellò fra le ombre, aspettando che la polizia sfondasse la porta assieme all'accalappiacani.

* * *

AVA ACCENTUÒ la presa tremante sulla maniglia mentre fissava a bocca aperta l'enorme lupo grigio nell'angolo.

Damon si era trasformato in lupo. Proprio come i suoi rapitori.

Ava tenne lo sguardo fisso sul lupo mentre il cuore le batteva nelle orecchie. Dopo che si fu recato nell'angolo della stanza, il grosso animale si sdraiò e si raggomitolò strettamente.

Ava avrebbe potuto aprire la porta e darsi alla fuga prima

che lui riuscisse ad attraversare la stanza. Avrebbe potuto essere libera da quell'uomo che al tempo stesso la eccitava e la spaventava.

Non era sicura di voler fuggire. Damon poteva anche essere simile ai rapitori, ma aveva dimostrato con le proprie azioni di essere completamente diverso da loro.

Lo stomaco di Ava palpitò mentre lo sguardo degli occhi azzurri del lupo si fissava su di lei dall'altra parte della stanza. Se avesse voluto farle del male, lo avrebbe già fatto.

Allontanò la mano dalla maniglia e fece un passo esitante verso il lupo. Quando lui non si mosse, lei si avvicinò, fino a quando non furono a una trentina di centimetri di distanza.

Accovacciatasi, guardò la bestia che la fissava attraverso gli occhi azzurri di Damon.

"Damon?" Ava ebbe un sussulto. L'uomo era in grado di comprendere l'inglese, in quella condizione? "Capisci quello che dico?"

Damon sollevò la testa dalle zampe ed emise un guaito.

Ava sorrise da un orecchio all'altro. Forse capiva, dopotutto.

Tese la mano. La lunga lingua del lupo le leccò le nocche e lei rise. Timidamente, passò le dita nel folto pelo grigio dell'animale.

Si sedette sul pavimento con le gambe incrociate, fissando l'enorme animale che aveva di fronte. Com'era possibile? Come poteva un lupo esistere all'interno del corpo di un uomo? E perché lui sosteneva che anche lei fosse un lupo?

Accarezzò la morbida testa dell'animale fino a quando quello non si avvicinò strisciando sul ventre. Ava trattenne il fiato quando lui le mise la testa in grembo.

"Ehi, attento al muso, amico." Lo fulminò con lo sguardo quando il naso del lupo si avvicinò un po' troppo al suo inguine.

Lui sollevò la testa e le rivolse un sorriso pieno di denti.

I lupi non sorridevano, giusto?

Il lupo si alzò e tornò nell'angolo.

L'animale cominciò a cambiare: le sue membra si allungarono e il pelo si ritrasse, fino a quando Damon non giacque nudo nell'angolo.

Le labbra di Ava si schiusero mentre continuava a fissarlo, incapace di distogliere lo sguardo dalla sua nudità.

Damon era la perfezione fatta persona, con un corpo fatto di muscoli duri, pelle abbronzata e un viso che avrebbe tentato persino gli angeli a peccare.

L'uomo assunse una posizione seduta, palesemente a suo agio con la nudità. Cercare di avere una conversazione con lui mentre era completamente nudo era impossibile. Ava prese il copriletto e glielo porse.

"Grazie." La voce profonda di Damon le provocò un formicolio molto birbante allo stomaco.

Ava si accarezzò un braccio mentre passava lo sguardo sul corpo di lui. Un grosso tatuaggio alato, con degli occhi che si intravedevano appena, copriva tutta la sua schiena. Tatuaggi tribali neri gli avvolgevano i bicipiti. Il suo petto muscoloso aveva una spruzzata di peli scuri, mentre gli addominali sviluppati erano nudi. Appena sopra il livello del copriletto, i peli scuri riprendevano a formare una "V" che puntava verso il basso, in direzione del suo...

"Che significato ha il tatuaggio sulla tua schiena?" Ava si schiarì la voce e serrò le palpebre. Doveva darsi una calmata e smetterla di fantasticare su quanto fosse grosso il pacco dell'uomo.

"È il simbolo dei Guardiani del Branco." Damon spostò lo sguardo intenso su di lei. "Hai gridato."

Ava aprì gli occhi. "Sì. Scusa."

"Hai detto che non avresti gridato."

"Cosa ti aspettavi? Ti sei trasformato in un cavolo di lupo. E nemmeno un lupo qualsiasi, ma un lupo molto grosso. Un lupo spaventosamente grosso." Ava si portò le mani ai fianchi.

L'uomo si passò una mano massiccia sul viso. Il suo bicipite guizzò al gesto. Ava si chiese come si muovessero i suoi muscoli quando faceva sesso. Sesso bollente, sudato, per tutta la notte.

"Adesso mi credi?"

"Come?" Ava spostò lo sguardo e la sua mente sporcacciona dalle enormi braccia dell'uomo e fino agli occhi di lui. Il suo viso si scaldò. Le aveva fatto una domanda. "Mi sbagliavo. Sei un lupo."

"Anche tu sei un lupo, Ava."

"Non è possibile. Non ho mai fatto quello che hai appena fatto tu, amico mio." Ava si mosse verso la porta. Aveva bisogno di prendere un po' d'aria per schiarirsi la testa, o gli sarebbe saltata addosso come un'invasata.

L'uomo le afferrò la mano, la fece voltare e lasciò cadere a terra il copriletto.

Santo Dio, Ava non riuscì a resistere e diede un'occhiatina. Il suo sguardo si abbassò. Le si mozzò il fiato. L'uomo era grosso dappertutto.

"Tu *sei* un lupo, Ava."

Lei chiuse gli occhi e cercò di ignorare il calore che andava accumulandosi fra le sue gambe. "No che non lo sono. Se fossi stata morsa da uno di voi, me ne sarei accorta. A giudicare da quei denti che ti erano spuntati, il dolore sarebbe stato memorabile."

L'uomo ringhiò. "Non è necessario che ti morda un lupo per cambiare forma."

"Davvero?" Ava spalancò gli occhi. "Allora com'è che si diventa lupi mannari?" Il suo sguardo si abbassò sull'enorme erezione dell'uomo, quindi tornò al soffitto. Il suo volto si scaldò. Non sarebbe riuscita a continuare a sostenere la conversazione se lui si fosse rifiutato di coprirsi.

"Bisogna nascere col gene giusto."

"Allora i miei genitori erano lupi mannari?" Ava si acci-gliò mentre si costringeva a guardare Damon negli occhi.

"No, solo uno di loro. Tuo padre, molto probabilmente."

"Stai dicendo che ci sono altri lupi mannari a Little Rock?"

L'uomo sorrise da un orecchio all'altro. "Tutti quelli che stanno alla base sono licantropi."

Ava scosse la testa. "Pensavo che fosse una cittadina mili-tare. Voglio dire, voi indossate sempre la mimetica e girate armati. E poi, ho visto tutti quegli Hummer nel recinto dietro alla sala consigliare."

"Ci presentiamo al mondo degli umani come membri delle forze armate per nascondere le nostre vere identità. Se il mondo sapesse che esistiamo, si scatenerebbe una caccia alle streghe fino alla nostra estinzione. Avere accesso a qualche lanciarazzi è utile quando si tratta di proteggere il nostro Branco."

"Proteggere il Branco da chi?"

"Da altri branchi che vogliono quello che abbiamo." L'uomo la trafisse con uno sguardo ardente.

Ava cambiò posizione sotto quell'occhiata. "Se sono un lupo, perché non mi sono mai trasformata?"

"Si dice 'cambiare forma'. Trasformarsi è quello che fanno i robot nei film."

L'uomo doveva proprio mettersi un paio di jeans. Era difficile cercare di intrattenere una conversazione e, al tempo stesso, provare a distogliere lo sguardo dal suo inguine. "D'accordo, perché non ho cambiato forma?"

"Quanti anni hai?" L'uomo le passò lo sguardo addosso come se stesse analizzando ogni sua curva. Ava avrebbe voluto che fossero le mani di lui, e non lo sguardo, ad analiz-zare il suo corpo.

"Quanti me ne dai?" Lei si mise una mano su un fianco e

sporse il seno. Era la sua posa preferita, a cui gli uomini non riuscivano a resistere. Era grazie a quella che non aveva mai pagato una birra all'università.

Gli angoli della bocca dell'uomo si curvarono verso l'alto in un sorriso sexy mentre questi si sporgeva in avanti.

"Non cerco mai di indovinare l'età di una donna. È rischioso."

L'odore dell'uomo la colpì, si avvolse attorno a lei, quando Ava inalò profondamente. Strinse i denti, infastidita dall'effetto che Damon aveva su di lei. Il fatto che non fosse nemmeno minimamente attratto da lei non faceva bene al suo ego. Non aveva fatto nulla, se non guardarla male e contraddirla, da quando l'aveva salvata.

Ava si protese verso di lui, le labbra a pochi centimetri dalle sue, e inalò. "Damon, non so perché, ma mi riesce difficile credere che tu eviti il rischio."

\* \* \*

DAMON CHIUSE le mani a pugno per trattenersi dal prendere Ava fra le braccia e spogliarla nuda.

Di solito, le femmine mantenevano le distanze da lui. Ma Ava no. Anziché evitare il pericolo e stargli lontano, lei si sporse per annusarlo.

Lo sguardo di Damon ricadde sulle sue labbra schiuse. Tutto ciò a cui riusciva a pensare era affondare i denti nella carne di lei mentre le si tuffava dentro fino alle palle, finché non avesse urlato il suo nome.

"Io sono il rischio." Le parole gli uscirono in un ringhio mentre si sporgeva in avanti.

La donna arrossì nell'incrociare il suo sguardo, ma non si allontanò.

Lo sguardo di Damon scese sui seni di lei. I capezzoli duri della donna, che premevano contro il materiale sottile della maglietta, rendevano il suo membro gonfio e dolorante. Il desiderio alimentò il suo cervello, fino a quando non riuscì a vedere e sentire altro che lei.

La sua mente si spense, lasciando solo l'istinto animale. Se Ava insisteva a giocare col fuoco, lui avrebbe acceso il fiammifero.

Le passò una mano attorno alla vita e se la strinse al petto. La sua bocca coprì quella di lei, dura e dominante, rivendicando la sua completa attenzione.

Damon affondò la lingua nella bocca calda e dolce di Ava, baciandola con forza e profondamente. La sua mente rimase sconvolta, da tanto era sexy il sapore di lei. Se anche l'avesse baciata per un'eternità, non sarebbe comunque riuscito a dissetarsi.

Si preparò, aspettandosi che in qualunque momento le mani della donna gli avrebbero premuto sul petto per spingerlo via. Come diavolo avrebbe fatto a lasciarla andare quando tutto ciò che voleva era tenersela vicina?

Le mani di Ava scivolarono fino alle sue spalle. Damon si irrigidì, aspettando che lei lo fermasse.

Invece, la donna fece l'inaspettato.

Affondò le dita nelle sue spalle, aggrappandosi e attirandolo a sé.

Sbalordito, Damon aprì gli occhi. Lo sguardo verde della donna era fisso nel suo mentre lei ricambiava il bacio, le loro lingue che si accoppiavano in una danza intima. Il corpo di Damon doleva mentre lei sfregava l'inguine contro la sua erezione dura come la roccia; nulla, se non la maglietta sottile, gli impediva di premersi fra le cosce di lei.

La lingua della donna fece dentro e fuori dalla sua bocca mentre lei congiungeva le dita dietro la sua nuca, accentuando la presa.

L'aria abbandonò i polmoni di Damon mentre lui si irrigidiva e i ricordi scorrevano oltre la diga del suo passato tenuto sottochiave. Respirando a fatica, Damon si staccò.

"Cosa c'è?" mormorò la donna.

"Non toccarmi il collo."

"Mi dispiace." Ava allungò una mano verso di lui. "Non lo sapevo."

"È stato un errore." Damon le afferrò la mano, tenendola a distanza di un braccio. Non avrebbe dovuto toccarla, figurarsi baciarla. L'intera faccenda era una pessima idea.

"Pensavo che ti piacesse baciarmi."

"Baciarti non è l'unica cosa che io voglia fare, Ava. Credo che tu lo sappia."

"Forse non è nemmeno l'unica cosa che voglio fare io." Ava gli passò la mano libera sul petto e gli picchiettò il capezzolo con un'unghia.

Damon sibilò. Il tocco di lei era come fuoco sulla pelle. Aveva bisogno di spazio. Aveva bisogno di schiarirsi la testa e concentrarsi sul dovere. E tuttavia, le parole incaute gli uscirono comunque di bocca. "Piccola, la tua fantasia e la mia sono completamente diverse."

"Ne dubito."

Perché doveva essere così fottutamente bella? E completamente fuori dalla sua portata?

Damon scosse la testa. "È diverso. Tu vuoi romanticismo e gentilezza. Io non sono nessuna di quelle cose."

"Come fai a sapere cosa voglio?" La mano di Ava si soffermò sul suo petto.

"Fidati. Non sono quello che vuoi." Non avrebbe mai funzionato. I loro destini erano stati stabiliti dal sangue e suggellati dal Fato.

"Davvero?"

"Per via del tuo status nel Branco, verrai accoppiata con un maschio tuo pari. E quello non sono io."

Gli occhi di Ava mandarono lampi e lei si divincolò dalla

sua presa. "Beh, grazie, Einstein, per avermi detto cosa voglio. È incredibile che tu e il tuo ego riusciate a stare nella stessa cazzo di stanza." Scintille sprizzavano dagli occhi verdi della donna e Damon avrebbe potuto giurare che la temperatura nella stanza fosse aumentata di dieci gradi.

Ava gli puntò un dito contro il viso. "Lascia che ti dica una cosa. Io non ho in programma di sposarmi, accoppiarmi o fare qualunque cosa mi leghi a uno stronzo che pensa di controllare me o la mia vita. Chi faccio entrare nel mio letto non è affare di nessuno, tranne che mio." Girò sui tacchi e andò a grandi passi in bagno, sbattendo la porta.

Damon abbassò lo sguardo. L'invettiva di Ava glielo aveva solo fatto diventare ancora più duro.

Che diavolo gli era preso? Se non avesse riportato la testa al lavoro, c'era il rischio che andasse tutto a puttane. Il lavoro era sempre la cosa più importante. A tutti i costi.

Scuotendo la testa, Damon finì di vestirsi e prese il cellulare. Doveva aggiornare Barrett.

* * *

Dopo aver fatto la doccia ed essersi buttata i vestiti addosso, Ava uscì dalla stanza dell'albergo. Sollevò la mano per schermarsi gli occhi dalla luce intensa del sole. Damon era vicino alla moto; le lanciò una rapida occhiata prima di proseguire la conversazione al telefono.

Stronzo. La degnava a malapena di uno sguardo.

Gli uomini erano tutti uguali. Un attimo prima volevano saltarti addosso; poi, non appena le cose non andavano come volevano loro, ti buttavano fuori a calci.

Ava si levò la giacca di pelle sotto il caldo sole invernale. Il tempo, al Sud, era molto incostante. Il giorno prima era stata una giornata fresca e ora faceva di nuovo caldissimo. Forse avrebbe dovuto trasferirsi in Colorado. Scommetteva che il clima e gli uomini, laggiù, fossero più piacevoli.

Mentre Damon continuava a ignorarla, lei buttò la giacca sul sedile della motocicletta e si incamminò verso l'ufficio dell'albergo.

"Ava, dove vai?" gridò Damon.

Lei lo ignorò. A quel gioco si poteva giocare anche in due.

Aprì la porta dell'ufficio, andò dal giovane impiegato e sorrise.

L'uomo spalancò gli occhi. Qualunque cosa stesse facendo al computer, se ne dimenticò immediatamente. Balzò in piedi e le dedicò la sua completa attenzione.

Damon avrebbe potuto imparare qualcosa da quel tipo.

"Ciao." Ava appoggiò i gomiti sul computer e si sporse un poco. "Mi chiamo Ava."

"Mi chiamo Michael." Lo sguardo di Michael si abbassò sui seni di Ava. Lei resistette alla tentazione di levare gli occhi al cielo. Gli uomini erano tutti uguali: avessero quarant'anni o quattro, non riuscivano a non fissare un paio di tette.

"Mi chiedevo se potessi aiutarmi."

"Certo. Qualunque cosa." Il viso segnato dall'acne di Michael si allargò in un ampio sorriso.

"Ma quanto sei dolce."

Michael arrossì e gonfiò il petto magro. Sì, Ava era ancora brava. Anche se Damon era immune al suo fascino.

* * *

DAMON INSEGUÌ AVA mentre la donna entrava nell'ufficio del motel. Era palese che lei non aveva idea che fosse fondamentale mantenere un basso profilo. Invece, eccola lì, che girava senza un pensiero al mondo come la regina di Saba.

L'impiegato nerd aveva palesemente trovato Ava più

attraente di quel maledetto gioco a cui stava giocando la sera prima. Non che Damon potesse davvero fargliene una colpa.

"Mi chiedevo se potessi consigliarmi un posto dove fare colazione," sussurrò Ava.

L'impiegato sorrise a trentadue denti. "Conosco il posto perfetto. Si trova a qualche miglio da qui e fa dei pancake fantastici. Si chiama *Apple Dumpling*."

"Mmm, buoni i pancake. Ma io pensavo a qualcosa di più salutare. Non credo di aver bisogno di calorie in più." Ava sporse le labbra in un broncio sexy.

Cosa diavolo stava combinando? Flirtava con quel ragazzino?

"Non credo che tu abbia bisogno di stare attenta alle calorie. Hai un aspetto fantastico." L'impiegato si aggiustò gli occhiali sul naso con un dito.

"Scommetto che lo dici a tutte." Ava sorrise. Damon non sapeva se volesse ammazzare di botte il tipo o buttarsi Ava in spalla, riportarla nella stanza e finire quello che avevano cominciato.

"Non saprei. Le ragazze di qui non mi parlano." L'impiegato distolse lo sguardo e le sue spalle si piegarono.

Damon lo capiva benissimo. Ricordava di essersi sentito secco e goffo con le donne prima che arrivasse la pubertà. Tuttavia, non gli piaceva il modo in cui quel fesso stava guardando Ava.

"Probabilmente, le ragazze di qui non sono nulla in confronto ad Ava." Damon passò la mano attorno alla vita della donna e la attirò a sé. Lei lo guardò male e gli diede una gomitata, ma lui non mollò la presa.

"Scherzi? Nessuna, qui, somiglia ad Ava." Michael deglutì.

"Scommetto che, nel giro di un anno, tutte le ragazze ti inseguiranno." Ava sorrise.

Damon avvertì una stretta al petto. Aveva vissuto la maggior parte della vita come un reietto. Probabilmente, Ava non avrebbe mai conosciuto quella sensazione. Eppure, eccola lì, che rivolgeva parole gentili di incoraggiamento a uno sconosciuto che le avrebbe sempre tenute a mente.

"Davvero?" Michael le rivolse un sorriso dubbioso prima di spostare lo sguardo su Damon, in cerca di conferma.

Lui si strinse nelle spalle. "Sì, ma dovrai staccarti da quel computer e portare il tuo culo minorenne in un bar. Siamo in Louisiana. Non dovrebbe essere difficile procurarti un documento falso."

"Damon," sibilò la donna.

"Che c'è? La prima volta che l'ho fatto è stata sul retro di un bar."

"Perché la cosa non mi stupisce?" Ava gli rivolse un'espressione divertita. "Anche se mi stupisce che tu abbia aspettato a fare sesso fino a quando non hai preso la patente."

"Non avevo la patente. Andavo in bici."

"Chi era la fortunata?" Ava inarcò un sopracciglio.

"Non lo so. Una che aveva appena divorziato. Voleva festeggiare e a me non è dispiaciuto fare da torta."

"Non credo che sia legale." La donna gli rivolse uno sguardo colmo di orrore.

Damon fece spallucce e guardò l'orologio. Aveva cose più importanti da fare che aiutare quel ragazzino a rimorchiare.

Si rivolse a Michael. "Il punto è che puoi continuare a segarti o poi trovarti una ragazza che lo faccia per te. Fidati: è meglio quando te lo tocca una ragazza." Afferrò la mano di Ava e la condusse fuori.

Lei puntò i talloni e si liberò dalla sua presa.

"Che c'è?" Damon sospirò.

"Non puoi dirgli cose del genere. Sei pazzo?"

"Stavo solo cercando di dargli una mano." Damon fece spallucce.

"Sì, beh, non gli hai detto nulla sull'aspettare la ragazza giusta, sull'innamorarsi o sul sesso sicuro."

"Va bene." Damon levò le mani al cielo e rientrò. Dopotutto, non era in missione. "Ehi, ragazzino. Non fare il fesso: copri l'attrezzo." Tirò fuori dalla tasca una bustina argentata e la lanciò verso l'adolescente. Michael afferrò il preservativo a mezz'aria.

"Grazie! Grazie mille, amico." L'impiegato sorrise da un orecchio all'altro e si ficcò il preservativo nel portafogli come se fosse chissà che cosa.

"Ecco fatto. È stato istruito." Damon lanciò un'occhiata ad Ava mentre si incamminava verso la moto.

"Dove siamo diretti?" Ava si mise a cavalcioni della moto dietro di lui e infilò il casco.

"A fare colazione, poi da un mio amico. Spero che lui sia disposto ad aiutarci a trovare un posto sicuro dove stare."

"Non lo metteremo in pericolo?"

"Fidati: lui ci sguazza, nel pericolo."

* * *

DOPO ESSERSI STRAFOGATI di pancake e bacon, percorsero il breve tragitto fino al Lady Diamond Casino a Shreveport.

"Cos'è che fa esattamente il tuo amico?" chiese Ava.

"Si occupa della sicurezza." Damon passò lo sguardo sul parcheggio quasi pieno in cerca di lupi fuorilegge prima di dirigersi verso l'ingresso del casinò. Il sole brillava alto nel cielo pallido e faceva brillare l'acqua come tanti diamanti. Alcune persone sostavano vicino all'ingresso, fumando sigarette e chiacchierando. C'era poca attività, a quell'ora del mattino, e Damon non percepiva pericolo.

Gli altoparlanti sparavano musica di Lady Gaga. Damon fece una smorfia.

"Ne deduco che tu non sia un fan di Lady Gaga." Ava fece un sorrisetto.

"Non proprio."

59

"Mi sembravi più un tipo da Slipknot."

Gli angoli delle labbra di Damon giocherellarono con un sorriso riluttante. Ava lo conosceva meglio di molti altri.

"Avevo ragione, vero?" Il sorrisetto della donna si trasformò in un sorriso vero e proprio.

"A dire il vero, è più un tipo da Katy Perry."

Damon ringhiò e si voltò. "Jayden. Mi sembrava di aver sentito puzza di marcio."

"Colpa del piatto del giorno. Io, per quanto mi riguarda, ho sempre un odore irresistibile." Jayden rivolse ad Ava un sorriso ammaliante. "Soprattutto alle belle donne."

Da che Damon lo conosceva, Jayden non aveva mai sofferto la mancanza di compagnia femminile. Coi suoi capelli biondi e gli occhi azzurri, sembrava più adatto a Hollywood che alla Louisiana.

"Io sono Ava." Ava tese la mano.

Gli occhi di Jayden brillarono e le sue narici fremettero. Si portò il polso di lei al naso mentre inarcava.

Qualcosa scattò dentro Damon. Si lanciò, afferrando Jayden per la gola e inchiodandolo al muro. "Non toccarla, cazzo."

"Damon, lascialo andare." Ava lo tirò per il braccio.

"Sì, Damon. Lasciami andare," annaspò Jayden, nonostante la mano serrata attorno alla gola.

Due uomini della sicurezza apparvero dal nulla, su ciascun lato di Damon, e cercarono di staccarlo.

Damon colse una paura inconfondibile negli occhi di smeraldo di Ava e la sua testa si schiarì. L'ultima cosa che voleva era che Ava avesse paura di lui.

Mollò la presa.

"Abbiamo ancora la testa calda, vedo." Jayden sussultò e si massaggiò il collo.

"Vieni, amico, è ora di andare." Uno degli uomini della sicurezza afferrò Damon per un braccio.

Lui ringhiò.

"No, va tutto bene. È solo un equivoco. Lui è mio amico."
Jayden allontanò con un cenno le guardie. Tenendo d'occhio
la situazione, gli uomini si ritirarono fra le ombre del casinò.

"Non volevo mancare di rispetto alla tua femmina,
amico." Jayden sollevò le braccia.

"Non è la mia femmina," scattò Damon.

"Non sono la sua femmina," rispose nello stesso istante
Ava.

Jayden sbuffò.

"È affidata alle mie cure fino a quando non riuscirò a
portarla a casa sana e salva."

"E da quando è scoppiata la bomba, tu non puoi esattamente andare a casa, vero?" Jayden si accigliò mentre si siste-
mava il colletto e si lisciava la camicia.

"Come fai a saperlo?" Sebbene Jayden non appartenesse a
un Branco, era comunque probabile che il passaparola gli
fosse comunque giunto tramite altri lupi. Le notizie viaggiavano come l'Internet nel mondo lupino.

"Ho ricevuto un'e-mail da Barrett verso mezzanotte. L'intero complesso è stato trasferito nel rifugio nella zona nord-
occidentale dell'Arkansas."

"Allora è laggiù che dovremmo andare," disse Ava.

Damon scosse la testa. "Non possiamo. Quella zona è
considerata territorio neutrale, ma i lupi che hanno fatto
scoppiare le bombe nel complesso non ci penserebbero due
volte prima di farlo anche lì, soprattutto se io mi facessi vivo
con te. Le vite degli altri non significano nulla per loro."

Jayden accennò col capo ad Ava. "Dunque, i lupi fuorilegge vogliono la femmina."

"Mi chiamo Ava," lo corresse lei.

"L'hanno rapita. Io l'ho salvata."

Il sorriso di Jayden svanì all'istante. "Mi stai prendendo
per il culo? Non si sente più parlare di rapimenti di femmine

da quando il Consiglio ha stabilito la pena di morte per quel reato."

"Sì, beh, quei bastardi dei lupi rossi sono disposti a correre il rischio."

"Lupi rossi? Pensavo che fossero estinti in questa zona." Il cipiglio di Jayden si fece più profondo.

"A quanto pare, si stanno preparando a tornare," ringhiò Damon, "e progettano di cominciare a procreare."

La comprensione apparve negli occhi di Ava quando i pezzi del puzzle si incastrarono nella sua mente.

"Eh no. Solo perché tu e Scooby Doo sapete farvi crescere il pelo non significa che lo sappia fare anch'io. E anche se così fosse, non intendo partorire nessuna cucciolata."

Lo sguardo di Jayden corse lungo il corridoio. "Abbassa la voce."

"Abbiamo bisogno di un posto dove stare." Damon guardò Jayden.

"Potete restare qui." Jayden fece spallucce. "In questo modo, saremo in due a tenerla d'occhio."

Damon sbuffò. "Da quando ti piace giocare in squadra?"

"Il bue che dà del cornuto all'asino. Il fatto che tu sia parte di un Branco non significa che tu faccia parte di una squadra." Jayden sogghignò.

Quelle parole toccarono un nervo scoperto. Damon strinse i denti, sollevò la mano e mostrò il medio a Jayden.

Jayden ridacchiò. "No, grazie. Non sei il mio tipo."

"Se voi due avete finito, possiamo prendere una stanza, per favore? Dopo il check-in, dovrò procurarmi degli altri vestiti." Ava guardò la scritta sulla maglietta e fece una smorfia. "Fare da cartellone pubblicitario per della birra non è la mia idea di eleganza."

"Non preoccuparti. Abbiamo una boutique nel casinò," si offrì Jayden.

"Suona costoso e io sono a corto di soldi." Ava lanciò

un'occhiata a Damon. "Se mi presti qualche soldo, ti pagherò non appena arriveremo a casa."

"Ci penso io, Ava." Jayden fece per estrarre il portafogli, ma Damon fu più veloce.

"Faccio io." Tirate fuori tre banconote da cento dollari, le diede ad Ava. Lei gli rivolse un sorriso smagliante. Il suo petto si contrasse.

Per la prima volta in vita sua, Damon aveva la sensazione di essere lui quello in pericolo.

\* \* \*

LA COMMESSA, che indossava un vestito avvolgente bianco e nero e scintillanti scarpe col tacco nere, lanciò un'occhiata malevola ad Ava quando entrò dalla porta della boutique. A quanto pareva, nemmeno lei era una fan dell'abbigliamento da area di sosta di Ava.

Fortunatamente, c'era Jayden, armato di qualche parola incantevole e di un sorriso devastante. L'uomo assicurò alla commessa che Ava era praticamente una sorella. Dopo che Jayden se ne fu andato, la donna divenne dolcissima e disponibilissima, mostrandole di tutto, dai gioielli con diamanti alle borse di design. Accessori di cui Ava non aveva bisogno e che non poteva permettersi.

Con suo grande sollievo, una signora anziana e ben vestita entrò nel negozio e la commessa la lasciò per occuparsi della nuova arrivata.

Ava passò le dita su un maglione di angora e lo prese. Dopo aver visto il prezzo, lo rimise a posto.

"Non tutti quelli che vengono al casinò se ne vanno più ricchi. Dovrebbero saperlo," borbottò fra sé. Il suo sguardo passò sull'esposizione di jeans di marca e magliette alla moda, che erano decisamente fuori budget.

Ebbe un tuffo al cuore. "Non posso permettermi nessuna

di queste cose." Mentre si spostava in fondo al negozio prima di uscire, una piccola rastrelliera di indumenti in saldo attirò la sua attenzione. Passò in rassegna i vestiti e sorrise. Quelli sì che poteva permetterseli.

Ava ignorò le occhiate sprezzanti che le lanciò la commessa mentre pagava. Tutto sommato, se l'era cavata piuttosto bene.

Stava prendendo la borsa dal bancone quando il suo cuore accelerò i battiti. Capì, senza bisogno di voltarsi, che Damon era appena entrato.

Il profumo di cuoio caldo e pericolo bollente le scaldò il sangue. Tutte le volte che lui si avvicinava, Ava doveva lottare contro l'impulso a buttarlo a terra e cavalcarlo.

Dopo quel bacio bollente nella stanza del motel, aveva creduto che l'uomo fosse attratto da lei. Ma aveva cambiato idea dopo che lui l'aveva respinta. Probabilmente, Damon aveva una ragazza. Per la miseria, probabilmente aveva una donna in tutte le città del Sudest.

Dopo aver tratto un respiro profondo per farsi forza, Ava si voltò. Il suo stomaco si tramutò in gelatina quando lei incrociò lo sguardo intenso dell'uomo.

"Hai trovato qualcosa?" Damon la guardò con quegli occhi color acquamarina che parevano scrutarle nel profondo dell'anima.

Col suo metro e settantasette di altezza, Ava aveva difficoltà a trovare un uomo che dovesse guardarla dall'alto. Ma Damon doveva. La faceva sentire piccola, fragile e delicata.

"Sì. Ma non mi sono rimasti molti soldi." Ava porse all'uomo i poco più di diciassette dollari di resto.

Lui si accigliò.

"Mi dispiace: i vestiti sono molto costosi. Sono riuscita a prendere solo cose in saldo, ma i prezzi sono quelli che sono." Forse Ava avrebbe dovuto restituire qualcosa. Poteva sempre indossare gli stessi vestiti per un paio di giorni di seguito, no?

L'uomo si strinse nelle spalle. "Non importa."

Ava strinse gli occhi. Quell'uomo mostrava mai un'emozione che non fosse rabbia o fastidio? Doveva proprio farsi visitare: se era attratta da lui, non stava bene.

Girò attorno a Damon e uscì nella lussuosa lobby, dove Jayden la stava aspettando con un sorriso smagliante.

Jayden. Lui sì che era un uomo sul quale lei avrebbe dovuto avere delle fantasie. Non solo era bellissimo, era anche incredibilmente premuroso. Ma nonostante la sua bellezza da attore e il suo fascino, quando Ava guardava Jayden, non provava nulla. Nessuna scarica di eccitazione, nessun bisogno di sporgersi verso il suo corpo e inalare il suo profumo, nemmeno l'impulso a strappargli i vestiti coi denti. Solo Damon la faceva sentire così.

Era proprio persa.

"Abbiamo una stanza?" Ava aveva bisogno di una doccia calda e di un cambio di vestiti per sentirsi di nuovo in forma.

Jayden si inchinò elegantemente e le fece penzolare davanti agli occhi una tessera magnetica. "Quello che la mia signora vuole, la mia signora ottiene."

Non era vero. Questa volta, Ava sapeva che non avrebbe ottenuto quello che voleva. Nemmeno lontanamente.

## CAPITOLO QUATTRO

Ci volle tutto l'autocontrollo di Damon per non cancellare a cazzotti quel sorriso stupido dalla faccia ridicola di Jayden.

Diede una spallata all'altro uomo mentre seguiva Ava nell'ascensore.

"La tua stanza è allo stesso piano?" La donna selezionò il numero del suo piano senza guardarlo.

"Sì."

Il viaggio in ascensore fu teso e silenzioso. Ava era ancora arrabbiata e lui non credeva che la situazione stesse per cambiare. Non avrebbe mai dovuto toccarla. Stava giocando a un gioco pericoloso, che non poteva far altro che danneggiare la sua carriera di Guardiano. Se avesse finito con l'andare a letto con lei e Barrett lo avesse scoperto, Damon sarebbe stato punito, privato del suo titolo, e non gli sarebbe mai più stato permesso di unirsi a un Branco. Sarebbe dovuto diventare un Nomade, sempre in fuga, sempre solo, sempre senza una casa.

Le porte dell'ascensore si aprirono con uno squillo sommesso e loro due uscirono.

Damon attese alle spalle di Ava mentre lei inseriva la chiave nella serratura.

La donna entrò nella stanza e si voltò per chiudere la porta. Lui la oltrepassò, ignorando l'occhiataccia che gli rivolse. Toltasi la giacca, la gettò su uno dei letti matrimoniali.

"Non devi per forza restare qui mentre mi cambio." La donna incrociò le braccia. "Credo di essere abbastanza al sicuro."

"A dire il vero, sì, devo. Questa è anche la mia stanza." Damon si recò alla finestra e guardò fuori in cerca di segni che fossero stati seguiti prima di tirare le tende.

"Non serve che stai nella stessa stanza con me. Ci sono telecamere dappertutto. Dubito che qualcuno correrà il rischio di rapirmi qui." Ava si leccò le labbra.

Damon le fissò la bocca. *Concentrati sul lavoro. Lei è un lavoro. Nient'altro.* "Siamo a corto di soldi, grazie alle tue spese pazze." L'espressione di Ava crollò e lo stomaco di Damon gli fece sentire il senso di colpa. "Non posso usare la carta di credito, perché è rintracciabile."

"Hanno abbastanza influenza da rintracciarci tramite la carta di credito?"

"Credimi, piccola, i cattivi hanno moltissima influenza. Hanno già confessato di aver messo le mani sulla fantasia liquida definitiva."

"Cosa intendi?"

"Si tratta di un farmaco da somministrare per via endovenosa, che forza il calore di un lupo femmina in modo che possa riprodursi. Volevano usarlo su di te."

Ava lasciò ricadere le braccia lungo i fianchi mentre il suo viso impallidiva di un paio di sfumature. "Dunque volevano costringermi a…"

"Volevano costringerti ad andare in calore."

"Come un cane?" La voce della donna era ridotta a un semplice sospiro.

Damon scosse la testa. "Quando un lupo mannaro femmina va in calore, la sua personalità cambia, perde appetito, e il suo bisogno di sesso aumenta."

"Dopo avermi costretta ad andare in calore, volevano violentarmi a turno." La voce vuota della donna si spezzò mentre lei si rendeva pienamente conto dell'orrore che avevano avuto in mente quei lupi.

"Io non avrei mai permesso loro di toccarti." Damon si avvicinò e le posò una mano sul viso, costringendola a guardarlo.

"Quei lupi rossi non avranno il coraggio di oltrepassare i confini statali. Ormai, sanno che tutti gli Stati del Sud sono in allerta dopo il rapimento. Sei al sicuro."

"Per quanto?" Il viso di Ava si contrasse per il dubbio.

"Finché io avrò vita." Damon non aveva dubbi: si sarebbe frapposto fra lei e un milione di quei lupi rossi pur di tenerla al sicuro.

"Allora, mi sa che dobbiamo tenerti in vita."

Lui sbuffò. "Sì, mi sa." Accennò col capo al sacchetto che Ava aveva lasciato cadere per terra. "Perché non fai una doccia e non ti cambi?"

Ava annuì, prese il sacchetto e si diresse verso il bagno.

Damon prese il telefono e compose un numero. Jayden rispose al secondo squillo. Qualunque cosa gli fosse accaduta, avrebbe fatto tutto il possibile per tenere Ava al sicuro.

A qualunque costo.

* * *

Dopo una lunga doccia calda e dopo aver indossato i vestiti nuovi, Ava si mise di fronte allo specchio umido di vapore del bagno, a fissare il suo riflesso. Lo shopping l'aveva sempre rallegrata quando lei si sentiva giù, ma in quel momento, i vestiti nuovi non le risollevavano minimamente il morale.

Doveva chiamare suo padre, il generale. Doveva fargli sapere che stava bene. Il suo stomaco era annodato dal senso di colpa. Avrebbe dovuto chiamarlo subito dopo che Damon l'aveva salvata. Ma si era lasciata trascinare troppo dall'entusiasmo e dal pericolo anche solo per pensare di fargli capire che stava bene. La presenza di Damon le aveva fatto dimenticare i suoi obblighi di famiglia. Era una persona orribile.

Uscendo dal bagno, fece una smorfia alla vista di una partita degli Arkansas Razorback trasmessa a tutto volume in televisione. Damon spostò l'attenzione dalla partita a lei.

L'uomo si accigliò.

Ava abbassò lo sguardo sui jeans e sul maglione bianco lavorato. "Va bene? Ho un altro top più formale da mettermi."

"Stai bene," brontolò l'uomo prima di riportare l'attenzione alla partita.

Ava serrò la mascella di fronte a quel complimento poco lusinghiero. Non era mai stata il tipo da voler farsi fare i complimenti, ma nemmeno era abituata a che gli uomini la ignorassero.

"Ho bisogno di usare il tuo cellulare per chiamare mio padre e dirgli che sto bene." Ava si sedette sul bordo del letto e indossò gli stivali che aveva preso alla boutique. Erano lunghi fino al ginocchio, di cuoio nero, coi tacchi e le fibbie sui lati, e avevano un aspetto molto migliore di quegli stivali a strappo che Damon le aveva preso all'area di sosta.

"Lo sa già."

Una bussata alla porta fece balzare Ava in piedi. Magari Damon aveva ordinato il servizio in camera.

Fece per andare ad aprire, ma Damon la batté sul tempo.

"Sul serio? Non credo che un rapitore voglia fare lo sforzo di bussare prima di entrare."

"I rapitori hanno bussato a casa tua?" L'uomo inarcò un sopracciglio.

"Sì. Questo è vero." Ava strinse gli occhi. Che uomo fastidioso.

Damon le lanciò un'occhiata dura prima di allungare una mano dietro la schiena ed estrarre una pistola molto grossa.

"Cristo! Ce l'avevi addosso per tutto il tempo mentre andavamo in moto? Avresti potuto spararmi." Ava diede un colpo sul braccio dell'uomo. Non ricordava di avergli sentito armi addosso quando era stata premuta contro di lei in sella alla Harley.

"Ce l'avevo nella sacca."

"Come hai fatto a portarla dentro il casinò? C'è il metal-detector."

"Jayden mi ha fatto passare per un altro ingresso." L'uomo sbirciò attraverso lo spioncino. "Parli del diavolo..." Damon aprì la porta e si rimise la pistola nei pantaloni.

"Perché diavolo ci avete messo tanto? Cominciavo a chiedermi se non doveste rendervi presentabili prima di aprire la porta." Jayden agitò le sopracciglia.

"Stavo controllando chi fosse prima di aprire la porta. Persino tu dovresti saperlo, dato che sei della sicurezza." Damon sembrava furioso.

"Se io fossi in una stanza con una bella donna, il lavoro sarebbe l'ultima cosa che avrei in mente." Jayden le ammiccò.

Ava sospirò. Perché non poteva sbavare per Jayden? L'uomo aveva il fisico di uno spogliarellista di alto bordo ed era anche ammaliante.

"Ho un lavoro da svolgere," grugnì Damon.

"Sta semplicemente tollerando la mia presenza. Forse dovrebbero pagarlo di più per il fatto che mi sopporta." Ava sputò quelle parole aspre.

"Il Damon che conoscevo amava le donne, soprattutto

quelle belle." Jayden si grattò la mascella. "Non sarai mica diventato gay?"

"Cosa?" Damon spalancò gli occhi.

Jayden fece spallucce e sollevò le mani. "Non che ci sia nulla di male."

Una risata gorgogliante sfuggì alla bocca di Ava, che si tappò la bocca quando Damon le lanciò un'occhiataccia.

"Non sono gay," ringhiò l'uomo.

Dedicando completa attenzione a Jayden, Ava sorrise sbarazzina. "Sono certa che gli piacciano ancora le donne. Sono io l'unica che non gli piace."

"Volevi qualcosa?" Damon si frappose fra lei e Jayden.

"Stavo andando dalla nonna. Pensavo che, magari, voi due avreste voluto unirvi."

"Non credo proprio." Damon scosse la testa.

Ava serrò i pugni. Lui non aveva il diritto di dirle cosa doveva fare. Non era il suo capo.

"Io vengo, se la compagnia non ti dispiace." Ava sorrise.

"Mi piacerebbe moltissimo." Jayden sorrise da un orecchio all'altro. "Se porto a casa una bella ragazza, la nonna potrebbe credere che io abbia finalmente deciso di sistemarmi."

"D'accordo. Andremo tutti." Damon ringhiò mentre si infilava la giacca di cuoio.

"Non devi venire per forza. Sono sicura che Jayden possa farmi da guardia del corpo," scattò Ava.

"Come no. Sarò felicissimo di guardare il tuo corpo." Jayden si avvicinò a lei di un passo.

"Ho detto che andremo tutti." Damon spinse Jayden fuori dalla porta prima che questi potesse avvicinarsi ulteriormente.

* * *

Damon non aveva mai conosciuto una femmina capace di farlo incazzare più in fretta di Ava Renfroe. Quella donna aveva la bocca larga, non obbediva e minava continuamente la sua autorità. Le femmine tendevano a mantenere le distanze da lui. Ma non Ava. Lei era fottutamente impavida.

Quando la donna uscì dal bagno con indosso quei pantaloni aderenti, per poco lui non venne nei jeans. Il maglione era abbastanza scollato per offrire uno scorcio del seno piccolo, ma sodo che tendeva la stoffa aderente. Poi c'erano quegli stivali dal tacco alto che gridavano "Scopami contro il muro." Aveva un corpo fatto per essere adorato.

Ava camminava di fronte a lui, ancheggiando a ogni passo. Che sensazione gli avrebbe dato quel sedere fra le mani mentre lui le premeva i palmi contro il muro, le strappava i vestiti di dosso e la prendeva da dietro?

Jayden si schiarì la voce. A giudicare da come lo stava guardando, sapeva a cosa stava pensando Damon.

"Un penny per i tuoi pensieri." Jayden sorrise come l'idiota che era.

"Vai a farti fottere," ringhiò Damon, allungando il passo.

Poteva anche avere Ava nei suoi pensieri; l'importante era evitare che quei pensieri si trasformassero in azioni.

* * *

Damon scosse la testa mentre Jayden correva sulla statale con la sua Mustang. Dopo diverse proteste da parte di Ava, che seduta sul sedile posteriore gli diceva che guidava come un pazzo, Jayden finalmente cedette e rallentò.

Sulla Harley, Ava non si era lamentata nemmeno una volta del modo di guidare di Damon, che comunque aveva superato di molto il limite di velocità. Il pensiero lo divertiva.

Mezz'ora dopo imboccarono il viale di ghiaia della nonna. Mentre Ava scendeva dalla Mustang, Damon colse l'occasione per passare lo sguardo su quella zona familiare. La casa bianca in stile ranch della nonna aveva lo stesso identico aspetto di tanti anni prima. Sbiaditi gnomi da giardino si nascondevano in mezzo alle aiuole, mentre animali della foresta di ceramica punteggiavano il prato. Sembrava che il reparto cortili e giardini di Walmart avesse vomitato in cortile. La nonna era sempre stata un po' un'accumulatrice. Stranamente, tutta quella paccottiglia lo aveva sempre fatto sentire a casa.

Jayden salì saltellando i gradini, facendoli due alla volta. Bussò un paio di volte prima di aprire la zanzariera. "Nonna?" Ava si fermò a metà del cortile e si voltò, incrociando lo sguardo di Damon.

Quando l'uomo non si mosse, lei si incamminò verso di lui.

"Non vorrai farmi entrare da sola, vero?" Si mise le mani sui fianchi e accennò col capo alla casa.

"No." Il cuore di Damon si scaldò. Ava poteva anche essere contrariata, ma desiderava ancora la sua presenza. Appoggiandole una mano in fondo alla schiena, la accompagnò all'interno della casa che un tempo era stata la sua dimora.

"Damon!" La nonna spalancò gli occhi, un gesto che spianò le piccole rughe che aveva attorno. I suoi capelli grigi avevano un bisogno disperato di una permanente e diverse ciocche vagabonde andavano in tutte le direzioni. Il suo abbigliamento preferito, un muumuu troppo grande dagli accesi colori rosa e arancio, inglobava il suo corpo minuto.

"Ciao, nonna." Damon chinò il capo, incapace di sostenere lo sguardo dell'anziana. Sarebbe dovuto venire a trovarla prima. Era stato così concentrato sul dimenticare le parti brutte della sua vita che aveva dimenticato anche quelle belle.

"Conosci la nonna?" chiese Ava.

"Ma certo che mi conosce." La nonna strinse Damon in un forte abbraccio. Si tenne aggrappato a lui con forza come per assicurarsi che fosse vero. Quando lui, alla fine, si staccò, si rivolse ad Ava.

"Nonna, lei è Ava Renfroe."

"Piacere di conoscerla." Ava tese la mano e sorrise.

"Beh, santi numi, ce l'hai fatta." La nonna rimase a bocca aperta.

"Cos'è che ha fatto?" Ava spostò lo sguardo dalla nonna all'uomo.

"Damon ha trovato la sua compagna." Un ampio sorriso spuntò sul volto dell'anziana. La nonna strinse Ava in un abbraccio.

Ava scosse la testa. "Non sono la sua compagna." Damon non mancò di notare l'occhiata di sbieco che gli lanciò mentre si staccava dall'abbraccio della nonna.

Damon si ficcò le mani in tasca mentre lo sguardo di tutti si posava su di lui. La nonna era la più grossa pettegola della Louisiana. Non appena se ne fossero andati, si sarebbe messa al telefono con tutte le sue vecchie amiche per cercare di accoppiare Ava con tutti i licantropi single della città. Non poteva succedere.

"Non ci siamo ancora accoppiati. Ci frequentiamo soltanto," mentì.

"Cioè?" La nonna inarcò un sopracciglio. Jayden ridacchiò.

Damon lanciò un'occhiata di avvertimento a Jayden perché tenesse la boccaccia chiusa. I lupi non avevano frequentazioni. Una volta sentito l'odore del loro compagno, entrambi capivano istantaneamente di appartenere l'uno all'altra. Di solito, facevano sesso nel giro di poche ore dall'incontro.

Ava si irrigidì mentre lui le passava un braccio attorno alla vita e la attirava a sé.

"Sì, ci frequentiamo." Damon si schiarì la gola secca.

"Perché?" La nonna gli lanciò un'occhiata torva mentre il sospetto si faceva strada fra le sue sopracciglia corrugate.

"Sì, orsacchiotto, spiegale perché ci frequentiamo." Ava sollevò lo sguardo con un bel sorriso e un lampo di rabbia negli occhi di smeraldo.

Orsacchiotto? Non poteva almeno inventarsi un soprannome più virile? Tipo anaconda?

La nonna contrasse le labbra. "Non ci credo. Volete dirmi che non siete accoppiati?"

"Non abbiamo fatto sesso."

"Sì, posso confermare che di sesso non ce n'è stato." Ava si allontanò da lui e lo guardò storto.

Jayden ridacchiò.

La nonna strinse gli occhi con fare astuto. "Che strano. Avrei potuto giurare che voi due foste perfetti." Scosse la testa e fece spallucce. "I giovani d'oggi. Pensano di sapere tutto." L'anziana scosse nuovamente la testa. "Venite, vi preparo qualcosa da mangiare per pranzo."

Damon entrò nella datata cucina stile anni Cinquanta, dalle piastrelle bianche e nere, e sorrise. Era esattamente come la ricordava; l'unica differenza era qualche trappola per polvere in più a occupare spazio sul piano di lavoro. C'era persino quel sinistro orologio col gatto bianco e nero appeso alla parete, che lui odiava tanto. La coda ondeggiava avanti e indietro mentre gli occhi dell'animale si spostavano da una parte all'altra. Damon odiava i gatti.

"Sedetevi, sedetevi." La nonna indicò l'antiquato tavolo in formica grigia della cucina.

"Non ci sediamo nella sala da pranzo? C'è più spazio." Jayden appoggiò il suo corpo robusto su una piccola sedia da cucina.

"Non oggi. Questa sera darò una piccola festa e ho già

apparecchiato tutto." La nonna aprì il frigorifero e tirò fuori dei contenitori di plastica contenenti degli affettati.

"Dai un altro Tupperware party?" Jayden aprì la lattina che aveva preso dal frigorifero e bevve un lungo sorso.

"Non esattamente. Diciamo che ci sono molti articoli a base di gomma."

Jayden si strozzò con la bibita. "Porca miseria, nonna. Non darai una di *quelle* feste, vero?"

"Certo." La nonna raddrizzò orgogliosamente le spalle.

"Di che tipo di festa stiamo parlando?" Ava guardò la nonna.

"Del genere a cui dovresti partecipare anche tu. Soprattutto se tu e Damon vi frequentate soltanto." La nonna ammiccò.

Cosa intendeva? La curiosità ebbe la meglio su Damon, che andò in sala da pranzo. Aprì la porta e rimase di sasso quando una nuova ondata di orrore lo travolse.

Dildo e vibratori di tutte le forme, dimensioni e colori coprivano il tavolo dalla tovaglia di pizzo. Sembrava un sexy shop.

Jayden spalancò gli occhi. "Nonna, quante volte devo dirti che non puoi fare sex party del genere? Si diffonderà la voce e ti cacceranno dalla chiesa."

"Chi credi che compri queste cose?" brontolò la nonna mentre liquidava l'obiezione con un gesto.

Damon fece una smorfia. Non voleva quell'immagine impressa nel cervello.

"Ho settant'anni; posso fare quello che mi pare. E poi, a queste feste si fanno un sacco di soldi." La nonna sporse il mento. "Il mese scorso ho guadagnato cinquemila dollari, e solo col mio gruppo di studi biblici."

"Cinquemila dollari?" Jayden strinse gli occhi.

"Sì. Questa sera vengono le mie amiche del circolo letterario. Non sono bigotte come quelle della chiesa, per cui mi aspetto di fare un sacco di soldi."

"Cosa sarebbe, esattamente, un sex party?" Ava si avventurò nella stanza mentre il suo sorrisetto si allargava.

"È una festa a base di prodotti che garantiscono una migliore intimità di coppia. Oppure, se sei single, che aumentano il tuo piacere senza che tu debba prenderti il fastidio di avere un uomo." La nonna sorrise.

"Per favore, dimmi che non è il motto dell'azienda." Damon si massaggiò gli occhi, rimpiangendo di aver aperto la porta.

"Certo che sì, caro. Anzi…"

Il telefono squillò nell'altra stanza, salvandolo da qualunque cosa fosse stata sul punto di dire la nonna. Damon amava quella donna, ma c'era un limite, e sentirla parlare di giocattoli erotici andava ben oltre.

"Vado a rispondere. Potrebbe essere una cliente." La nonna corse a rispondere. Jayden la seguì a ruota, elencando i motivi per cui le sue scelte lavorative lo avrebbero reso lo zimbello di Shreveport.

"Cos'è questo?" Ava prese un dildo viola con una punta in più.

Il membro di Damon guizzò quando lei passò il dito lungo il giocattolo. Avrebbe voluto che avesse in mano lui, invece di quel pezzo di plastica.

"È un dildo."

La donna gli rivolse un'occhiata insofferente. "Lo so. Cosa diavolo è questo pezzo in più? A cosa serve?"

Le narici di Damon fremettero. Afferrò l'osceno giocattolo erotico e lo buttò sul tavolo, dove atterrò con un tonfo. Si sporse, invadendo lo spazio personale di Ava, mentre ogni muscolo del suo corpo si irrigidiva. "Preferisco mostrarti dove va."

"Credo che sarebbe molto difficile, considerato quanto ti

faccio schifo. O sarebbe comunque lavoro?" La rabbia lampeggiò dietro gli occhi di Ava mentre gli conficcava un dito nel petto.

La lussuria imperversava nel corpo di Damon, la cui mente era annebbiata dall'odore di lei. *Allontanati.* Passando le mani attorno alla vita della donna, la attirò a sé, costringendola a incrociare il suo sguardo. "Scopare non fa mai parte del lavoro. Mettiamolo bene in chiaro." Le labbra di lei si schiusero mentre il suo fiato caldo gli accarezzava la bocca. Damon avrebbe dovuto lasciarla andare. Non avrebbe dovuto nemmeno toccarla. Lei era parte del suo lavoro e nient'altro.

Alla fine, l'istinto animale ebbe il sopravvento.

La bocca di Damon si tuffò su quella di lei, dura, calda e possessiva. Stavano discutendo di giocattoli sessuali e, un attimo dopo, si baciavano e si artigliavano i vestiti.

Damon la afferrò per la nuca, tenendola ferma mentre la sua lingua leccava l'interno della bocca della donna e il sapore di lei si tatuava fin nella sua anima.

L'odore dell'eccitazione di Ava si avvolse attorno a lui, fino a quando Damon non riuscì più a lasciarla andare mentre le dita si infilavano nei suoi capelli di seta. Stava combattendo una battaglia che temeva di non essere in grado di vincere.

Lei sarebbe stata la sua fine.

\* \* \*

AVA PASSÒ le braccia attorno alla vita di Damon e si sciolse, come priva di ossa, contro il corpo dell'uomo, affondando nel calore di lui.

Le sue mani si mossero attorno all'ampia schiena, i muscoli che guizzavano sotto il suo tocco.

Il corpo dell'uomo era come acciaio temprato, duro e inflessibile, senza alcuna traccia di debolezza.

Le labbra di lui lasciarono una scia di baci dalla sua bocca al suo collo e lei ansimò mentre il desiderio investiva il suo corpo e si accumulava fra le sue gambe. Lo voleva con una disperazione che la faceva tremare.

"Cazzo," mormorò l'uomo. "Non dovremmo farlo."

Per un attimo, Ava pensò che l'avrebbe respinta, come faceva sempre. Invece, lui la strinse più forte mentre le copriva la bocca, rubandole il respiro con un bacio.

Ava sospirò. L'odore di Damon la stava facendo impazzire mentre contemplava di spingerlo sul tavolo, abbassargli i pantaloni e cavalcarlo fino a far venire entrambi.

Non aveva mai desiderato un uomo quanto desiderava Damon.

"Visto quello che intendo?" La voce della nonna li fece sobbalzare. Si staccarono bruscamente l'uno dall'altra.

"Un minuto di solitudine coi miei giocattoli è sufficiente a risvegliare le fiamme della passione."

La nonna annuì orgogliosa.

Ava avvampò.

"Cristo, devi proprio continuare a dire stronzate del genere? Le 'fiamme della passione'?" Jayden fece una smorfia.

La nonna gli diede uno scappellotto. "Non accostare il nome del Signore alle oscenità."

"Perché?" chiese Jayden, massaggiandosi la nuca. "Ho commesso un errore di grammatica?"

"Jayden Alistair Parker!" La nonna si accigliò.

"Alistair? Ti chiami Alistair?" Damon non si curò di nascondere un sorrisetto.

"Stai zitto, stronzo."

"Nonna, posso aiutarla in cucina?" Ava si disse che, al momento, il piano migliore era creare un diversivo. Se fosse rimasta nella stessa stanza con Damon e tutti quei dildo, avrebbe smesso di preoccuparsi di eventuali spettatori e gli sarebbe saltata addosso.

"Sei davvero una ragazza beneducata, Ava." La nonna la circondò con un braccio e le due si incamminarono verso la cucina, lasciandosi alle spalle gli uomini. Una volta fuori portata di orecchi, la nonna le diede un colpetto sulla mano e mormorò: "Non preoccuparti, tesoro. Lui può anche dire che non gli interessi, ma io vedo la verità."

"Quale verità?" Ava trattenne il fiato mentre guardava l'anziana.

La nonna ridacchiò. "Damon ha semplicemente paura di rimanere ferito di nuovo."

"Di nuovo?" Ava si accigliò.

"Sì. La sua ultima relazione è finita male."

"Cos'è che è finito male?" Damon entrò in cucina con Jayden al fianco. Inarcò un sopracciglio e spostò lo sguardo da Ava alla nonna.

La nonna non batté ciglio. "Quel film che stavo guardando su Lifetime è finito male. Vuoi che te lo racconti?" La nonna gli rivolse un sorriso speranzoso.

"No," risposero all'unisono Damon e Jayden.

\* \* \*

IL VIAGGIO di ritorno al casinò era stato teso, per usare un eufemismo. Ava avrebbe voluto fare un giro in città, ma Damon aveva cassato l'idea quasi immediatamente. Sapeva che meno sarebbero stati visibili, meglio sarebbe stato. Quella non era una vacanza, ma una missione. Preferiva che Ava fosse arrabbiata e al sicuro, piuttosto che felice e in pericolo.

Damon lasciò Jayden nella lobby prima di dirigersi di sopra con Ava. Mentre le porte dell'ascensore si chiudevano, la guardò e fece del suo meglio per non notare quanto era bella quando si arrabbiava.

"Vuoi tenere il broncio per tutto il giorno?"

"Io non tengo il broncio." La donna tenne lo sguardo fisso in avanti, le braccia piegate.

"Ah, ti ho spiegato perché non potevamo restare fuori più a lungo. Non è sicuro."

"Lo so, ma girare in macchina non è vistoso quanto andare in moto."

Touché.

Le porte si aprirono e Ava uscì dall'ascensore e si incamminò verso la loro stanza, fermandosi solo una volta arrivata a destinazione.

Damon annusò e si rilassò quando non percepì alcun odore di lupo. Aprì la porta e fece entrare la donna.

"L'odore è quello giusto?" Il tono di voce di lei grondava sarcasmo mentre lo oltrepassava.

"Mi stavo assicurando che nessuno fosse entrato dopo che ce ne siamo andati." Damon chiuse la porta a chiave dietro di loro.

"Che odore ha il pericolo?"

"Vedo che non stai prendendo la faccenda sul serio." Ignorando la domanda di Ava, Damon si incamminò verso la finestra. Lei lo afferrò per un braccio.

"No, aspetta. Dico sul serio." Fra gli occhi da cucciola che gli stava facendo e la mano che gli toccava il braccio, Damon non era nelle condizioni di dire di no.

"Per favore, Damon. Voglio davvero saperlo. Soprattutto se mi toccherà diventare un..." Ava si morse il labbro fece una smorfia.

"Non è così male essere un lupo." Damon rise a bassa voce dell'espressione addolorata della donna.

"Per te è diverso. Sei un uomo. Non è un problema se ti copri di pelo."

Damon rise.

"Smettila di ridere. Lo sai quanto denaro e quanta soffe-renza mi costa tutti i mesi la ceretta alla brasiliana? E adesso mi riempirò di peli."

Damon smise di ridere. Le parole della donna gli avevano mozzato il fiato. "Ti depili?"

"Sì." Ava strinse gli occhi. "Fammi indovinare. Ai lupi non piacciono le femmine depilate."

Perché cazzo gli stava chiedendo quella cosa? Ora, Damon non riusciva a levarsi dalla testa già malridotta l'im-magine del sesso liscio di Ava.

"Non lo so." Come diavolo avrebbe dovuto rispondere? Deglutì. Gli sembrava di avere la gola foderata di carta vetrata. Evitando lo sguardo di Ava, si recò con passo pesante al termostato, per controllare che non fosse impostato su trentacinque gradi. No, era su una rinfrescante temperatura di venti.

"Dunque non ci sono regole che dicano che non posso depilarmi?" chiese speranzosa lei.

"Dio, Ava. Mi stai uccidendo." Damon si portò le mani agli occhi e se li sfregò.

"Come? Senti, sono cose che devo sapere. Come faccio a sapere cosa è accettabile e cosa no? "Ava inarcò un sopracci-glio e gli rivolse un'occhiata perfettamente seria.

Per essere una che aveva appena scoperto di essere un lupo, se la stava cavando piuttosto bene. Doveva essere merito di quel suo lato testardo.

Cercando di deglutire, ma scoprendo che la sua bocca si era trasformata in un deserto, Damon si recò al minibar e tirò fuori la bottiglietta di acqua gratuita. Dopo averne tran-gugiato a metà, si sedette sul bordo del letto. Si sentiva come un genitore sul punto di fare un discorso a base di uccelli e api.

"Hai ragione." Si massaggiò la nuca.

"Allora risponderai alle mie domande?"

Damon sussultò. Non aveva mai pensato che Ava avrebbe avuto delle domande riguardo a cosa volesse dire essere un lupo mannaro. Era stato troppo impegnato a svolgere il suo lavoro per prendere in considerazione i sentimenti di lei. Era proprio uno stronzo.

"Quelle che riceverai saranno le risposte di un uomo." Damon era abbastanza sicuro che Ava avesse bisogno di parlare con un'altra femmina, non con lui.

La donna si sedette sul lato opposto del letto e incrociò le gambe. "Posso chiederti qualunque cosa?"

"Ma certo."

Ava si accigliò. "Fa male quando ti trasformi in lupo?"

Damon scelse con cura le parole, per non spaventarla. "La prima volta che è successo, mi ha fatto male. Poi, rimane solo un indolenzimento, come il giorno dopo un allenamento pesante in palestra."

"Quando hai scoperto di essere un lupo mannaro?"

"Ho sempre saputo di essere diverso, anche quando ero giovane." Damon si mosse sul letto. Non aveva mai condiviso con nessuno la sua prima esperienza di metamorfosi, nemmeno con Jayden. "Credo di aver cambiato forma la prima volta a dieci anni. All'inizio mi sono spaventato, ma poi ho capito che era quello il motivo per cui mi ero sempre sentito diverso da tutti gli altri."

"I tuoi genitori non te l'avevano detto?" Ava si accigliò.

"I miei genitori sono morti quando ero bambino. Sono cresciuto in un orfanotrofio."

"Mi dispiace." La donna separò le gambe e gli prese la mano. Il gesto gli fece dolere un poco il petto.

Damon fece spallucce. "Non avevo parenti, per cui mi misero in un orfanotrofio gestito dalle suore."

"Erano simpatiche?"

"Le suore?" Damon ridacchiò. "Simpatiche quanto può

esserlo una suora, immagino. Non mi picchiavano, se è questo che vuoi sapere."

"Bene." Ava rilassò le spalle. "La nonna ha chiesto se io sono la tua compagna. Che differenza c'è fra una compagna e una ragazza?"

"Una compagna è per sempre. Una volta che un maschio e una femmina sono accoppiati, è come se fossero sposati, solo che non c'è divorzio."

"Fare sesso con qualcuno significa essere accoppiati?" Ava aggrottò la fronte mentre attendeva la risposta di Damon.

"No."

Ava esalò il fiato. "Ottimo, perché temevo di essermi accoppiata col mio ex."

Il petto di Damon si contrasse al pensiero di un altro maschio che la toccava. Accentuò la presa sulla mano di lei. "Quanto a lungo siete stati insieme?"

"Solo qualche mese." Ava sbuffò. "Sono stata io a lasciarlo. Credo che quella fra di noi non sia mai stata una storia seria. Più che altro, penso che mi sentissi sola. Dopo aver visto quello che la nonna ha messo sul tavolo, mi sento più incline a fare da sola. Insomma, hai visto la taglia di quello che si chiamava Bad Beaver?"

Serrando la mascella, Damon si coprì gli occhi, cercando di levarsi dalla testa l'immagine di Ava che si masturbava.

"Detesto quando fai così."

Damon aprì subito gli occhi. "Così come?"

"Quando levi gli occhi al cielo, come se tutto quello che io dico fosse stupido. Probabilmente, non sei abituato a che le donne abbiano un'opinione." Ava allontanò di scatto la mano e si alzò, guardandolo storto.

Cazzo, se era bella quando si arrabbiava.

"Non ho mai detto che tu sia stupida."

"Non è necessario. Lo capisco dal modo in cui stringi i

denti o chiudi le mani, come se volessi strozzarmi." La donna si incamminò verso il bagno pestando i piedi.

Riuscì a fare un passo.

Damon balzò, spingendola contro la parete. La inchiodò col petto mentre le sue mani si appoggiavano sui fianchi snelli di lei, tenendola prigioniera. Il cuore gli martellava nel petto, minacciando di saltar fuori dalla sua gabbia. Avvolgendo le mani attorno alla vita sottile della donna, Damon ficcò il viso contro l'incavo del suo collo e inalò profondamente. Aveva desiderato farlo sin da quando le aveva posato gli occhi addosso. L'odore della donna lo attraversò, alimentando la sua lussuria.

"Non potresti essere più lontana dal vero," ringhiò contro il suo collo.

"Ah, sì?" Ava mormorò con la parola con voce roca. Damon sentiva il cuore della donna correre contro il suo petto, la qual cosa gli fece capire che anche lei avvertiva il magnetismo del desiderio.

"Chiudo le mani per non toccarti. Sai quanto sia difficile starti così vicino, avere il tuo odore sulla mia pelle, volerti come l'ultimo respiro e non poterti toccare?"

Il desiderio lampeggiò negli occhi della donna. "E se volessi che tu mi toccassi? Mi toccheresti se io te lo chiedessi?" Ava allungò una mano e avvicinò la testa di Damon al suo collo, sfregandosi contro di lui come se volesse essere rivendicata.

Damon ringhiò mentre il corpo florido della donna si sfregava in maniera erotica contro di lui, stuzzicandolo fino al dolore. Era una sensazione troppo piacevole.

Damon serrò le palpebre, cercando di trattenere il desiderio. Non poteva farlo. Gli sarebbe costato tutto. "È una pessima idea. Se ti tocco, Ava, non mi fermerò."

"Ci conto." Ava si portò il palmo di Damon al seno,

modellando la sua mano su quelle deliziose curve che lui aveva sognato.

* * *

AVA FISSÒ lo sguardo sugli occhi accalorati di Damon. Le iridi azzurre dell'uomo ardevano di una voglia così forte da essere quasi animalesca. Trasse un respiro tremante, all'improvviso bisognosa di ossigeno.

Le mani dell'uomo scesero dal seno alla vita, tenendola ferma mentre le labbra di lui le succhiavano il collo. Ava gemette, il corpo sconvolto dai brividi mentre si aggrappava più forte all'uomo.

La sensazione bastò a provocarle un orgasmo.

Non era mai stata davvero consumata dal sesso. Il suo ex non si era nemmeno preso la briga di farla venire, nelle poche occasioni in cui avevano fatto sesso. In seguito, Ava aveva deciso di averne avuto abbastanza, che il sesso era qualcosa senza il quale poteva vivere benissimo.

Ora, per la prima volta in vita sua, voleva un uomo fra le cosce che affondava nel profondo del suo corpo. Non un uomo qualsiasi. Voleva Damon. Avrebbe scommesso che lui non avrebbe avuto alcun problema a farla venire.

La mano callosa dell'uomo le circondò la guancia con una delicatezza che lei non si era aspettata da un uomo di quella stazza. Ava si voltò, sfregando il naso contro il suo palmo. I loro sguardi si incrociarono. L'uomo passò il pollice sul suo labbro inferiore. Le labbra di Ava si schiusero, prendendogli il pollice in bocca e succhiandolo, gemendo al sapore salato della sua pelle.

L'uomo gemette. "Cazzo, piccola."

"È quello che sto cercando di prendere."

La bocca di Damon calò bruscamente su di lei, invandendole la bocca con la lingua. Dio, aveva un sapore buonissimo, come un caldo maschio alfa. Ava voleva di più; voleva assaporarlo tutto.

Le mani dell'uomo scivolarono più in basso, fino a stringerle il sedere. Lui la sollevò e lei gli passò le gambe attorno alla vita. Damon la premette di nuovo contro la parete, sfregandosi contro di lei, mentre continuava ad assalirla coi suoi baci infuocati.

Affondando le dita nelle spalle di lui, Ava gli succhiò la lingua. L'uomo ringhiò e lei si sfregò contro la sua erezione. Il corpo di Damon si adattava perfettamente al suo.

All'improvviso, l'uomo si staccò. Delusione e frustrazione la travolsero. Se si fosse fermato di nuovo, lei si sarebbe vista costretta a strozzarlo e fare sesso con lui da svenuto.

"Togliti la maglietta," ordinò Damon, mentre il suo sguardo accalorato le scavava dentro l'anima.

L'eccitazione si diffuse dal profondo del suo stomaco fino al punto fra le sue gambe. Ava si bagnò alla vista dell'inconfondibile lussuria che scorreva negli occhi di lui.

Tenendo lo sguardo fisso nel suo, afferrò l'orlo del maglione. Gli occhi di Damon seguirono il movimento mentre le sollevava l'indumento, rivelando la pelle nuda un centimetro alla volta. Nel tempo che impiegò a sollevarsi l'indumento oltre i seni, il respiro dell'uomo era già ansimante.

Ava lasciò cadere a terra l'indumento.

"Togliti anche il reggiseno." Lo sguardo di Damon era incollato ai suoi seni mentre muoveva l'erezione contro di lei, facendola ansimare.

"Fallo tu."

Damon spostò lo sguardo sui suoi occhi.

"Ho le mani occupate." Le strinse il sedere mentre affondava contro di lei.

"Allora usa i denti." Ava si leccò le labbra.

Le narici dell'uomo fremettero. "Non riesco essere delicato con te, Ava."

"Non voglio la delicatezza. Voglio te." In qualunque modo possibile.

Emettendo un basso ringhio di gola, Damon chinò la testa e la sua bocca calda si avvolse attorno a un capezzolo coperto dal reggiseno. La bocca umida di lui la avvolse mentre la leccava e la succhiava attraverso il pizzo. Poi, l'uomo spostò la testa nella valle fra i suoi seni e sfregò il naso.

"Dio, hai un odore meraviglioso. Sembra caprifoglio." Damon spostò la bocca all'allacciatura del reggiseno e morse.

Ava udì uno schiocco prima che l'aria fresca le sfiorasse la pelle accaldata. Scrollandosi di dosso il reggiseno, lo mandò a raggiungere la maglietta sul pavimento.

"Sei stupenda, cazzo."

Lei gli afferrò la testa e lo attirò verso i suoi seni. "Voglio sentire la tua bocca addosso." Il suo corpo era in fiamme, fiamme che rischiavano di consumarla viva.

La sua testa ricadde contro la parete mentre Damon leccava il capezzolo prima di prenderlo nella sua bocca calda.

Ava gridò quando lui la torturò con la sua lingua perversa, un colpo dopo l'altro. Inarcandosi contro di lui, sfregò il bacino contro la sua spessa erezione, intrappolata fra le cosce.

"Togliti la maglietta." Voleva sentire il petto nudo dell'uomo contro il suo.

Con le mani ancora sul corpo di Ava, Damon la portò al letto e la fece stendere. Lei lasciò scivolare le mani lungo le sue braccia muscolose mentre lui si alzava. Scrollatasi di dosso la giacca, Damon la gettò via. Poi infilò le mani dietro la nuca e si sfilò la maglietta.

Ava si mise in ginocchio, passando la mano su ogni muscolo definito, dall'addome all'ampio petto. Damon la strinse a sé. Lei sussultò quando i pochi peli del petto dell'uomo sfregarono contro i suoi capezzoli duri.

"Mi stai facendo bagnare," gemette lei contro le sue labbra mentre la mano dell'uomo le accarezzava il sedere.

"Non è una buona idea." La voce di Damon era roca, come se avesse corso la maratona.

Ava deglutì, sperando che il desiderio avrebbe sconfitto le onorevoli stronzate che passavano nella mente di Damon. "Siamo due adulti. Credo che possiamo fare quello che ci pare. Io lo voglio e, a quanto pare, lo vuoi anche tu." Infilò una mano in mezzo ai loro corpi e accarezzò l'erezione dell'uomo attraverso i jeans. Lui le tuffò il viso nell'incavo del collo e ringhiò.

Ava gli prese il membro in mano, stringendolo mentre passava la mano su e giù lungo la verga indurita. Lui affondò contro la sua mano.

Circondandole il viso con le mani, lui la costrinse a guardarlo. Piacere e dolore danzavano sul suo bel viso. "Sei la femmina più bella che io abbia mai visto."

La dichiarazione dell'uomo le si impresse a fuoco nell'anima mentre lei lottava per evitare che il bruciore delle lacrime concludesse il loro piacere.

"Baciami, Damon."

"Dillo ancora."

"Baciami."

"No." L'uomo ringhiò. "Di' il mio nome con la mano sul mio uccello."

Mantenendo costante la pressione sull'erezione di lui, Ava lo guardò dritto negli occhi. "Damon."

# CAPITOLO CINQUE

*I*ringhi vogliosi di Damon le procuravano un dolce dolore in mezzo alle cosce.

Ava sospirò mentre la lingua di lui danzava e si intrecciava alla sua. Sfregò il corpo contro quello dell'uomo, assillata dalla voglia di sentire anche il resto di lui.

La sua mano gli abbassò la cerniera dei pantaloni. Trovò il bottone a tentoni e lo aprì. L'inguine dell'uomo si mosse all'indietro mentre lei apriva la patta. Damon non portava le mutande. Ava prese profondamente fiato quando il grosso membro di lui scattò verso l'alto.

"Ti piace quello che vedi?"

Lei serrò le cosce, arrestando la sofferenza vogliosa fra le sue gambe. Elettrizzata ed eccitata, non vedeva l'ora di vedere come lui avrebbe infilato ogni centimetro di quella cosa dentro il suo corpo.

"Sono molto colpita." Glielo prese in mano e si leccò le labbra.

"Non sarai molto colpita quando ti verrò in mano." Nonostante l'avviso, Damon avvolse la mano attorno a quella di Ava, mostrandole quanto voleva che lei lo stringesse.

Lei accentuò la presa e il respiro dell'uomo si fece ansimante.

Lui le tolse la mano. "Basta. Voglio vederti nuda."

Il suo cuore spiccò un piccolo balzo. Sì, quella cosa stava assolutamente andando nella direzione giusta. Nuda era bene. Nuda era molto, molto bene.

Scivolando giù dal letto, si alzò. Tenendo lo sguardo fisso su di lui, si abbassò la cerniera dei pantaloni mentre continuava a guardare il corpo dell'uomo. Il membro di Damon ebbe un guizzo contro il suo ventre.

Mordendosi il labbro inferiore, lei si costrinse a fare piano, a dare un po' di spettacolo. Al momento, voleva tutto, tranne che fare piano. Voleva stare nuda sotto di lui. Non voleva affrettare quel momento, quel ricordo che avrebbe avuto per sempre. Avrebbe potuto essere il loro unico momento in quella assurda avventura in cui si era trovata.

L'uomo parve bersela, un centimetro alla volta, come se stesse adorando il suo corpo con lo sguardo, progettando come usare le mani e la bocca su di lei.

Mentre Ava si abbassava i jeans, il respiro dell'uomo si spezzò in un singhiozzo. Ava era felice di aver investito nel tanga di pizzo alla boutique del casinò. Quando i jeans le arrivarono ai piedi, lei ne uscì lentamente e li allontanò con un calcio. Agganciò i pollici a entrambi i lati del tanga.

"Fermati."

"Come?" Per poco non le si fermò il cuore. Damon non aveva cambiato idea, vero?

"Voglio toglertelo io."

"Fai pure." Ava tremò e sollevò le mani.

Lui gettò via i jeans fece un passo verso di lei, un'espressione ferina incisa sui suoi minacciosi lineamenti.

L'uomo la strinse a sé e la punta del suo membro le solleticò il ventre.

Damon si chinò e la sollevò da terra. Con immensa delicatezza, la stese sul letto, tracciando con le mani il suo corpo, come se stesse imparando a memoria ogni curva. Il suo sguardo e le sue mani viaggiarono lungo il corpo di Ava, rivendicando ogni centimetro di lei. Ava sapeva che quello era più che sesso. O almeno, lo era per lei.

A quella rivelazione, scacciò le lacrime che le bruciavano negli occhi.

"Cosa c'è?" Damon le passò un dito lungo una guancia.

"È il modo in cui mi guardi." Ava deglutì. "È come se volessi mangiarmi viva."

L'uomo sorrise. "Non ne hai idea."

Scivolò lungo il suo corpo, leccando ogni curva mentre viaggiava fino al suo ventre piatto. Quando succhiò la pelle delicata accanto all'ombelico, lei gemette e inarcò la schiena.

Damon ridacchiò e scese più in basso con la bocca. "Non fa che migliorare, piccola." Raggiunto il tanga, agganciò le dita su entrambi i lati e tirò. La stoffa sottile si ruppe, strappandosi nelle sue grandi mani.

"Lo sai quanto costa quella roba?" Senza fiato, Ava si sollevò sui gomiti, ansiosa per ciò che stava per accadere.

"A dire il vero, lo so benissimo, dato che erano soldi miei." Poi sollevò lo sguardo e sorrise. "Mi farò perdonare."

"Cosa stai…?" Le parole di Ava si trasformarono in un profondo gemito quando Damon tuffò la testa in mezzo alle sue cosce e leccò.

Ava ricadde sul letto; la sensazione provocata dalla bocca dell'uomo era troppo forte. Sarebbe morta a causa di quel piacere intenso.

"Non fermarti." La lingua di Damon era infaticabile: la leccò e la accarezzò fino a quando lei non si inarcò verso di lui. Inclinando la testa, Ava abbassò lo sguardo. La vista della bocca dell'uomo su di lei mandò brividi erotici attraverso il suo corpo. Si aggrappò ai capelli dell'uomo e lo attirò a sé, ordinandogli di farla finita.

Lui la guardò con quei suoi maliziosi occhi azzurri, sapendo esattamente dove lei voleva che la leccasse, la accarezzasse, le desse piacere.

"È bellissimo." La voce di Ava era poco più di un sussurro e la cosa non fece che intensificare la lussuria dell'uomo. Sentendo che il piacere cominciava lentamente a crescere, lei sfregò il sesso contro la bocca di lui. All'avvicinarsi dell'orgasmo, mollò la presa sui capelli di Damon e affondò le unghie nel letto, incapace di controllare il suo stesso corpo. Un piacere al calor bianco esplose dentro di lei mentre gridava il nome dell'uomo. Lui non si fermò fino a quando lei non fu una massa tremante di nervi e parole ansimanti.

Quando i tremiti cessarono, Ava si protese verso di lui.

Sorrise e gli diede una spinta. "Adesso tocca a me."

\* \* \*

DAMON UDÌ un gemito e si rese conto che proveniva da lui. Ava lo avrebbe bruciato vivo fino a quando non sarebbero rimaste che le ceneri.

La attirò verso il basso con la bocca, la lussuria che scorreva come lava nelle sue vene.

Senza rompere il bacio, se la mise a cavalcioni. Passò le dita fra i suoi setosi capelli neri, mentre se la teneva contro la bocca, baciandola come se non ci fosse un domani.

La donna si staccò e gli rivolse quel suo sorriso sexy. Gli premette le labbra contro la spalla, dandogli una leccata per poi succhiare la pelle in bocca. Senza preavviso, i suoi denti affondarono nella spalla di Damon. Lui ebbe un sussulto ed emise un'imprecazione. La donna si staccò e parve insicura.

"Mi dispiace." Ava fece una smorfia. "Non so perché l'ho fatto."

Circondandole il viso con le mani, Damon scosse la testa. "Di solito sono i maschi a mordere, non le femmine."

"Mi dispiace."

"Non dispiacerti. Mi è piaciuto." Gli era piaciuto anche troppo.

Ava fece un sorrisetto. "Vediamo cos'altro posso fare con la bocca per farti sentire bene." Si morse il labbro.

Damon era nei guai fino al collo.

Lei lo baciò fino al petto. Gli passò la lingua calda sul capezzolo. Lui sibilò, stringendosi contro la testa di lei. Tenendo lo sguardo fisso su di lui, Ava succhiò il capezzolo in bocca e poi morse.

"Sì, cazzo. È bellissimo." Quella donna lo avrebbe fatto venire prima ancora che la sua bocca fosse arrivata alle parti importanti.

La donna leccò attorno a ciascun muscolo definito del suo addome, prendendosi il suo tempo e assaporandolo come se lui fosse un dolce. Scese più in basso, fino a quando la punta del membro di Damon non le sfiorò il mento. Il corpo di Damon dolette mentre cercava di controllarsi.

Lei sollevò lo sguardo e sorrise da un orecchio all'altro.

"Piccola, mi stai uccidendo." Damon strinse i capelli di seta della donna in mano.

"Pensavo che ti piacesse quello che sto facendo."

"Sì, ma mi piacerebbe moltissimo se tu appoggiassi quella dolce bocca sul mio uccello."

"È un piacere."

Damon era convinto che il piacere sarebbe stato suo, ma non avendo al momento un pensiero coerente in testa, non poté che gemere mentre guardava la bocca di Ava avvicinarsi al suo membro.

Dopo aver aperto la bocca, lei leccò, passando la lingua sulla punta luccicante e assaporando l'eccitazione di Damon che usciva dalla fessura.

"Cazzo."

"Ti piace?" Ava gli rivolse la sua miglior occhiata innocente. Non funzionò. Non c'era nulla di innocente in lei.

* * *

Ava allungò una mano mentre il grosso membro di Damon si rizzava verso l'alto, duro e gonfio.

Circondò con la mano la sua vellutata durezza. Fu ricompensata quando l'inguine dell'uomo scattò verso l'alto, pompandole il membro in mano. Lei accentuò la presa e, lentamente, fece scivolare la mano verso il basso prima di stringere. Una perla luccicante di eccitazione gocciolò dalla punta.

Ava prese la punta in bocca e succhiò. Il sapore di lui si riversò sulla sua lingua, caldo e selvaggio. Damon gemette e accentuò la presa sui suoi capelli. Lei sapeva che stava faticando a trattenersi dall'afferrarle la nuca e pomparle in bocca.

Lo prese ancora più a fondo, stirando le labbra per accogliere le sue dimensioni. Mentre lo stuzzicava con la lingua, lui le appoggiò una mano sulla guancia prima di passargliela fra i capelli. Ava sollevò lo sguardo verso di lui. L'espressione estasiata sul viso dell'uomo fu quasi sufficiente a farla venire di nuovo.

"Così, piccola. Succhiami l'uccello."

Stringendoglielo più forte alla base, lei lo succhiò con intensità. La mano dell'uomo accentuò la presa sui suoi capelli, stabilendo il ritmo da lui desiderato.

Ava si crogiolò in ogni gemito, in ogni respiro ansimante che gli strappò. Allungò una mano e gli toccò i testicoli fino a quando essi non si contrassero.

"Se non vuoi che ti venga in bocca, ti devi spostare."

Ava non lo aveva mai lasciato fare al suo ex-ragazzo. Non aveva voluto. Ma con Damon era diverso. Voleva assaporarlo.

Serrando le labbra attorno al membro dell'uomo, succhiò, assaggiando il suo seme quando esso le colpì il palato. Inghiottì il piacere caldo e salato di lui, assaporandone il gusto mentre egli tremava fino all'esaurimento.

La mano dell'uomo si avvolse attorno alla sua nuca, spingendola ad alzarsi.

Quando la attirò verso di sé, l'uomo la baciò profondamente e con trasporto. Da quel che ne sapeva lei, di solito agli uomini non piaceva baciare una ragazza dopo che questa gliel'aveva preso in bocca. A Damon, la cosa non sembrava dispiacere. Anzi, il contrario.

Lei ricambiò il bacio; i loro aromi si mescolarono e si unirono, e a lei piacque moltissimo la loro combinazione.

Gli si mise a cavalcioni e fece scivolare la mano in mezzo ai loro corpi. La sua mano si chiuse attorno al membro già eretto di lui.

"Sono colpita."

"Mi riprendo in fretta."

"Perché sei un lupo?"

"Siamo noti per le nostre maratone di sesso." Le lanciò un sorriso appassionato.

"Davvero? Verifichiamo." Ava si sollevò, guidandolo fino al suo ingresso lubrificato.

"Io sto sempre sopra."

"Beh, anche a me piace stare sopra." Ava gli avvolse le gambe attorno e lo spinse su un fianco.

Damon strinse gli occhi. "Piccola, il maschio sta sempre sopra." La voltò supina e la intrappolò in quella posizione.

"Le femmine fanno sempre quello che viene detto loro?" Ava strinse i denti.

"Quelle sottomesse, sì."

"Ecco, il problema è questo. Io non sono esattamente sottomessa." Ava lottò contro il peso dell'uomo, ma lui la tenne ferma.

"Nemmeno io." Damon ringhiò vicino al suo orecchio. Ciò mandò brividi deliziosi lungo la spina dorsale di Ava.

*Blam! Blam! Blam!*

"Porca troia." Damon prese la pistola mentre si alzava con un balzo dal letto. Usando la mano libera, trascinò Ava a terra mentre, contemporaneamente, teneva la pistola puntata verso la porta.

"Stai giù."

Per una volta, lei gli obbedì. Damon angolò il corpo, frapponendosi fra lei e qualunque pericolo si trovasse dall'altra parte della porta.

Era sempre pronto a mettersi a rischio per proteggerla. Il cuore di Ava si colmò di affetto per il suo Guardiano.

Il suo sguardo vagò per il corpo muscoloso dell'uomo, mentre un sorriso giocava all'angolo delle sue labbra. L'uomo era ancora duro, come se lei fosse ancora nella sua mente e sulle sue labbra.

* * *

Damon abbassò lentamente la calibro 45 dopo aver guardato dallo spioncino. Riportò lo sguardo su Ava.

"Chi è?" La donna aveva lo sguardo fisso sulla sua erezione.

Ava incrociò il suo sguardo e arrossì. Si alzò e si avvolse nel lenzuolo.

"È Jayden." Damon esalò il fiato. Quello stronzo di Jayden. Voltandosi nuovamente, aprì la porta di uno spiraglio, senza togliere il catenaccio. Non appena il viso di Jayden fece capolino nella fessura, Damon ringhiò.

"Che vuoi?"

"Ho appena ricevuto delle informazioni su quel gruppo di lupi fuorilegge che aveva rapito Ava."

"Ci vediamo nella tua stanza." Damon cercò di chiudere la

porta, ma Jayden vi infilò un piede.

"Credo che sia meglio che tu porti anche Ava."

"Ci vediamo fra dieci minuti." Damon allontanò con un calcio il piede di Jayden e chiuse la porta. Nel voltarsi, andò a sbattere contro Ava.

"Vengo anch'io."

"No, invece. Tu resti qui." Damon la oltrepassò e prese i jeans.

"Ma non avevi detto che non potevi lasciarmi sola?" La donna inarcò un sopracciglio.

Damon si infilò la maglietta. Lei aveva ragione. "Merda." Ava si alzò in punta di piedi per baciarlo dolcemente sulle labbra, ma lui voleva ben altro. La circondò con le braccia. Il lenzuolo scivolò. Damon calò la bocca su quella di lei e la baciò, a lungo e con trasporto.

"Devi abituarti all'idea che io ti cavalchi." La donna fece un passo indietro e lasciò cadere a terra il lenzuolo. Si chinò e raccolse i vestiti, dandogli una splendida visuale sul suo sedere.

Alzandosi lentamente, come una tentatrice, Ava si raddrizzò, lo oltrepassò e andò in bagno, facendogli riprendere seriamente in considerazione l'idea di chi, esattamente, stesse sopra.

Si passò una mano sul viso. Cosa cazzo aveva combinato? Se Jayden non avesse bussato alla porta e non li avesse interrotti, ora lui sarebbe stato dentro Ava.

Se ciò fosse accaduto, si sarebbe rovinato la carriera. I Guardiani dell'Arkansas gli avevano dato una casa dopo che la Louisiana lo aveva cacciato. Ava era la figlia del generale. Lui non poteva rovinarle la vita perché lo eccitava. Se non avesse cominciato a pensare con la testa invece che con l'uccello, avrebbe perso tutto.

\* \* \*

DAMON SI GUARDÒ ATTORNO nella stanza di Jayden e fece una smorfia. Il suo amico non era tipo da accontentarsi di un arredamento normale. Damon era disposto a scommettere che Jayden avesse usato il suo fascino sul proprietario del casinò per convincerlo a permettergli di arredare la sua stanza secondo il suo stile.

Jayden sedeva su una morbidissima poltrona reclinabile, i gomiti appoggiati alle ginocchia e le mani unite.

"Ho ricevuto una telefonata da Barrett. C'è stato un altro rapimento." Jayden lo guardò dritto negli occhi.

Damon sollevò di scatto la testa, abbastanza infastidito. Barrett e Jayden si conoscevano da quando Damon era stato trasferito nel Branco dell'Arkansas; a parte quello, lui non si era reso conto che Barrett conoscesse Jayden così bene. "Perché Barrett non ha chiamato me?"

"Sa che hai le mani occupate con Ava. Mi ha detto di aiutarti." Jayden lanciò un'occhiata ad Ava prima di tornare a guardare lui.

"Il rapimento è avvenuto a Lafayette."

Damon si accigliò. Si trattava degli stessi lupi fuorilegge che avevano rapito Ava? I rapitori avevano trovato il coraggio per oltrepassare i confini statali? "È a poco più di tre ore da qui."

Jayden annuì mentre prendeva una cartelletta marrone sul tavolino da caffè di acciaio inossidabile. "La vittima è un licantropo femmina, Haley Guthrie, che vive a Baton Rouge. Aveva detto alle sue coinquiline che sarebbe andata a Lafayette a trovare il suo ragazzo. Non è mai arrivata a destinazione. A mezzanotte, il ragazzo ha chiamato il Branco della Louisiana per denunciare la sua scomparsa. Hanno trovato la sua auto abbandonata sul ciglio della strada, senza alcuna traccia di lei."

Il divano si mosse quando Ava scivolò più vicina. Damon prese la cartelletta e passò il braccio libero attorno a lei. La foto della vittima era assicurata alla sommità con una graffetta. Haley Guthrie era molto bella, bionda e con gli occhi azzurri. Aveva l'aspetto di chi avrebbe dovuto prepararsi per un concorso di bellezza, non a essere rapita per diventare la schiava sessuale di lupi rossi fuorilegge.

"Ha la mia stessa età."

Damon guardò Ava. "Come?"

"Ha ventiquattro anni. Abbiamo la stessa età." Lui la sentì rabbrividire contro il suo petto.

"La qual cosa sembra suggerire che il rapimento di Ava non sia un incidente isolato. Haley è scomparsa la stessa sera." L'espressione di Jayden era cupa.

"Probabilmente, questo significa che ci sono altre ragazze là fuori." Ava spalancò gli occhi in preda al terrore mentre lo guardava.

"È possibile, ma l'unica di cui sappiamo per certo è Haley." Damon diede una strizzata rassicurante alla spalla di Ava.

"Allora cominceremo da lei." Ava si alzò.

"Cosa vuol dire 'cominceremo'?" Damon si alzò lentamente in piedi. Già detestava la direzione presa da quella conversazione.

"Vuol dire che *noi* troveremo quella ragazza."

"Non c'è nessun *noi*." Damon ringhiò. "Tu non vai da nessuna parte."

"Non ho alcuna intenzione di starmene qui senza fare nulla. Soprattutto visto che so cos'hanno intenzione di farle." Scintille si accumularono dietro gli occhi di smeraldo della donna.

"Non ho intenzione di lasciare che tu ti metta in pericolo per salvare una sconosciuta." Il cuore gli martellava nelle orecchie mentre chiudeva le mani a pugno.

"Perché no? Tu lo hai fatto." Ava inclinò la testa.

"È diverso. Io sono un Guardiano, un soldato. È il mio

lavoro. È quello che faccio."

"Non ci sono tracce di Haley: nessun avvistamento, nessun utilizzo della carta di credito. È come se fosse scomparsa." Jayden si accigliò e prese la cartelletta.

"Immagino significhi che dovremo cominciare dall'ultimo posto in cui l'hanno vista." Ava si mise le mani in tasca e incrociò lo sguardo di Jayden.

"Hanno già frugato nella sua macchina, senza trovare nulla. E poi, il veicolo è già stato rimosso, per cui la scena è stata compromessa." Jayden si massaggiò la nuca.

"Cominceremo dal luogo in cui è stata trovata la macchina, sulla statale." Damon fece spallucce nella giacca di pelle. Doveva capire cosa fare con Ava prima che facessero un altro passo.

"Vado a prendere le coordinate dal computer," esclamò Jayden, voltando la testa mentre si recava nella stanza accanto.

"Se tu vai, vado anch'io." Ava inarcò uno splendido sopracciglio all'indirizzo di Damon, come per sfidarlo a fermarla. Ora ricordava perché non aveva mai frequentato donne come quella. Gli piacevano le donne che non lo contraddicevano in ogni momento.

"D'accordo, ma farai esattamente quello che ti dico."

Le labbra della donna tremarono mentre tratteneva un sorriso.

Damon strinse i denti. "Dico sul serio, Ava. O mi ascolti o rimani qui. Anche se ciò significa che dovrò legarti al letto."

"Sembra divertente, ma suggerisco di tenerlo per questa sera, quando torneremo." Ava ammiccò, zampettò fino alla porta e la aprì.

Damon sbatté la mano contro la porta, chiudendola, e si accigliò. "Non sto scherzando. Non ti lascerò uscire allo scoperto, a meno che tu non accetti di darmi retta. Voglio la tua parola, o resteremo entrambi qui."

La donna esalò il fiato e si voltò verso di lui. "D'accordo."

"Giura."

"Giuro che ti darò retta, Damon." Gli rivolse la parodia di un saluto militare. "Contento?"

"Una gioia. Sai cosa mi renderebbe ancora più felice?"

Ava si mise le mani sui fianchi e strinse lo sguardo di smeraldo. "Io non resto qui, per cui dimenticatelo."

"Non è quello che volevo dire."

Lei gli rivolse un'occhiata dubbiosa. "Non riesco a immaginare cos'altro ti renderebbe felice."

"Io sì. Legare *te*."

Le labbra della donna si curvarono in un sorrisetto sexy. "Se qualcuno deve legare qualcun altro a letto, sarò io quella che lega."

"Non credo proprio." Damon allungò una mano e le passò il dito sulla guancia. Sembrava proprio che non riuscisse a stare lontano da lei, anche se ciò gli sarebbe costato tutto.

"Credo che riuscirei a convincerti, soprattutto se facessi i nodi con la bocca."

Il sorriso gli scivolò via dal volto come burro caldo. Il suo sguardo si spostò sulla bocca della donna.

"Se non ricordo male, la mia bocca ti piace molto, o forse era la mia lingua?" Ava fece un passo avanti. Il suo fiato caldo solleticò il viso di Damon. Per un attimo, lui considerò l'idea di prenderla contro la porta, ma poi Jayden tornò.

"Se voi due avete finito di annusarvi, dobbiamo metterci in viaggio." Jayden frappose la testa tra loro.

"Abbiamo finito, per il momento," disse Ava. Damon non aveva idea del perché trovasse tanto eccitante il suo tono sarcastico. Quello che sapeva era che quella femmina lo manteneva in uno stato di eccitazione costante.

Era una situazione molto pericolosa.

\* \* \*

"Dove trovi tutte queste informazioni?" Ava si sporse dal sedile posteriore della Mustang nera.

"In gran parte vengono da Facebook, Twitter e altri social media," risposero all'unisono Jayden e Damon.

Ava sbuffò. "State scherzando, vero?"

"No. Ti stupirebbe sapere quante informazioni è disposta a condividere la gente. È come se credessero che la vita sia un grande reality show. È davvero patetico." Jayden premette il pulsante del lettore CD e la musica di Eminem riempì l'interno della macchina.

"Tu sei su Facebook?" Ava guardò Damon.

"Sì."

"Immagino che non posterai molto." Ava rimpianse di non avere con sé il telefono. Moriva dalla voglia di vedere quale fosse la sua foto profilo.

"No. È un lurker." Jaden tamburellò a ritmo di musica con le dita sul volante.

"Ah, uno di quelli." Ava tornò a sedere composta e sorrise da un orecchio all'altro.

Damon si girò sul sedile per guardarla male. "Che significa 'uno di quelli'?"

Lei fece spallucce. "Non c'è nulla di male nell'essere un lurker."

"Mi fai sembrare uno stalker." Damon scosse la testa. "Il solo fatto che io non posti ogni dettaglio insignificante della mia vita non significa che sia un lurker."

Jayden sorrise. "Se non ricordo male, la tua frase del profilo era 'Non sento il bisogno di postare tutte le volte che ca-"

Damon gli diede un pugno sul braccio.

"Ehi, che diamine." Jayden fece una smorfia e si massaggiò il braccio, fingendosi gravemente ferito.

"Non ti ho picchiato così forte." Damon sbuffò.

Jayden lo guardò storto e rallentò, fermandosi a bordo strada.

"Che fai?" Ava si sporse in avanti.

"Siamo arrivati. È qui che hanno trovato la macchina di Haley." Jayden spense il motore e aprì la portiera. Ava scese e sollevò le braccia per stiracchiarsi mentre inalava la fresca aria autunnale.

Subito, un devastante senso di terrore la colpì nel profondo dello stomaco. Accigliandosi, si guardò attorno, nel tentativo di individuare eventuali segni visibili di pericolo che confermassero le sue paure.

Si trovavano in una zona isolata, con staccionate di filo spinato e alberi lungo entrambi i lati della strada di campagna. Oltre il filare di alberi c'erano dei pascoli dove le mucche brucavano l'erba. Sembrava un luogo abbastanza pacifico, eppure qualcosa stonava.

Ava guardò gli uomini. Damon e Jayden erano vicino al cofano della macchina, impegnati a discutere di qualcosa contenuto nella cartella.

La sensazione inquietante non si alleviò. C'era qualcosa di molto sbagliato in quel posto. Ava non voleva più stare lì. Non desiderava altro che correre da Damon e circondarlo con le braccia, in modo da sentirsi protetta.

Scosse la testa e trasse un respiro profondo. Sapeva che, se avesse cominciato a dipendere da Damon, sarebbe rimasta distrutta quando lui se ne sarebbe andato. E lui *se ne sarebbe* andato. Gli uomini come Damon non si fermavano. Egli aveva messo perfettamente in chiaro le sue intenzioni, che non comprendevano un futuro con lei.

Ava scacciò quella sensazione di terrore e si concentrò sul motivo per cui si trovava lì. Haley era là fuori, da qualche parte. Lei non avrebbe smesso di cercarla fino a quando non l'avrebbe trovata.

Abbassò lo sguardo sull'erba avvizzita e gialla e cercò di

trovare una traccia della ragazza che era stata lì solo pochi giorni prima.

Si incamminò lungo il bordo della strada, dove pezzetti di erba secca le si impigliarono negli stivali mentre passava lo sguardo sul terreno. Qualche occasionale frammento di mozzicone di sigaretta sporco e carte di gomma da masticare spiegazzate ingombravano l'erba come sgraditi coriandoli. Con la coda dell'occhio, Ava vide qualcosa di brillante. Lasciandosi cadere in ginocchio, rastrellò l'erba con le dita.

"Hai trovato qualcosa?" Damon si accovacciò accanto a lei.

Ava sollevò un rossetto.

"Probabilmente, qualcuno lo ha buttato dal finestrino." Damon fece spallucce e si alzò.

"Non credo." Ava si accigliò, rivoltando il tubetto fra le mani.

"Come mai?"

"Perché era in piedi e, stando alle mie scarse conoscenze di fisica, è improbabile che un rossetto buttato da un finestrino atterri sull'estremità." Ava lanciò a Damon un'occhiata sarcastica.

"Avete trovato qualcosa?" Jayden li raggiunse.

"Ava ha trovato un vecchio rossetto."

"A dire il vero, credo di aver trovato un indizio." Ava si alzò e mostrò il rossetto.

Jayden lo prese. "Perché?"

"In primo luogo, non si tratta di un rossetto economico. È una marca molto costosa. In secondo luogo, non è vecchio. Questo colore è uscito appena qualche settimana fa. In terzo luogo, non solo l'ho trovato in piedi, ma qualcuno lo aveva infilato in un buco nel terreno. Tutto ciò mi fa pensare che Haley sapesse di essere in pericolo e che volesse lasciare un indizio."

Entrambi gli uomini la guardarono perplessi.

Lei sospirò. "Una donna non abbandona mai un rossetto costoso appena iniziato." Prese il tubetto dalla mano di Jayden, tolse il tappo e girò la parte inferiore. Ne uscì fuori un rossetto integro. Sorridendo, Ava lo fece rientrare e rimise il tappo prima di lanciarlo a Damon, che lo prese al volo.

Mentre si dirigeva verso l'auto, Ava voltò la testa ed esclamò: "E poi, c'è l'indizio più grosso di tutti."

"Sì? E quale sarebbe?" esclamò Damon.

"Il nome del rossetto."

* * *

MENTRE AVA SI ALLONTANAVA, un'ondata di orgoglio travolse Damon. Bella e intelligente, Ava sarebbe stata certamente la compagna perfetta per… qualcun altro. Una gelosia densa e calda si riversò nel suo stomaco. Non si sarebbe mai fatto una ragione dell'idea che Ava sarebbe andata a un altro. Mai.

"Allora?" Jayden lo guardò con aria di aspettativa.

"Allora che?"

"Come si chiama il rossetto?"

Damon rigirò il tubetto e gemette. "Rosso Letale."

"Potrebbe significare che è stata rapita dallo stesso gruppo di lupi rossi fuorilegge che aveva rapito Ava." Lanciato il rossetto a Jayden, Damon si diresse verso la macchina. Si infilò sul sedile posteriore accanto alla donna.

"Cosa stai facendo?" Ava lo guardò con gli occhi stretti.

"Mi siedo."

"Non c'è spazio per tutti e due qui dietro." La donna gli diede una spinta, ma lui non si mosse.

"Hai ragione. È un indizio."

"Davvero?" La sorpresa si diffuse sul volto di lei.

"Hai un ottimo istinto." Damon inclinò la testa mentre la osservava.

"Grazie."

"Pensavo che dovremmo tornare sull'interstatale, all'ultimo benzinaio a cui siamo passati davanti, e chiedere se l'addetto ricorda di aver visto qualcuno con Haley."

Lei gli prese il braccio e guardò il suo orologio. "Se è lo stesso addetto, dovrebbe entrare in servizio fra poco."

Dieci minuti dopo, si fermarono nel parcheggio del benzinaio di campagna. Mentre Ava scendeva dal sedile posteriore, Damon tenne lo sguardo fisso sul suo sedere sodo. Ricordava la sensazione di averla fra le mani e bramava toccarla di nuovo. Dio, era patetico. Non riusciva a concentrarsi sul lavoro per tre minuti senza pensare di portarsi Ava a letto.

Non poteva succedere. Non di nuovo.

Scuotendo la testa, uscì dall'auto, un po' più che infastidito per aver permesso a una donna di annebbiargli la mente quando si trattava di un caso come quello. Doveva concentrarsi per tenerla al sicuro. Per lui, Ava era una responsabilità e un lavoro, nient'altro.

Inalando la fresca e frizzante aria autunnale, costrinse i suoi pensieri a tornare sulla ragazza rapita.

Damon aprì la porta del minimarket. Diede una rapida occhiata all'interno del negozietto prima di permettere ad Ava di oltrepassare la soglia. La seguì e lasciò che la porta sbattesse sul bel faccino di Jayden.

"Alla faccia delle buone maniere, stronzo," gridò Jayden attraverso il vetro prima di aprire la porta.

C'era un cliente alla cassa, intento a comprare delle sigarette, e tre ragazzi adolescenti che gravitavano attorno al frigo della birra, cercando di trovare il coraggio per comprare un pacco di lattine con un documento falso. I ragazzi individuarono Damon. Lui li guardò storto e quelli dimenticarono immediatamente la birra e si incamminarono verso l'uscita.

Damon attese che il cliente finisse di pagare e uscisse prima di avvicinarsi al bancone. L'addetto, alto e magro, sulla ventina, aveva un libro di testo aperto accanto alla cassa.

L'espressione sconcertata dell'addetto quando lo vide gli fece venire voglia di scuotere la testa. Damon sapeva di essere grosso e minaccioso, e la brutta cicatrice che aveva sulla guancia non lo faceva esattamente sembrare l'uomo più amichevole del mondo. Era la stessa reazione che aveva ricevuto da innumerevoli umani nel corso degli anni. Non aveva mai conosciuto un uomo o un lupo che non sembrasse a disagio vicino a lui. Beh, fino a quando non aveva conosciuto Ava. Lei non sembrava avere paura di lui, dentro o fuori dal letto.

"Stiamo cercando una persona." Damon guardò il giovanotto con gli occhi stretti. "Una giovane donna che è venuta qui ieri sera." L'addetto gli lanciò un'occhiata insospettita e infilò le mani sotto il bancone. Damon ringhiò al movimento improvviso.

"E che diamine." Ava lo spintonò. "Sembri un mafioso da film." Gli lanciò un'occhiata di avvertimento.

"Non è vero." Damon la guardò offeso. Era così che lavorava. "Sto solo facendo delle domande."

"Devi proprio lavorare sulle tue capacità di socializzazione." La donna fece un sorrisetto.

Jayden gli strinse una mano sulla spalla. "La signora ha ragione, amico mio. Le tue capacità di socializzazione sono pessime."

Scrollandosi di dosso la mano di Jayden, Damon riportò la propria attenzione sull'addetto, ma il tizio era concentrato su qualcos'altro. Su Ava, nello specifico.

La donna sorrise all'addetto. "Scusa. Non è molto socievole."

Damon fece una smorfia. "Non sono così pessimo."

"Certo che lo sei. Ma mi piaci così." Ava ammiccò.

Dopodiché, la donna riportò l'attenzione sull'addetto. "Spero che tu possa aiutarci. Lavoravi ieri sera?"

Il ragazzo annuì, palesemente ansioso di aiutarla. "Sono arrivato dopo l'esame di anatomia e fisiologia. Era tardi, poco dopo le nove."

Il sorriso di Ava si allargò. "È un esame difficile. Studi medicina?"

L'addetto si rilassò e appoggiò i gomiti sul bancone. "Sì. Voglio diventare cardiologo."

"Wow, sei davvero ambizioso. Scommetto che sarai un ottimo dottore."

L'addetto sorrise e fece spallucce.

Damon si accigliò. Esisteva maschio su cui Ava non facesse effetto? Probabilmente no.

"Stiamo cercando un'amica." L'espressione della donna divenne seria. "Stava andando a trovare il suo ragazzo, ma non è mai arrivata. Hanno trovato la sua macchina a qualche chilometro da qui."

L'addetto si raddrizzò. "A mezzogiorno è arrivata la polizia. Chet, il ragazzo che fa il turno di giorno, ha detto che hanno chiesto di una ragazza scomparsa. Gli hanno mostrato una foto, ma lui non l'ha riconosciuta. Ha detto che la polizia sarebbe tornata stasera per farmi delle domande al riguardo." L'addetto guardò Damon con gli occhi stretti. "Lei è un poliziotto?"

"Ti sembra che io trascorra la giornata mangiando ciambelle, cazzo?" Damon si accigliò. Un poliziotto era l'ultima cosa a cui voleva assomigliare.

Jayden rise. Il suono riecheggiò nel negozio vuoto.

Ava scosse la testa. "No, non siamo poliziotti, ma lei è nostra amica. La polizia non si sta impegnando molto a cercarla, per cui abbiamo deciso di fare da soli." Fece spallucce. "Se loro sapessero che siamo qui, probabilmente passeremmo un sacco di guai. Ma non mi importa. La nostra amica è là fuori, sola e spaventata." Damon sentiva la paura nella voce di Ava. La paura che la donna provava per Haley era la stessa che aveva vissuto di persona la sera in cui era stata rapita.

Damon le appoggiò una mano sulla guancia. "La troveremo, d'accordo?"

Ava lo guardò e annuì. Anche se avessero trovato la ragazza, c'era la possibilità che non fosse viva, e se anche era viva, in che condizioni si sarebbe trovata? Se ciò fosse accaduto, lui non sapeva come avrebbe fatto a dirglielo.

"Avete una sua foto?" L'addetto spostò lo sguardo fra lui e Ava.

"Ecco." Jayden si fece avanti e spinse con un dito una foto attraverso il bancone. Le sopracciglia dell'addetto scattarono verso l'alto.

"Me la ricordo." L'addetto tamburellò sulla foto con un dito, poi guardò Ava. "È arrivata verso le dieci. Era sola."

"Ti sembrava che stesse bene?"

"Sembrava a posto. Nulla di particolare."

"Ha parlato con qualcuno?" Damon inclinò la testa.

L'addetto scosse la testa, ma poi si fermò.

"Cosa c'è?" Ava si sporse sul bancone.

"Beh, mi ricordo che era in fila per pagare la benzina, perché il pos alla pompa non funzionava. Anzi, c'era una discreta fila, perché la gente doveva entrare a pagare. Il tipo di fronte a lei era un po' stronzo: si lamentava che io non volevo accettare il suo assegno, perché la banca non era di qui. Ha chiesto persino alla vostra amica se poteva prestarle dei contanti. Lei ha detto che non ne aveva abbastanza, anche se aveva in mano una banconota da cento dollari."

"Ricordi il nome sull'assegno?" chiese Damon.

"No, ma ricordo che la banca era di un altro Stato."

"Quale Stato?"

"L'Arkansas."

# CAPITOLO SEI

*D*amon passò le braccia attorno ad Ava quando lei impallidì.

"Sei sicuro?" Damon si rivolse all'addetto, ma tenne lo sguardo fisso su Ava.

"Sì. Quando io non ho accettato il suo assegno, quel tipo ha detto che aveva del contante nel furgone." Il giovanotto inarcò un sopracciglio. "Sapevo che mi stava prendendo per il culo, così sono uscito a prendere il numero di targa. È scappato senza pagare."

"Hai chiamato la polizia?" chiese Jayden.

"Certo. Il tempo di arrivare, lui se n'era già andato da un pezzo. Figurati che non hanno nemmeno fatto lo sforzo di scrivere il numero di targa." L'addetto sbuffò. "La polizia di queste parti è una mandria di incapaci. Poi ti chiedi perché la gente prende in giro noi del Sud."

"Hai il numero di targa?"

"Sì. Eccolo." L'addetto sfogliò un paio di pagine del libro di testo, fino a trovare un foglietto fluorescente. Staccatolo dal foglio, lo porse a Damon.

Questi diede un'occhiata al biglietto prima di passarlo a Jayden. "Ti ricordi qualcos'altro del furgone?"

"Era un Ford blu, un modello vecchio. Mi sa che la maniglia del lato del conducente non funzionava, perché per aprire la portiera quel tizio ha dovuto infilare una mano nel finestrino aperto. Vi è utile?"

"Sì. Grazie." Ava rivolse al giovanotto un sorriso colmo di gratitudine.

"Grazie, ragazzo." Damon rivolse un cenno del capo all'addetto prima che tutti si dirigessero verso la porta.

"Spero che troviate la vostra amica." La voce dell'addetto li raggiunse mentre uscivano.

Ava parlò con voce appena sufficiente da farsi udire da Damon. "Lo spero anch'io."

* * *

Ava si sedette sul sedile posteriore mentre Damon e Jayden rimanevano fuori dal minimarket, ciascuno al telefono.

Un brivido le corse lungo la schiena, come una singola goccia d'acqua da una stalattite, e le strisciò lungo la spina dorsale. Circondatasi con le braccia, lottò contro le immagini sinistre che le vennero in mente riguardo al possibile destino della ragazza scomparsa. Il terrore, profondo e cupo, le colmò il petto, fino a quando non rimase più nemmeno uno spazio vuoto.

Scosse la testa. Non poteva lasciarsi andare. Doveva rimanere positiva, o l'ansia l'avrebbe fatta impazzire.

Massaggiandosi le tempie per scacciare l'emicrania incipiente, chiuse gli occhi e cercò di trovare una parvenza di calma. Doveva concentrarsi. Preoccuparsi non serviva a nulla. Aprendo gli occhi, si ritrovò a guardare dritto nello sguardo duro di Damon attraverso il parabrezza.

Gli rivolse un sorriso serrato e annuì, informandolo che

stava bene. Jayden disse qualcosa all'uomo. Lo sguardo di Damon non si allontanò mai da quello di Ava mentre rispondeva.

Ava guardò fuori dal finestrino e trasse un respiro amaro.

Haley era là fuori, da qualche parte, e per il momento era viva. Lei lo sentiva. Avevano solo bisogno di un po' di fortuna per trovarla prima che fosse troppo tardi.

* * *

Era calato da tempo il sole quando tornarono al casinò. Mentre attraversavano la lobby illuminata a giorno, lo stomaco di Ava brontolò.

Damon fece una smorfia. Era davvero un bastardo egoista. Era stato così assorto nel tentativo di trovare la ragazza scomparsa che non si erano fermati a pranzare.

"Perché non mangiamo qualcosa prima di salire?" Lanciò un'occhiata a Jayden.

"Voi andate pure. Io corro nella mia stanza e chiamo i miei contatti per vedere se è saltato fuori qualcosa di nuovo. Ordinerò il servizio in camera." Jayden premette il pulsante per chiamare l'ascensore. "La bistecca è ottima, qui." Fece un cenno con la mano. "Andate da quella parte, oltre le slot machine, e troverete il ristorante."

Damon posò una mano in fondo alla schiena di Ava e le fece strada nel casinò. Più di un maschio allungò il collo per vedere meglio la donna. D'istinto, lui la strinse più vicino a sé. Quando lei gli lanciò un'occhiata perplessa, lui le coprì le labbra con le sue. Doveva fare in modo che fosse chiaro, a qualunque osservatore di sesso maschile, che lei non era disponibile.

Ava rise e il suono lo colpì dritto al cuore. "Perché lo hai fatto?"

"Avevo voglia di baciarti. Tutto qui." Damon aveva sempre voglia di baciarla. Era quello il problema.

"Non ti avevo preso per il tipo che ama le scene di affetto in pubblico." Le labbra della donna si sollevarono. "Non che mi lamenti."

Damon passò il pollice lungo la splendida bocca della donna. Lei gli avvolse le dita attorno al polso e mordicchiò delicatamente la punta di un dito.

"Volevo solo assicurarmi che quei due tizi al tavolo di blackjack sapessero con chi sto, nel caso non abbiano visto il bacio." Gli rivolse un'occhiata animata.

"Tu sei diversa da tutte le altre femmine che io abbia mai conosciuto, Ava."

Era bella, intelligente e forte. Damon dubitava che sarebbe mai stata il genere di persona che non viveva una vita spericolata, o che faceva ciò che le veniva detto. No, non Ava. Lei avrebbe spremuto fino all'ultima goccia della vita e non si sarebbe mai pentita delle sue scelte.

Lo sguardo della donna si intenerì. "Mi piace quando mi guardi così."

"Così come?"

"Come se non avessi i vestiti addosso. Come se non esiteresti a prendermi sul pavimento, di fronte a tutti."

La lussuria si mosse nel ventre di Damon e il suo membro si indurì. "Non tentarmi."

"Davvero?" La donna cambiò posizione, premendosi intimamente contro di lui. "Lo faresti? In una stanza piena di gente?"

Il profumo di lei riempì la testa di Damon, avvolgendosi attorno a lui fino a quando gli fu impossibile pensare lucidamente. Le afferrò il sedere con entrambe le mani. Il respiro della donna si trasformò in un ansimare accalorato. L'odore della sua eccitazione riempì la testa di Damon mentre lui le sfiorava il lobo dell'orecchio con le labbra. "Ci sono sempre degli angoli bui, Ava. Ti abbasserei i jeans e te lo metterei dentro prima che qualcuno se ne accorga."

"Oddio." Ava gli conficcò le unghie nei bicipiti e gemette.

Il suo stomaco emise un altro brontolio.

Scuotendo la testa, Damon si staccò con riluttanza. "Vieni. Hai fame."

"Non ho fame." Ava scosse la testa. "Voglio trovare un angolo." Afferrò la mano di Damon mentre passava lo sguardo nella stanza affollata.

Lui rise. "Forza."

Entrati nel ristorante, furono subito fatti accomodare a un tavolo per due vicino a una delle grandi finestre che davano sull'acqua. Una cameriera premurosa prese le loro ordinazioni e servì loro le birre nel giro di pochi minuti.

Damon si mise comodo e osservò Ava. "Ho parlato con Barrett e gli ho dato il numero di quella targa dell'Arkansas. Lui ha fatto una ricerca e ha trovato un nome: David Jenkins, residente a Little Rock."

Ava si sporse sulla sedia. "Andiamo a casa sua?"

Lui scosse la testa. "No, è troppo lontana. Barrett ha mandato degli uomini a controllare."

Ava prese la bottiglia dal collo lungo della sua birra e bevve un sorso. "Cosa troveranno, secondo te?" Cominciò a staccare l'etichetta con un'unghia.

Damon fece spallucce. "Non ne ho idea. Se sono gli stessi tizi che ti avevano rapita, probabilmente si saranno assicurati di coprire le loro tracce e non avranno lasciato nulla di incriminante in casa."

"Haley è viva."

Damon le prese la mano. "Ava, le probabilità di ritrovarla viva diminuiscono a ogni secondo."

"Non mi interessano le probabilità." La donna incrociò il suo sguardo. "Non posso spiegartelo, ma so che è viva. Me lo sento."

Damon si accigliò e inclinò la testa.

"Non guardarmi così. Non sono pazza." Ava cercò di liberare la mano dalla sua, ma lui non la lasciò andare.

"È il tuo istinto animale. È per questo che senti che è viva."

La donna sbuffò.

"Non sminuirti. L'istinto animale mi ha salvato il culo in più di una circostanza."

"Davvero?" Ava fece una pausa, la birra a metà strada verso la bocca. "Per esempio?"

Damon bevve un lungo sorso di birra; la bevanda fresca lo dissetò mentre i ricordi di quella notte riemergevano violentemente. "Ero diretto in South Carolina per un ritrovo dei miei amici motociclisti. Mi sono fermato in una stazione di servizio vicino ad Augusta, in Georgia. Era tardi e c'era solo un altro veicolo parcheggiato di fuori. Dopo che ho riempito il serbatoio e fatto una telefonata, la macchina era ancora lì."

"Allora?"

"Beh, fosse stato per me non ci avrei badato, ma continuavo ad avere la sensazione che ci fosse qualcosa che non andava." Damon fece spallucce. "Sono montato in sella alla Harley e ho cercato di ignorare la sensazione. Ma non ce la facevo ad andarmene. Quella sensazione non me lo permetteva. Sono sceso dalla moto e sono entrato nel negozio. Mentre mi avvicinavo, ho notato che il commesso era sparito e che c'erano due tizi vicino al frigo delle birre, che mi guardavano."

"Sei entrato comunque?" Ava si sporse in avanti sulla sedia.

Damon annuì. "Sono entrato, sono andato a uno dei frigoriferi e ho preso una bottiglia d'acqua. Uno di quei due tizi mi si è avvicinato e ha detto che il commesso era in bagno e che non sapevano quanto ci avrebbe messo."

"E tu cosa hai fatto?"

"Ho detto che avrei aspettato." Damon sorrise. "Quei due non hanno apprezzato la risposta. Mi hanno suggerito di lasciare i soldi sul bancone. Io ho detto di sì e mi sono avvicinato al bancone. Li ho sentiti che mi venivano alle spalle. Ho buttato i soldi sul bancone e mi sono voltato in tempo per vedere il più grosso dei due che cercava di colpirmi alla testa con una mazza."

"Ti ha colpito?" La donna spalancò gli occhi.

"Mi sono abbassato e poi gli sono saltato addosso. Dopo che l'ho messo a terra, ho visto l'altro che mi puntava un fucile a pallettoni contro. Doveva averlo preso da dietro al bancone.

"Uno schianto proveniente dal frigo delle birre lo ha spaventato ed è partito un colpo. Io mi sono abbassato. La maggior parte dei pallettoni mi ha oltrepassato; solo qualcuno mi ha colpito alla spalla." Damon si toccò la guancia sfregiata. "E qui."

"Mi stavo chiedendo come ti fossi fatto quella." Ava si accigliò. "Pensavo che i lupi mannari guarissero da tutto. Perché hai una cicatrice?"

Damon sbuffò. "Quando mi sono lanciato contro il tizio col fucile, abbiamo rovesciato uno scaffale pieno di sale. Una volta che ti è entrato il sale in una ferita, quella non guarisce. Rimane sempre la cicatrice."

"Mi piace la tua cicatrice. Ti fa sembrare ancora più sexy." Ava sorrise e bevve un sorso.

Damon rimase di stucco. La donna pensava che la sua cicatrice fosse eccitante, non un difetto.

"Vai avanti. Cos'è successo dopo?" Ava si mise le mani sotto il mento.

"Non c'è voluto molto per immobilizzarlo. Dopo essermi assicurato che entrambi i tizi fossero legati con delle fascette, sono andato al frigorifero. Dopo aver aperto lo sportello, ho guardato oltre le bottiglie rotte fino al retro, dove riempiono gli scaffali dall'interno. Lì c'era il commesso scomparso, imbavagliato e legato come un salame."

"Stava bene?"

"Sì, era soltanto scosso. Quei due farabutti volevano il codice della cassaforte del proprietario, nell'ufficio. Mi ha detto che mi aveva visto entrare e che aveva capito che, se me ne fossi andato, quei due lo avrebbero ucciso. È riuscito ad avvicinarsi a sufficienza agli scaffali della birra per far cadere le bottiglie con un calcio."

"Hai chiamato la polizia?"

Damon annuì. "Non mi sono fermato. Avevo già perso troppo tempo con quella sosta, per cui ho tirato dritto."

La donna scosse la testa. "Non ti sei fermato perché il tuo eroismo non aveva bisogno di riconoscimenti."

Damon fece una smorfia. "Io non sono un eroe, Ava."

"Sei il mio eroe. E sei anche l'eroe di quel commesso. Senza di te, saremmo entrambi morti." La donna gli prese la mano e la tenne fra i palmi. "Sarai anche l'eroe di Haley."

Damon inghiottì il dolore che all'improvviso gli era nato in gola. Le cose non andavano sempre come si voleva. Lui lo sapeva fin troppo bene.

\* \* \*

AVA ERA IMPEGNATA A LAVARSI i denti quando Damon fece capolino con la testa nel bagno.

"Ha chiamato Jayden. Vado nella sua stanza per sentire cosa hanno trovato a casa di David Jenkins."

Ava si voltò. "Hanno trovato Haley?"

Lui scosse la testa. "No. Non mi aspettavo che fosse lì."

Il cuore di Ava si serrò e sprofondò.

"Non significa che non sia da qualche altra parte." L'uomo le rivolse un'occhiata determinata.

"Aspetta un attimo; vengo con te." Sapeva che la loro era una corsa contro il tempo. Era possibile che quella povera ragazza fosse sotto tortura proprio in quel momento, mentre lei era al sicuro e comoda nella sua stanza d'albergo, con Damon a farle da guardia.

Lo spinse via per prendere la giacca.

Lui scosse la testa. "No, Ava. È tardi e tu sei esausta."

"Ma…"

"Niente ma. Resta qui e riposati. Se dovesse esserci qualcosa di nuovo, te lo farò sapere." L'uomo sollevò copriletto e lenzuola e le fece segno di sdraiarsi. "Ho appeso alla maniglia il cartello *non disturbare*, per cui nessuno dovrebbe darti fastidio. Jayden ha collegato la telecamera del corridoio al suo computer, così potrò tenerti d'occhio dalla sua stanza." Damon si infilò una mano nella tasca della giacca e le diede il suo cellulare. "Il numero di Jayden è già programmato. Chiamami, se hai bisogno di me." Le porse il telefono prima di lasciare la stanza.

Ava si lasciò cadere sul letto, senza curarsi di trattenere lo sbadiglio che le risalì in gola. Era stato Damon a fare tutto il lavoro. Era lui quello esausto. Non lei.

Mise il cellulare sul comodino e si infilò fra le coperte morbide. Il senso di colpa le esplose nel petto quando la sua mente tornò alla ragazza rapita. Sapeva cosa volevano fare quei lupi ad Haley. Serrò le palpebre, cercando di bloccare le immagini vivide che si levarono come spettri nella sua mente. Quanto era ingiusto che una ragazza innocente si ritrovasse nelle grinfie di animali tanto malvagi.

Si raggomitolò in posizione fetale mentre le lacrime cadevano. Pianse per l'ingiustizia di quella fottuta situazione, per l'innocenza rubata ad Haley e per ciò che avrebbe portato il domani. Poco dopo, il corpo esausto e il cuore pesante, si addormentò.

Non guardò l'orologio più tardi, quando la porta si aprì

lentamente. Il letto si mosse quando Damon si infilò alle sue spalle.

Ava sorrise quando la grande mano dell'uomo si avvolse attorno alla sua vita e se la strinse al petto. Sicura e soddisfatta, si riaddormentò.

* * *

AVA APRÌ gli occhi e si stiracchiò mentre la luce dell'alba si diffondeva nella stanza. Quando la sua mano toccò il materasso vuoto, si immobilizzò. Lanciò un'occhiata all'orologio. Erano le 9:00.

Strano; non aveva mai dormito fino a così tardi.

Si levò le coperte di dosso e si diresse verso la porta del bagno.

"Damon?"

Nessuna risposta. Ava aprì la porta e fissò il bagno vuoto. Fantastico. Probabilmente, l'uomo era impegnato in un'altra riunione con Jayden, lasciandola all'oscuro di ciò che stava accadendo.

Prese i vestiti e aprì l'acqua della doccia. Voleva essere vestita e pronta al ritorno di lui.

Aveva appena finito di asciugarsi i capelli quando Damon aprì la porta con la spalla, tenendo in equilibrio due grosse tazze di caffè. Lasciò che la porta si chiudesse sbattendo alle sue spalle.

"Mi chiedevo dove fossi finito." Ava sorrise e prese la tazza fumante. "Grazie a Dio. Cominciava a venirmi una crisi di astinenza." Cosa non avrebbe dato per una tazza del suo caffè, piuttosto che quello dell'albergo.

"Eri preoccupata?" L'uomo le rivolse un sorriso devastante, il genere di sorriso che la faceva bagnare.

"Può darsi." Ava bevve un sorso timido, sperando che

l'uomo non notasse quanto le faceva schifo il caffè. "Cosa hai scoperto ieri sera?"

"Non molto. La casa non era nemmeno di Jenkins; lui l'aveva soltanto presa in affitto. I nostri uomini hanno trovato un computer. Hanno trascorso tutta la notte a passare al setaccio i dati, cercando di scoprire qualunque dettaglio potesse aver importanza. Andiamo nella stanza di Jayden per vedere cosa hanno scoperto." Damon le passò la giacca e la fece uscire dalla stanza.

Cinque minuti dopo, erano seduti nel salotto di Jayden, a finire il caffè e a mangiare un assortimento di ciambelle glassate e ripiene di marmellata, offerte dal padrone di casa.

"Hanno trovato qualcosa nel computer?" Damon le diede un'altra ciambella ripiena di limone. Ava sorrise a trentadue denti. Ne aveva già mangiate tre. I ragazzi non erano famosi per incoraggiare la crescita della cellulite. Eppure, eccolo lì, che la incoraggiava a mangiare.

Presa la ciambella, si mise comoda sul divano di cuoio. Damon le appoggiò una mano sul ginocchio. La sua presenza titanica la tranquillizzava, come la sua personale fortezza contro una violenta tempesta.

"Abbiamo trovato una cosa molto interessante." Jayden prese una ciambella glassata e vi diede un gran morso. "Haley non è stata rapita per caso. Stando a quanto è stato scoperto sul computer, David Jenkins ha svolto delle ricerche su di lei."

"Che genere di ricerche?" Ava si leccò lo zucchero dalle dita. Quando nessuno parlò, sollevò lo sguardo. Entrambi gli uomini la stavano guardando con palese interesse mentre la sua lingua passava attorno alla punta di un dito.

Damon spostò lo sguardo su Jayden e ringhiò.

"Scusa, amico." Jayden sollevò le mani in un gesto difensivo e parve un po' preoccupato. "Giuro che d'ora in poi non poserò più lo sguardo sulla tua ragazza."

"Guarda che ti squarcio la gola." La voce di Damon suonava più animalesca che mai. Il cuore di Ava accelerò i battiti mentre l'eccitazione le sbocciava nel petto.

Appoggiò una mano sul braccio muscoloso di Damon. "Ho in mente usi migliori per tutto quel testosterone, e non c'entrano nulla con le risse."

Damon voltò di colpo la testa verso di lei, l'espressione un misto di stupore e desiderio.

"Jayden, per favore, prosegui." Ava fece un gesto con la mano.

L'interessato si schiarì la voce. "Jenkins aveva un file aggiornato su Haley. C'era tutto, dal suo indirizzo ai suoi hobby. L'aveva persino seguita nel corso della giornata, per capire quale fosse la sua routine quotidiana."

"Perché Haley? Perché scegliere proprio lei? Voglio dire, se lui voleva rapire una ragazza, di sicuro avrebbe potuto scegliere un bersaglio più facile. Stando al suo file, Haley viene da una famiglia molto conosciuta. Jenkins sapeva di certo che qualcuno si sarebbe messo a cercarla." Ava prese un'altra ciambella.

Damon annuì. "Ava ha ragione. Lui voleva proprio Haley. Esattamente come voleva proprio Ava. Dobbiamo capire il perché."

"Beh, c'è un'altra cosa, una cosa bizzarra." Jayden spostò lo sguardo da Damon ad Ava.

"Che cosa?"

"Hanno trovato il link di un sito per scoprire il proprio albero genealogico."

Ava fece spallucce. "E allora? Ci sono molte persone che indagano sui propri antenati."

"Non era il suo. Era quello di Haley."

Nella stanza cadde il silenzio. La tensione era opprimente come un'incudine.

"Hanno fatto dei test sul DNA di Jenkins dopo averlo prelevato dal suo spazzolino. È un lupo, un lupo rosso."

Ava deglutì a fatica e posò la ciambella mangiata per metà, avendo perso improvvisamente l'appetito. Una fredda umidità le si intrufolò fino al midollo. Lo aveva sospettato sin da quando aveva trovato il rossetto. Ma sentirlo confermare diede vita alla sua paura.

Tremando, si circondò con le braccia per proteggersi da quel gelo invisibile.

La mano di Damon le strinse il ginocchio, rassicurandola senza parole che lui l'avrebbe protetta, persino da quella forza invisibile che sembrava spaventarla a ogni nuovo, vitale frammento di informazioni.

Ava avrebbe voluto poter tornare indietro nel tempo e non aprire la porta quella notte. Se solo fosse stata più attenta.

"Sarebbero venuti a prenderti comunque, Ava. Non potevi farci nulla." Il suo sguardo le scavò dentro.

"Sai leggere anche nel pensiero?" Le venne mal di stomaco e si pentì di aver mangiato tutte quelle ciambelle.

"No. Sento l'odore della tua paura. Non è colpa tua. Nulla di tutto questo è colpa tua." Damon le appoggiò una mano sulla guancia mentre la costringeva a incrociare il suo sguardo intenso.

Lei scacciò le lacrime e annuì, non fidandosi a parlare.

"Abbiamo una copia dell'albero genealogico di Haley?" Damon si stiracchiò il collo mentre guardava Jayden.

"Non ancora. Ho chiesto ai Guardiani di mandarmene una."

"Come diavolo hai fatto a convincerli? Non lavori nemmeno al complesso." Il tono di voce di Damon era duro e ad Ava parve di cogliere una nota di risentimento in esso.

Il sorriso di Jayden si allargò sul suo bel viso. "Forse non lavorerò lì come soldato come fai tu, amico mio, ma ho le mie conoscenze."

"Vuoi dire che hai ricattato qualcuno." Damon sbuffò.

"Essere uno dei pochi che può cancellare un'intera notte di bagordi immortalata su Facebook, a volte, aiuta." Jayden fece spallucce.

Ava strinse gli occhi. "È impossibile. Anche se tu cancellassi le foto postate da qualcun altro, la gente le ha comunque già viste.

"Ed è per questo che si sostituisce quello che la gente pensa di aver visto con un messaggio subliminale che le fa dimenticare quello che ha visto."

"Dici sul serio. Puoi farlo davvero?"

"Grazie alla tecnologia, le informazioni a nostra disposizione sono illimitate." Jayden si alzò. "Devo controllare alcune cose giù al casinò. Io ce l'ho un lavoro, sapete."

"Cominciavo ad avere dei dubbi. Hai un sacco di tempo per stare con noi." Damon accompagnò Ava alla porta.

"Sto solo cercando di non far annoiare Ava." Jayden fece spallucce. "Non vorrei mai che lei credesse che tutti i lupi sono degli incivili come te."

* * *

Attraversando il casinò, Ava si tenne vicina a Damon. Lui non l'aveva toccata da quando erano stati interrotti nella stanza e, da quel momento in poi, il suo umore era peggiorato. Si era fatto più distante. Probabilmente, era meglio così. Lei non voleva creargli problemi sul lavoro. L'uomo le aveva detto numerose volte che il suo lavoro era la sua vita, che era tutto per lui. Lei non poteva toglierglielo. E poi, voleva essere la prima cosa nella vita di un uomo, non la seconda.

Il suo sguardo passò nel casinò mentre le luci lampeggianti e i suoni ritmici delle slot-machine la cullavano verso un senso di normalità. Sebbene il suo mondo fosse stato rivoltato negli ultimi giorni, le sembrava di aver affrontato la situazione piuttosto bene. Scoprire di essere un lupo mannaro non l'aveva sconvolta quanto avrebbe dovuto. In un certo, bizzarro senso, lei aveva sempre saputo di essere diversa.

Un'anziana signora dai capelli blu che si trascinava dietro un respiratore li oltrepassò di corsa, diretta a una slot-machine appena rimasta libera. Dopo essersi accomodata sullo sgabello, l'anziana tenne il suo secchiello di monete in una mano mentre le inseriva nella macchina con l'altra, il tutto con l'ossigeno che le veniva pompato nei polmoni attraverso un tubicino attaccato al naso.

Ava sorrise e guardò con interesse mentre una seconda signora anziana si avvicinava alla signora dai capelli blu e la accusava di averle rubato la slot-machine. Seguì uno scambio accalorato e qualcuno chiamò la sicurezza. Jayden, vestito con l'uniforme nera, arrivò sulla scena e cercò senza successo di disinnescare la situazione. La donna col respiratore si rifiutò di spostarsi, sostenendo che quando si era seduta non c'era nessuno. L'altra disse che era dovuta andare a prendere degli altri soldi e che era stata sua intenzione tornare.

"Vuoi aspettare per vedere se si menano?" L'alito di Damon le fece il solletico all'orecchio.

Sollevando lo sguardo, lei sorrise e scosse la testa. "No. Scommetto sulla signora col respiratore."

L'uomo sorrise da un orecchio all'altro. "Sì, è tenace. E poi, ha un bastone agganciato al respiratore. Scommetto che non esiterebbe a usarlo."

"Ma tu guarda cosa ha portato in casa il cane." Ava sentì Damon irrigidirsi alle sue spalle.

Un senso di inquietudine la travolse mentre si ritrovava faccia a faccia con una bionda da urlo dagli splendidi occhi marroni. La donna era vestita di tutto punto, con un tailleur con pantaloni bianco dall'aria costosa e scarpe col tacco rosse che si abbinavano al suo ghigno.

"Lorry." La voce di Damon sputò il nome della donna come se fosse una bestemmia.

Ava ebbe un tuffo al cuore.

"Damon. Ti trovo bene." Lorry lanciò un'occhiata ad Ava, la sorpresa palese nei suoi occhi. "Vedo che hai un giocattolo nuovo. Che strano. Hai sempre preferito le bionde."

Furia e rabbia si accumularono nelle viscere di Ava, fino a quando non le venne voglia di spiaccicare a terra il bel faccino di Lorry. Si costrinse a sorridere e guardò direttamente la donna maleducata. "I gusti di Damon sono cambiati. In meglio."

Il sorriso di Lorry vacillò; la sua facciata di perfezione si crepò mentre allargava le braccia e serrava la bocca.

Damon ridacchiò. "Cosa c'è, Lorry? Credevi che mi struggessi per tua sorella, che non riuscissi a continuare a vivere?"

Lorry lo guardò, stringendo i begli occhi marroni.

Lui sbuffò. "Ma certo che sì. Probabilmente, lo credevate entrambe."

"Eravate accoppiati," sputò Lorry, i bei lineamenti che assumevano un'espressione vendicativa e amara.

Ava si immobilizzò e non riuscì a respirare. Il suo cuore si sciolse come un pastello a cera sotto il calore del sole dell'Arkansas.

Damon era accoppiato.

"Non ci si può accoppiare con qualcuno che cerca di ucciderti. Una compagna non farebbe mai una cosa del genere." L'uomo fece un passo verso Lorry, la rabbia che lampeggiava come un fulmine sul suo viso.

Ava aveva la sensazione che una mano d'acciaio le avesse dato un pugno nel petto mentre fissava Damon. Perché una femmina avrebbe dovuto cercare di ucciderlo? Era magnifico, possente e protettivo. Fu in quell'istante che si rese conto di un'altra cosa su Damon. Lui era anche suo.

"Tu non capisci, Damon. Avrebbe perso tutto. Non sapeva che avrebbero cercato di ucciderti." Lorry incrociò le braccia e fissò l'uomo.

"Sappiamo entrambi quanto Laura sia attaccata al denaro."

"Non sai com'è crescere poveri, con gli altri bambini che ti prendono in giro perché tua madre non aveva i soldi per comprarti dei vestiti decenti." Lorry ringhiò. "Per una volta, avevamo del denaro e il suo stile di vita era in pericolo. Non sapeva cosa fare."

"Il mio denaro. Vuoi dire che voi due avevate il mio denaro. Perché, se non ricordo male, dopo avermi conosciuto, Laura non ha più lavorato un giorno in vita sua. Anzi, tu ti sei trasferita a casa mia una settimana dopo di lei."

"Siamo una famiglia. In una famiglia ci si prende cura gli uni degli altri." Lorry sporse il mento. Ava cambiò idea: Lorry non le sembrava così bella, dopotutto.

"A dire il vero, credo che questo caso sia un esempio perfetto di cercatrice d'oro." Ava fece un passo avanti. Per una volta, era grata per la differenza di altezza, in modo da guardare Lorry dall'alto in basso.

Le labbra di Lorry si sollevarono verso l'alto, in un ghigno molto sgradevole a vedersi. "Beh, sembra che tu stia facendo la stessa cosa, per cui dovresti stare zitta."

Damon ringhiò e Ava allungò una mano per toccargli un braccio in maniera rassicurante. "Damon non mi mantiene. Io lavoro e i miei soldi me li guadagno, tanto per essere chiari." Inarcò un sopracciglio. "Ora, a letto è completamente diverso. Lì sì che lui si prende cura di me."

Lorry rimase a bocca aperta e boccheggiò come una trota prima di serrare le labbra. Girando sui tacchi costosi, si

allontanò pestando i piedi, scacciando a gomitate le gioca-
trici d'azzardo anziane.

Ava rivolse a Damon un'occhiata incredula. "Davvero
frequentavi una parente di quella stronza?"

"Temo di sì."

# CAPITOLO SETTE

*D*amon moriva dalla voglia di mettere le mani sulle informazioni. Jayden riversò i contenuti di una cartellina nera sul letto e indicò un documento che conteneva un elenco di nomi. "Questo è l'albero genealogico di Haley ricostruito da Daving Jenkins." Sollevò lo sguardo su Ava. "Qualcuno di questi nomi ti suona familiare?"

Ava osservò il foglio e scosse la testa. "Non conosco nessuna di queste persone."

Damon prese il documento. "Jayden, scansiona questa roba e mandala a questo numero."

"Chi è?"

"Zane. È uno dei membri del nostro Branco in Arkansas. È un genio delle genealogie. Se c'è qualcosa di importante in tutti questi parenti, lui lo troverà."

Jayden distolse lo sguardo. "Zane ha per caso una sorella di nome Katy?"

"Sì. Come fai a saperlo?" Damon inclinò la testa e si accigliò. "Ti prego, dimmi che non ti sei fatto sua sorella."

Jayden gli rivolse un'occhiata addolorata. "Non ho fatto in tempo. Zane è arrivato armato fino ai denti. Sono riuscito a scappare dalla finestra, nudo come un verme. Era inverno inoltrato e mi si sono quasi congelate le palle prima che arrivassi alla macchina."

Zane era molto protettivo della sua unica sorella. Diamine, quel tipo non permetteva a nessuno di guardarla senza minacciare di castrarlo. Il fatto che Jayden ne fosse uscito vivo era un miracolo.

"Non dirgli chi sei, allora. Digli solo che sei mio amico."

Jayden annuì e tornò nella sua stanza.

"Faccio una telefonata a Barrett. Dovrebbe avere un rifugio sicuro pronto per te." Damon lanciò un'occhiata ad Ava.

Lei scosse la testa e incrociò le braccia. "Un corno. Non mi riporterai indietro fino a quando non avremo trovato Haley."

"Ava, questo non è un gioco." Damon le rivolse la sua occhiata più feroce, ma lei non fece nemmeno lo sforzo di sembrare intimidita.

"Tu non sei il mio capo."

"Vero. Sono solo la persona responsabile di tenerti viva e al sicuro." Damon strinse gli occhi.

"Non è per questo che sei così ansioso di liberarti di me."

"Cosa?" Un lampo di irritazione apparve negli occhi dell'uomo.

"Vuoi liberarti di me perché non ti fidi di me." La voce di Ava conteneva una nota di sorpresa.

"La fiducia non c'entra niente."

"La fiducia c'entra tutto." Ava allungò una mano e la appoggiò alla guancia sfregiata di Damon. Il suo tocco lo mise quasi in ginocchio.

Chiuse gli occhi, costringendosi a mantenere il controllo delle sue emozioni. Doveva concentrarsi sul lavoro.

"Io non sono come lei. Non sono come Laura."

Damon spalancò gli occhi. "Dio, lo so, Ava. Non ho mai detto che lo fossi."

"Non serve. A volte, quando ti guardo, vedo la sfiducia nei tuoi occhi. All'inizio non capivo, ma ora, dopo aver visto Lorry, capisco. Voglio che tu sappia che non ti farei mai del male come ha fatto Laura. Mai."

Nessuno glielo aveva mai detto sinceramente. Le parole erano menzognere, pronunciate con facilità e presto dimenticate.

"Damon, cosa ti ha fatto?" Ava gli prese le mani nelle sue.

I ricordi di quella notte erano troppo dolorosi. Porca miseria, erano dolorosi da anni. Erano il motivo per cui lui non tornava mai in Louisiana. Lo stomaco gli si serrò mentre guardava gli occhi di smeraldo della donna. Se Ava avesse conosciuto i dettagli, avrebbe cambiato opinione su di lui?

Damon si abbassò sul letto.

Ava prese posto su quello di fronte e attese con pazienza che lui parlasse.

Traendo un respiro profondo fra i denti, Damon lo trattenne per un istante e lo esalò. "Immagino di dover cominciare dall'inizio, prima ancora che conoscessi Laura. Questo potrebbe spiegare come mai siamo finiti assieme." Deglutì. "Ricordi che ti ho detto che sono cresciuto in orfanotrofio?"

"Sì."

"Beh, quella parte della mia infanzia è stata priva di eventi significativi, fino al mio ultimo anno di orfanotrofio."

"Cos'è successo?"

"Ero entrato nella pubertà. Sai, la voce che cambia, l'umore ballerino, i peli che crescono in tutti i punti giusti... le solite cose da adolescenti." Damon fece spallucce. "Comunque, una sera dopo cena mi è venuta la febbre e tutti i muscoli hanno cominciato a farmi molto, molto male. Le suore mi hanno messo a letto, pensando che avessi l'influenza. Il mio letto era rivolto verso la finestra e, mentre io giacevo tremando, ho guardato la luna emergere da dietro le nuvole. Ne ero attratto e non riuscivo a distogliere lo sguardo. Era ipnotica." Distolse lo sguardo, abbassandolo sul pavimento.

"Invece di migliorare, i miei sintomi hanno cominciato a peggiorare. Sono rimasto a letto per tre giorni, con una suora costantemente al mio capezzale. Sorella Mary mandò a chiamare il prete, pensando che stessi per morire." Damon rise amaramente. Ricordava il dolore. All'epoca, aveva persino desiderato la morte, in modo che il dolore avesse fine.

"La terza notte, mentre giacevo solo nel mio sudore, gridando per i dolori muscolari, il mio sguardo colse la luna piena che emergeva da dietro le nubi. Nel momento in cui la vidi, il mio dolore si intensificò. Era molto peggio dei tre giorni di agonia che avevo già vissuto."

"Stavi cambiando forma?"

Damon sollevò lo sguardo e annuì.

"La prima volta, mi ci volle un'ora per completare la metamorfosi. E a mezzanotte, quando ero ormai del tutto lupo, il prete decise finalmente di muovere il culo e arrivare. Non puoi immaginare l'espressione che fece quando entrò dalla porta. Mi chiamò 'demone' e cominciò a spruzzarmi acquasanta addosso."

"Ti ha fatto male?"

"No, ma mi ha fatto incazzare."

Ava emise una risata strozzata.

"Saltai fuori dalla finestra e continuai a correre fino a raggiungere i boschi. Il mattino dopo, cercai di tornare all'orfanotrofio, ma avevano chiuso a chiave gli ingressi e non vollero lasciarmi entrare. Dissero che ero malvagio e un figlio del demonio." Damon distolse lo sguardo. All'epoca, aveva pensato che potevano avere ragione.

"Eri solo un bambino."

"Non ero solo un bambino, Ava. Ero un lupo."

"Dove sei andato?"

"Per un po', ho vissuto da senzatetto." Damon si morse la guancia mentre il passato riemergeva prepotentemente.

"Come hai fatto a sopravvivere?" Ava aggrottò le sopracciglia, come se stesse rivivendo anche lei il dolore.

"Dormivo dove non c'era molta gente, come nei cimiteri. A volte, riuscivo a dormire nelle chiese che non erano chiuse a chiave. Il difficile era trovare del cibo. Spesso, l'unico modo che avevo per mangiare era rubare." Damon detestava confessare di essere caduto così in basso, in quel periodo disperato della sua vita.

"Una sera, rimasi coinvolto in una rissa con dei tizi per del pane che avevo rubato da un ristorante. Era notte e c'era la luna piena. Puoi immaginare cosa è successo."

"Pensavo che non avessi bisogno della luna piena per cambiare forma."

"È così. Ma è più probabile cambiare forma se non sai come controllare il processo. Io ero ancora giovane e non avevo imparato a controllarlo." Damon fece spallucce. "Comunque, quei tizi si spaventarono e scapparono. Ero in città, per cui cercare di nascondersi era quasi impossibile. Per tagliar corto, due bifolchi mi trovarono in un vicolo e mi catturarono."

"Cos'è successo poi?"

"Mi spedirono in South Carolina, dove mi fecero entrare in un giro di combattimenti clandestini di cani."

"Ti hanno schiavizzato? Anche dopo che eri tornato umano?" Gli occhi di Ava contenevano una sofferenza per lui che Damon non aveva mai visto in un'altra persona.

Lui annuì. "Ci sono umani disposti a tutto per guadagnare denaro."

"Non potevi scappare?"

"Ci ho provato, una volta. Si erano dimenticati di incatenarmi."

"Ti incatenavano?" la voce della donna era colma di rabbia.

"Mi incatenavano sempre per il collo, come gli altri cani. Non sapevano mai quando avrei assunto la forma di lupo, per cui si assicuravano che fossi immobilizzato."

"Ecco perché non ti piace che ti tocchino il collo."

"Esatto." La vergogna gli ardeva nelle viscere mentre distoglieva lo sguardo. Non voleva vedere la compassione nei begli occhi di Ava.

"Quanto a lungo sei rimasto laggiù?"

"Un anno, tre settimane e tredici giorni."

"Oh, Damon." Ava gli prese la mano.

Damon trasse un respiro profondo. Aveva bisogno di finire la storia prima di perdere coraggio. "Una notte, sono finalmente riuscito a spezzare le catene. Sono scappato e non mi sono fermato prima di arrivare in Louisiana. Jayden è stato il primo amico che ho trovato. Mi ha sorpreso una sera, dietro la casa di sua nonna, che frugavo nella spazzatura in cerca di qualcosa da mangiare. Ho capito che era un lupo nel momento in cui si è avvicinato abbastanza da farmi sentire il suo odore. La nonna mi ha accolto in casa sua, mi ha pulito e mi ha sfamato. Alla fine, ho vissuto con loro per un po'."

Damon ridacchiò. "È stata la nonna a spiegarmi cos'ero. Disse che non ero un mostro. Fu proprio lei a contattare il comandante di New Orleans quando avevo bisogno di un lavoro. È stata la prima volta che sono entrato in un Branco e che ho lavorato come Guardiano."

"È stato allora che hai conosciuto Laura? A New Orleans?"

"Sì. Lei faceva la cameriera in un ristorante vicino a Bourbon Street. Ogni volta che ci andavo, mi serviva sempre lei. Non uscivo spesso, se non per mangiare. E anche allora, ero quasi sempre solo, a meno che Jayden non fosse in città. Laura scoprì che avevo appena comprato un loft ristrutturato in centro e mi chiese di vederlo." Damon fece una smorfia. "Comunque, alla fine è venuta a casa mia e..."

"Lo avete fatto. Ho capito. Niente dettagli, per cortesia." Ava sussultò.

Era stata un'esperienza completamente diversa rispetto a quella con Ava, e loro non avevano nemmeno fatto sesso fino in fondo.

"In seguito, Laura cominciò a venire a trovarmi, a portarmi da mangiare, a controllare come stavo. Per la prima volta in vita mia, credevo di importare a qualcuno," proseguì. "Pensavo di essere innamorato e le chiesi di venire a vivere con me. Fu l'errore peggiore della mia vita."

"Laura è un lupo?"

"Sì."

"Come funziona nelle coppie di lupi? Cambiate forma e correte insieme di notte?"

Damon fece un gran sorriso. Ava lo faceva sembrare così semplice, così giusto. Così diverso da Laura e dal suo modo di vedere la sua natura di licantropo.

"Laura non ha mai cambiato forma di fronte a me durante tutta la nostra relazione. Non sono nemmeno sicuro che lo abbia mai fatto. Diceva che detestava essere un lupo."

"Si può fare? Non cambiare forma?"

"C'è una cosa che si può prendere per bloccare la metamorfosi, ma gli effetti collaterali sono troppo pericolosi."

"Perché Laura detestava essere un lupo?"

"Diceva che era una cosa barbara. Si piaceva in forma umana, quando poteva mettere in mostra i bei vestiti e i gioielli che le compravo." Damon scosse la testa. "Laura si preoccupava sempre di quello che pensavano gli altri se non indossava il meglio."

"Com'è che ha cercato di farti uccidere?"

"Una sera tornai tardi, dopo aver arrestato dei lupi mannari che producevano metanfetamina. Ero andato in cucina per prendere un sandwich, quando Laura mi chiamò dalla camera da letto. Le luci erano spente e io ho pensato che era strano, perché Laura teneva sempre una luce accesa sul comodino.

"Non appena oltrepassai la soglia, una mazza da baseball mi colpì in pieno petto. Caddi in ginocchio e due uomini mi saltarono addosso." Damon abbassò lo sguardo sulla mano dalle nocche sbiancate di Ava, che stringeva la sua. La donna appoggiò la mano contro la sua guancia sfregiata.

"Un attimo prima di svenire, sollevai lo sguardo. Laura mi guardava dall'alto in basso, il vuoto negli occhi. Niente amore, niente odio, solo il nulla. Più tardi, ho scoperto che i due tizi erano venuti a riscuotere un grosso debito che lei aveva accumulato in una gioielleria di proprietà di un italiano che aveva legami con la malavita."

"Immagino che tu non ne avessi idea."

Damon sbuffò. "Non ne sapevo niente. Le avevano offerto due opzioni: poteva restituire i gioielli o loro mi avrebbero ucciso. Lei scelse di tenere i gioielli."

"Che stronza di merda." Ava ringhiò.

"Io sono più duro a morire degli umani normali. Dopo che quei due mi ebbero dato per spacciato, giacqui per giorni sul pavimento, mentre il mio corpo saldava le fratture. Ci volle circa una settimana perché potessi camminare, poi un mese prima che mi ristabilissi del tutto."

"Dove diavolo era Laura in tutto questo?"

"Più tardi, ho scoperto che si era chiusa in casa del suo amante, aspettando che io morissi per ereditare le mie cose. Quando non sono morto, le ho scombinato i piani."

"Perché diavolo non l'hai uccisa?" Ava balzò in piedi. "Io lo avrei fatto."

Damon si alzò, leggermente sorpreso dalla rabbia della donna. "Non ne valeva la pena. Quando sono guarito, ho scoperto che il mio Branco mi aveva cacciato perché non mi ero presentato al lavoro."

Ava voltò di scatto la testa, gli occhi di smeraldo che mandavano lampi di rabbia. "Ti hanno licenziato? Eri moribondo in casa tua! Glielo hai detto?"

Damon rise e la attirò a sé. "Non aveva importanza. Essere stato cacciato significava avere una cosa in meno che mi legava alla Louisiana. Ho lasciato New Orleans e mi sono trasferito in Arkansas. Ho trovato lavoro presso Barrett, il Capobranco dell'Arkansas. Nonostante quello che il Capobranco della Louisiana gli aveva detto, Barrett mi ha assunto comunque."

"Hai lasciato il loft a Laura?"

"Ero disposto a pagare qualunque prezzo per eliminarla per sempre dalla mia vita."

"Ti capisco." Ava annuì contro il suo petto. Lui accentuò la presa su di lei. Parlare del suo passato non gli aveva fatto male come una volta. Questa volta, aveva la sensazione di essere finalmente pronto a lasciarsi alle spalle quella parte della sua vita.

"Questa è la prima volta che torni in Louisiana?"

"Sì. Sarei dovuto tornare prima a trovare la nonna." Damon si passò una mano fra i capelli. "È stata l'unica ad accogliermi e a prendersi cura di me. Non si aspettava nulla in cambio."

"Mi sembra un'ottima giudice di personalità." Ava gli prese la mano e gli baciò il palmo. Subito, il membro di Damon scattò sull'attenti e si indurì.

Lui appoggiò la fronte a quella di lei e chiuse gli occhi. "Perché nessun maschio ti ha ancora rivendicata?"

"Immagino di essere troppo sfuggente." La donna sospirò. "Mi hanno detto che sono troppo testarda."

"Sei fottutamente perfetta."

"Perché tu sei l'unico maschio abbastanza forte da

gestirmi. Forse, tutta la faccenda del rapimento è il modo in cui il Fato ci ha fatti trovare." Il fiato di lei era caldo contro le labbra di Damon mentre il piacere si avvolgeva nel suo basso ventre.

"Continua a parlare così e ti mostrerò quanto sono bravo a gestirti."

Lei sfregò il corpo contro il suo. "Prometti?"

Oh, sì. Ce l'aveva proprio duro, adesso, con le floride curve di Ava permute contro il suo corpo.

La donna schiuse le labbra mentre lui le copriva la bocca e vi infilava la lingua. Ava era dolce e sexy e lui sapeva che non si sarebbe mai saziato del suo sapore, anche se fosse campato un milione di anni.

Le dita della donna gli passarono fra i capelli e si fermarono all'altezza della sua nuca mentre lei si aggrappava a lui. Affondando le dita nei fianchi di Ava, Damon sfregò contro il suo punto speciale. Lei gli gemette in bocca.

"Ava." Damon staccò la bocca, leccandole e baciandole il collo. Aveva zittito ormai da tempo quelle voci nella sua testa che gli dicevano che si trattava di una pessima idea.

"Ti voglio dentro." Ava saltò e gli avvolse le lunghe gambe attorno alla vita.

"Chiunque ti tocchi, lo ammazzo. Hai capito?" Damon le tenne il volto fra le mani mentre il senso di possesso ardeva in lui.

* * *

"Pulizie!" La voce femminile dall'altra parte della porta fu seguita da tre forti bussate.

"Merda," ringhiò Damon a denti stretti. Sembrava che la sorte avesse altro in mente per loro.

"Mi sa che non combiniamo niente." Ava gli si tolse di dosso.

Damon raggiunse con passo pesante la porta e la spalancò. "Non ci serve nulla, grazie." Cercò di chiudere la porta, ma l'addetta alle pulizie tracagnotta allungò una mano e lo fermò.

"Sono passate le dieci."

"E allora?"

"Il checkout è alle dieci. Devo preparare la stanza per i prossimi ospiti." La donna sollevò il mento e appoggiò le mani sui fianchi generosi.

"Noi non abbiamo il checkout."

L'addetta tenne lo sguardo fisso su di lui mentre prendeva il portablocco dal carrello. Abbassato lo sguardo, annuì e glielo mise sotto il naso.

"Qui c'è scritto di sì."

"C'è un errore." Damon guardò il portablocco e scosse la testa. "Adesso andiamo di sotto e sistemiamo tutto."

L'addetta annuì e spinse il carrello fino alla porta successiva.

"Devo scendere."

"Vengo con te." Ava prese la chiave e lo seguì fino all'ascensore.

Damon si accigliò alla vista della lunga fila per la reception. Cercò di passare avanti, ma ne ricavò solo un "Deve aspettare il suo turno" da parte del portiere.

Dopo un quarto d'ora d'attesa, arrivò finalmente dall'impiegato.

Ava gli diede un colpetto sul braccio. "Sii gentile."

"Sono sempre gentile." Damon si accigliò.

"Non sei mai gentile." La donna gli rivolse un ampio sorriso.

"Sì, hai ragione. Forse dovresti pensarci tu."

Ava ammiccò e gli diede una pacca sul sedere. "Certo, dolcezza."

"Come posso aiutarla, signorina?" Il portiere, la cui

targhetta lo identificava come Sam, rivolse ad Ava un sorriso stanco. Con l'indice, si aggiustò gli occhiali sul naso abbondante e tirò su.

"Credo che ci sia stato un errore."

"Oh, beh, vediamo cosa possiamo fare per accontentarla." Sam sorrise cordialmente.

"Siamo nella stanza 351 e la signora delle pulizie ha detto che dovevamo andarcene, ma non è così." Ava sbatté le lunghe ciglia a Sam. Se Damon avesse considerato l'uomo più maturo come una minaccia, si sarebbe messo a fare il maschio alfa e gli avrebbe strappato il fegato.

Lo sguardo di Sam si allontanò a malapena da quello di Ava mentre le sue dita battevano sulla tastiera alla velocità della luce. Il suo sorriso vacillò quando lo schermo del computer ottenne la sua piena attenzione.

"Beh, qui c'è scritto che al vostro arrivo avete pagato in contanti per due notti. Se gradite fermarvi per un'altra notte, possiamo sicuramente fare qualcosa." L'uomo guardò Ava e il suo sorriso tornò.

Ava si voltò verso Damon e lui tirò fuori il portafogli dalla tasca posteriore dei pantaloni. "Quant'è?"

"Cento sessantanove dollari."

Damon sollevò di scatto la testa. "Cento sessantanove dollari? È quello che ho pagato per le due notti che abbiamo trascorso qui."

Sam gli rivolse un'occhiata di scuse. "Capisco, signore, ma quella era la tariffa infrasettimanale. Cento sessantanove per notte è la tariffa dei weekend. C'è non so quale convention di letteratura erotica in fondo alla strada e abbiamo quasi tutte le stanze occupate." Sam guardò dietro le spalle di Damon. "Sa, voi due siete stati fortunati. È probabile che la maggior parte delle persone alle vostre spalle non riuscirà a procurarsi una stanza."

"Non ho tutti quei contati." Damon si accigliò.

"Che ne dice di una carta di credito? Ho visto che ha prenotato la stanza con una MasterCard. Se vuole, possiamo accreditare la stanza su quella."

Chiudendo il portafogli, Damon se lo rificcò in tasca e prese la mano di Ava. "Devo dirle di no. Stiamo cercando di tirarci fuori dai debiti e io detesto usare la carta di credito. Chissà, magari avrò fortuna a blackjack."

"Sì, ma potrebbe non esserci più una stanza disponibile, se aspettate ancora." Sam si accigliò, spostando lo sguardo fra loro e lo schermo del computer.

"Correremo il rischio." Damon parlò voltando la testa mentre trascinava Ava attraverso la gente in fila.

Una volta rimasti soli in ascensore, lei si voltò. "D'accordo, vuoi spiegarmi questa sceneggiata?"

"Non posso usare una carta di credito. Potrebbero tracciarla." Damon uscì dall'ascensore e percorse a grandi passi il corridoio. L'addetta alle pulizie fece capolino con la testa da qualche porta più in là e li guardò male prima di sparire nella stanza.

Damon tirò fuori il borsone e cominciò a ficcarci dentro tutte le loro cose.

"Che facciamo adesso?" Ava raccolse i loro articoli da toeletta dal bagno.

Damon stava già chiamando col cellulare quando lei uscì dal bagno.

"Chiamerò Jayden per chiedergli se può ospitarci nella sua stanza per questa notte." Dopo qualche squillo, scattò la segreteria. Imprecando, Damon lasciò un breve messaggio a Jayden.

"Non possiamo restare qui." Damon prese la giacca di Ava e gliela porse. "Andiamo a mangiare qualcosa mentre aspettiamo che Jayden mi richiami."

\* \* \*

AVA SBIRCIÒ DAMON da dietro il menu coperto di plastica. L'uomo taceva da quando si erano seduti alla tavola calda.

Mordendosi il labbro, posò il menu di plastica. "Damon?"

"Sì?" L'uomo non distolse lo sguardo dal menu.

"Abbiamo abbastanza soldi per mangiare?"

"Sì, Ava. Prendi pure quello che vuoi. Avrei dovuto portare più soldi per la stanza, ma non avevo previsto alcune spese."

Lo stomaco di Ava precipitò al suo tono di voce. Era lei la spesa imprevista. Allontanò il menu; non aveva più fame.

"È perché ho dovuto comprare dei vestiti, vero?"

Damon abbassò il menu fino a quando i loro sguardi non si incontrarono. "Non è colpa tua. Non cominciare a biasimarti."

"Allora tu smettila di biasimarti perché non hai abbastanza contanti."

Damon la fissò per un paio di secondi prima che le sue labbra guizzassero e un sorriso gli spuntasse sulle labbra. "D'accordo."

Allungò una mano e prese la sua sul tavolo. "Quando Jayden mi richiamerà, organizzerò il nostro soggiorno da lui. Anche se non so quanto gli piacerà dormire sul divano in camera sua."

"Vuoi cacciarlo dal suo stesso letto?" Ava gli rivolse un'occhiata buffa.

"Sì, per portarci te." L'uomo si portò le dita di Ava alla bocca sensuale, baciandone ciascuna punta, facendole fremere lo stomaco di desiderio. Era incredibile che un uomo avesse tanto controllo sul suo corpo.

"Posso prendere l'ordine?"

Damon sollevò lentamente lo sguardo sulla cameriera. "Merda."

* * *

DAMON NON RIUSCIVA A CREDERE che quelli fossero i pallidi occhi azzurri che un tempo aveva creduto di amare. Oh, quanto si era sbagliato. Ora, era come guardare una perfetta sconosciuta.

"Salve, Laura." Sentì l'odore del senso di possesso di Ava che si riversava da lei mentre fulminava Laura con lo sguardo.

"Damon." La voce di Laura era un mero sussurro mentre i suoi occhi vuoti brillavano di sorpresa. Qualcosa di simile alla compassione smosse lo stomaco di Damon alla vista del suo aspetto scheletrico. Cos'era accaduto alla ragazza vivace che lui conosceva un tempo?

"Non sapevo che fossi tornato in Louisiana."

"Non sono tornato. Sono solo di passaggio." Damon fece spallucce e riportò lo sguardo su Ava. Il suo cuore si intenerì. Eccola lì, gli occhi verde scuro che brillavano come smeraldi di rabbia trattenuta a stento.

"Laura, lei è Ava."

"Ti sei accoppiato." Se possibile, Laura impallidì ancora di più."

"Sì." Ava intrecciò le dita con quelle di Damon.

Lui si irrigidì. Sebbene fosse una menzogna, Ava l'aveva pronunciata con tale convinzione che lui si era quasi convinto che fosse possibile.

Non desiderava altro che superare d'un balzo il tavolo e montare Ava, lì, di fronte a tutti.

"Sono lieta di vederti felice, Damon." La voce di Laura riportò l'attenzione di Damon sulla situazione e lontano dall'erezione che gli pulsava nei pantaloni.

"Cosa ci fai qui, Laura? Perché non vivi a New Orleans?" Damon si acigliò.

Laura scrollò le spalle sottili e lui ebbe paura che quel movimento leggero le avrebbe spezzate come ramoscelli.

"Ho avuto dei problemi."

"Davvero? Pensavo che tu e il tuo amante avreste fatto la bella vita nel mio loft." Damon non fece alcuno sforzo per celare il sarcasmo.

"Mi hanno cacciata."

"Da casa tua?" Damon strinse gli occhi.

"I vicini si sono arrabbiati quando non sono riuscita a pagare la bolletta della luce. Siccome non potevo tenere il cibo al fresco, è marcito. Loro si sono lamentati della puzza e hanno detto che stavo rovinando l'intero palazzo. Hanno preso un avvocato e mi hanno fatta cacciare."

"Perché non sei riuscita a pagare la bolletta? Pensavo che fossi messa bene, con tutti quei gioielli." I gioielli che le aveva comprato lui.

"Jimmy mi ha rubato i gioielli per pagarsi la droga."

"Jimmy è il tuo ragazzo?" Ava stava guardando Laura come in attesa di un'aggressione. A giudicare dal suo aspetto, Laura non aveva la forza per aprire un sacchetto di patatine.

"Non più." Laura scosse la testa. "È scappato e io non l'ho più rivisto."

"Tutto qui? Non avevi un lavoro? Non potevi pagarti da sola le bollette?" Ava inarcò un sopracciglio. Era chiaro che non provava alcuna compassione per la ragazza.

Laura non rispose e Damon sapeva esattamente il perché. "Dopo essere venuta a vivere con me, Laura ha smesso di lavorare." Si aspettava di ritrovare la rabbia e il risentimento, dopo aver rievocato un ricordo tanto amaro. Sorprendentemente, quelle emozioni erano ormai svanite.

"Perché diavolo lo hai fatto?" ruggì Ava. Decisamente, non intendeva concedere nulla a Laura.

"Ci pensava Damon a me. Perché avrei dovuto lavorare?" Laura fece spallucce.

"Tutte le donne hanno bisogno di avere dei soldi loro. Nessuna dovrebbe dipendere da un uomo che la mantenga." Ava strinse gli occhi all'indirizzo di Laura.

"Facile dirlo, per te. Scommetto che ti ha comprato lui i vestiti che indossi e molto altro ancora." Laura spostò lo sguardo da Ava a lui e Damon vide qualcosa di malinconico, come se sentisse la sua mancanza. Laura aveva la merda nel cervello se pensava di avere ancora un'occasione con lui.

Damon guardò Ava, aspettandosi una risposta arguta, come sempre. Invece, lei non parlò. Sembrava leggermente a disagio e cercò di allontanare la mano dalla sua. Lui accentuò la presa. I loro sguardi si incrociarono per un breve istante.

"Sono dovuta tornare a Shreveport dopo aver lasciato New Orleans. Sono qui da quattro anni." Laura tirò fuori il blocco dalla tasca del grembiule, assieme a una penna. "Scusate. Avrei dovuto prendere l'ordine." Scosse la testa e rise per qualche istante. "È solo che rivederti mi ha sconvolta."

"Nessun problema." Damon attese che Ava ordinasse prima di farlo a sua volta. Guardarono entrambi Laura tornare in cucina a prendere le loro bevande.

"È cambiata molto."

"Spero che non mi sputi nel piatto." Ava lo guardò da sotto le ciglia. "È ancora carina."

"Sembra una morta che cammina." Laura impallidiva rispetto ad Ava.

Ava incrociò il suo sguardo mentre lui le baciava il dorso della mano.

Laura tornò con le loro bevande. Ava si tirò indietro mentre i bicchieri di plastica venivano appoggiati sul tavolo.

"Grazie," mormorò.

Damon rivolse un cenno di ringraziamento a Laura, che si soffermò un po' più del necessario.

"Lorry aveva detto di averti visto."

Damon sollevò lo sguardo su Laura. "Non mi aveva accennato che vivi a Shreveport."

Le labbra di Laura si schiusero sotto la pressione di un sorriso debole. "Probabilmente, non voleva che tu sapessi che ho problemi economici. È sempre stata attenta a ciò che pensavano gli altri di lei."

"Da questo punto di vista, vi somigliate molto." Damon inarcò le sopracciglia.

Il sorriso di Laura svanì. "Sono cambiata, Damon. Davvero."

"Laura, hai un altro cliente," gridò da dietro il bancone una cameriera taglia forte con dei capelli che sembravano una palla da football marrone.

Laura si voltò. Una strana metamorfosi si verificò quando il suo sguardo si posò sul cliente. Si raddrizzò e sporse il suo inesistente seno. Il suo volto si illuminò mentre stiracchiava le labbra in un ampio sorriso. Nel giro di qualche istante, si ritrasformò nella stessa persona egoista che lui aveva conosciuto tanto tempo prima.

Laura si affrettò a raggiungere il tavolo dov'era seduto un uomo anziano in giacca e cravatta. Lui la salutò con un sorriso e un ammiccamento.

A quanto pareva, Laura non era cambiata.

Avrebbe dovuto darsi alla recitazione. Damon scosse la testa, avvertendo un minimo di comprensione per l'anziano.

Per il resto del pranzo, Ava non disse molto, nonostante i tentativi di Damon di fare conversazione. Lui faceva schifo a fare conversazione. Diamine, non gli piaceva nemmeno parlare. Quando Ava non rispose ai suoi tentativi, si arrese.

Dopo un pranzo dolorosamente silenzioso, chiamò con un gesto Laura per farsi portare il conto mentre Ava andava in bagno. Prese in considerazione l'idea di non lasciare la mancia, dato che Laura non se la meritava. Alla fine, il suo lato tenero ebbe il sopravvento e lasciò una mancia da dieci dollari.

Non appena Ava uscì dal bagno, lui si alzò, lieto di potersene andare.

Ava si recò alla moto di Damon. Lo sguardo era incollato

sul suo bel sederino e, all'improvviso, lui non riuscì a trattenersi. Arrivatole alle spalle, le passò le braccia attorno alla vita e tuffò il viso nell'incavo del suo collo.

Ava emise un basso gemito. Cribbio, lui avrebbe voluto morderla proprio lì, su quella pelle sensibile.

La donna rise a bassa voce, la cassa toracica che tremava sotto le mani di Damon. "Che ti prende?" Gli accarezzò la guancia sfregiata. Il suo tocco era fresco e rilassante contro la pelle ruvida.

"Adoro il tuo odore." Damon le baciò la curva del collo. Chiuse gli occhi, inalando il profumo di Ava nei polmoni, nella sua stessa anima. Forse non avrebbe avuto l'eternità con lei, ma aveva quel momento. Non voleva sprecare un singolo istante.

Ava si portò la sua mano alla bocca, per poi baciarla. Si voltò fra le sue braccia e gli sorrise. "Hai un piano?"

"Beh, per prima cosa ti toglierò i vestiti, poi me li toglierò io."

"No, non quello." Lei gli diede un colpetto sul braccio e rise. "Un piano su dove trascorreremo la notte, dato che non abbiamo contanti e non possiamo usare una carta di credito."

"Provo a richiamare Jayden. Sono sicuro che abbia finito di sedare la rissa fra le nonnine, ormai." Damon tirò fuori il cellulare dalla tasca e digitò il numero di Jayden. Dopo qualche squillo, scattò la segreteria. Di nuovo.

"Merda." Damon si passò una mano fra i capelli.

"Cosa c'è?"

"Jayden non risponde."

"Probabilmente, è ancora al lavoro."

"Porta sempre il telefono con sé. E risponde sempre." Damon si ficcò le mani nei capelli. C'era qualcosa che non andava.

Gli squillò il telefono.

"Pronto?"

"Ho un informatore che potrebbe sapere qualcosa della ragazza scomparsa." La voce di Barrett, dall'altro capo della linea, era lenta e costante. La sua voce, proprio come la sua personalità, sembrava non vacillare mai.

"Sulla statale c'è un bar per motociclisti. Lo conosci?"

"Lo conosco." Era più che un bar. Era uno strip club. Era l'ultimo posto al mondo in cui avrebbe voluto portare Ava.

"Lo immaginavo. Presentati lì alle dieci in punto. Vai all'estremità del bancone e ordina uno shot di vodka, Grey Goose. È il segnale per l'informatore."

"E Ava?" Damon strinse i denti.

"L'informatore sa che avrai compagnia. A meno che tu non trovi un posto sicuro dove lasciarla, dovrai portarla con te. Gli ho detto che verrai con la tua compagna, per cui questo dovrebbe bastare a far sì che tenga le mani a posto."

"In caso contrario, sarò più che lieto di strappargliele." Damon rivolse ad Ava un'occhiata pungente. "Assicurati di dirgli che non divido. Capito?"

La risata di Barrett riecheggiò attraverso la linea. "Credo che lo capirà benissimo da solo quando poserà lo sguardo su di te, Damon. E poi, l'ho avvertito. Conosci le regole."

"Sì. La prima volta, vieni avvertito. La seconda volta, muori." Damon sorrise un poco. "Perché tu detesti ripeterti."

"Proprio così.

"Ho trovato un paio di opzioni per un rifugio sicuro per Ava. Nessuna delle due sarà pronta prima di un paio di giorni, per cui dovrai tenertela un po' più a lungo."

Lui non disse nulla, ma il suo stomaco si contrasse al pensiero che presto avrebbe dovuto rinunciare ad Ava.

"Damon, sai che devi lasciarla perdere, vero?" Era più un ordine che una domanda. Ma un conto erano delle indicazioni; Damon non reagiva bene agli ultimatum.

"Damon, comportati bene con quella ragazza. Capito?"

Damon ringhiò, trattenendo a stento la rabbia. Senza dire una parola, concluse la telefonata.

"Tutto bene?" Ava gli toccò il braccio.

"Sì." Lui prese il casco dalla moto e glielo diede. "Dobbiamo andare."

"Dove?"

"Vedrai."

# CAPITOLO OTTO

*A*va si aggrappò a Damon mentre questi correva lungo l'interstatale con la sua Harley fino alla loro destinazione successiva. Non gli aveva chiesto dove stessero andando. Francamente, non voleva saperlo. Quale che fosse la destinazione, essa poteva essere il luogo in cui lui l'avrebbe lasciata. Ava non era pronta a dirgli addio, non ancora.

Muovendo le mani sugli addominali durissimi dell'uomo, lo sentì tremare sotto le dita. Adorava il modo in cui lui reagiva al suo tocco. Se solo avessero avuto più tempo insieme. I minuti sembravano scorrere via, le giornate passare di corsa, senza alcun modo di rallentare e godersi il tempo che avevano ancora a disposizione.

L'uomo entrò nel parcheggio di un edificio dall'aria decrepita, senza finestre e con delle sbarre d'acciaio alla porta.

"Che posto è questo? Sembra abbandonato." Ava arricciò il naso.

"È un bar che si rivolge a quelli come noi." Damon si voltò e passò lo sguardo sul parcheggio quasi vuoto. C'era solo un'altra moto parcheggiata vicino all'ingresso. Ava immaginava che appartenesse a qualcuno dei dipendenti.

"Un bar di lupi mannari?" Ava spalancò gli occhi. Dirlo le sembrava ancora strano. "È pericoloso?"

"Solo nelle notti di luna piena, e comunque è raro che qualcuno entri, a meno che non cerchi guai. Gli umani vengono di rado qui."

"Sembra che tu parli per esperienza."

"Può darsi."

Il cartello con scritto "Chiuso" penzolava da un lato come un braccio rotto. Invece di entrare dall'ingresso, l'uomo la condusse attorno all'edificio.

Damon bussò all'ingresso posteriore.

"Siamo chiusi. Non avete visto quel diamine di cartello?" ruggì una voce profonda dall'altra parte della porta. Ava fece un prudente passo indietro.

"'Sti cazzi, vecchio rincoglionito. Alza il culo e apri questa maledetta porta," tuonò Damon.

La porta sul retro si spalancò e un uomo con le spalle larghe quanto un camion della spazzatura uscì pestando i piedi. La sua testa pelata ricordava Mastro Lindo ed era l'unica parte di lui a non essere coperta di pelo. Torreggiava su Damon, la qual cosa era di per sé un'impresa.

"Damon? Cosa cazzo ci fai qui?" Il cugino cattivo di Mastro Lindo guardò Ava e arrossì. "Volevo dire, cosa diavolo ci fai qui?"

"Mi serve un favore. Credi di potermi aiutare?" L'espressione di Damon si fece seria mentre stringeva la mano di quel gigante.

"Entrate." Mastro Lindo fece loro cenno di seguirlo.

Nonostante l'esterno dell'edificio avesse un aspetto dismesso, l'interno era molto pulito. Mentre oltrepassavano la cucina, il naso di Ava fu assalito da odori allettanti. Una volta raggiunto il bancone, lei aveva già l'acquolina in bocca.

"Posso portarvi qualcosa da mangiare? Stavo giusto finendo l'etouffee di gamberi per i clienti di questa sera."

"Abbiamo appena mangiato." Damon scosse la testa.

"È una splendida idea." Ava rivolse all'uomo un sorriso colmo di gratitudine.

"Mi piacciono le ragazze che mangiano. Farai meglio a trattarla bene, Damon. Non si trovano spesso compagne come lei." Mastro Lindo svanì in cucina.

"Perché non mi avevi detto che avevi ancora fame?"

"Non ne avevo prima di entrare qui." Ava fece spallucce. Mangiava molto, quando era nervosa.

Il tizio tornò dalla cucina di umore decisamente migliore. "Hai davvero una bella compagna, Damon. Se avessi vent'anni di meno, ti sfiderei." Fece un ampio sorriso e posò la scodella di fronte a lei.

"Ava, vorrei presentarti Jeff. È il proprietario del Romolo e Remo."

Ava strinse gli occhi. "Hai dato al tuo bar i nomi dei fondatori di Roma?"

"Bella e intelligente. Approvo la tua scelta in fatto di compagna." Jeff rivolse a Damon un cenno del capo carico di apprezzamento.

Damon sospirò talmente forte da darle fastidio. "Non siamo accoppiati."

"Bah. Questo è quello che continui a dire tu." Jeff spostò lo sguardo sul soffitto.

"Quello che continuo a dire? Con chi hai parlato? Con Jayden?" Damon strinse gli occhi.

"No. Me lo ha detto la nonna. L'ho incrociata mentre faceva la spesa." Jeff aggrottò profondamente le sopracciglia, segnando la sua testa perfettamente rotonda. "Ha detto che stava prendendo degli antipasti per una specie di festa. Ti ha parlato di una festa, per caso?"

Per poco Ava non si strozzò con l'etouffee. Il viso di

Damon si fece rosso acceso e lui si affrettò a stringersi nelle spalle. "No, non ne so nulla."

"Questo è il miglior etouffee che io abbia mai mangiato." Ava indicò la scodella col cucchiaio.

Sul volto di Jeff si fece largo un ampio sorriso. "Grazie, Ava."

"No, dico sul serio." Ava si mise un altro boccone in bocca e sospirò. "Ho già mangiato un hamburger per pranzo, ma per qualche motivo non riesco a smettere di mangiare il tuo cibo."

"Dicevi che non è accoppiata?" Jeff guardò Damon con le labbra atteggiate a un sorriso malefico.

"Se vuoi tenere le braccia attaccate al corpo, fossi in te mi cancellerei quell'idea dalla testa."

Ava passò lo sguardo fra i due uomini. Sebbene Damon paresse offeso dal fatto che tutti dessero per scontato che loro due fossero accoppiati, non esitava quando si trattava di tenere altri uomini lontani da lei. Tipico comportamento maschile: Damon non la voleva, ma nemmeno voleva che qualcun altro la avesse.

Stava cominciando a farla davvero incazzare.

"Ditemi, dato che sono nuova alla licantropia: la femmina ha mai voce in capitolo per quanto riguarda l'accoppiamento? Perché a me sembra un gran mucchio di stronzate al testosterone." Ava mangiò un boccone e guardò storto i due uomini.

Jeff sorrise da un orecchio all'altro. "Scherzi? La femmina ha tutto il potere nella relazione."

Ava inarcò dubbiosamente un sopracciglio. "A me non sembra."

"Oh, credimi. La femmina è più potente del maschio all'interno della relazione, soprattutto quando si tratta di accoppiarsi." Jeff ammiccò.

"Davvero?"

Damon scosse la testa e guardò Jeff. "Senti, non siamo qui per avere una lezione di accoppiamento. Stiamo cercando informazioni su un rapitore."

Jeff appoggiò i gomiti sul tavolo. "Un rapitore?"

"Una delle femmine della Louisiana è stata rapita. Subito dopo il rapimento di Ava."

Jeff si voltò a guardarla con aria preoccupata. "Cara, qualche stronzo ti ha fatto del male?"

Ava distolse lo sguardo. "Vuoi dire 'stronzi'. Erano più di uno."

Il volto di Jeff arrossì per la rabbia.

"Nessuno mi ha fatto del male." Ava rivolse a Jeff un sorriso rassicurante. "Damon è arrivato in tempo e mi ha salvata."

"Li hai uccisi?" La domanda di Jeff sembrava più un'affermazione che una domanda e la schiena dell'uomo era curvata in una posa protettiva. Il cuore di Ava si scaldò. Jeff non la conosceva nemmeno, eppure era genuinamente preoccupato per lei. Quanti uomini umani aveva frequentato Ava che si sarebbero preoccupati per lei? Jeff, come Damon, la vedeva come qualcosa di più che un paio di tette.

I lupi potevano anche essere animali, ma si prendevano cura gli uni degli altri, più di quanto facessero gli umani.

"Pensavo che potessi avere delle informazioni su David Jenkins, che ha rapito la seconda ragazza." Il profondo timbro di voce di Damon attirò la sua attenzione. Ava non poteva farci nulla: tutte le volte che lui parlava, o la guardava, oppure le toccava la mano, il cuore le ruotava nel petto come una trottola.

Il desiderio le scaldò il viso quando lui si voltò e incrociò il suo sguardo. Ava prese la bottiglia d'acqua sul tavolo di legno per spegnere la sua improvvisa sete. Le bastava dargli una singola occhiata perché tutti gli anni trascorsi ad avere il controllo della sua vita e a non accettare le stronzate di nessun uomo volassero fuori dalla finestra. Per lui, avrebbe ceduto quasi completamente il controllo.

Quasi.

Le implicazioni di quel pensiero la scossero nel profondo.

"Tutto bene?" L'uomo le prese la mano. Lei lottò contro l'impulso a mettersi le sue dita in bocca e succhiare.

"Sì. È solo che l'etouffe è un po' piccante." Ava sorseggiò l'acqua, allontanandosi dalla portata dell'uomo e sfuggendo al suo incantesimo.

"Vorrei potervi aiutare, ma non ho mai sentito parlare di quel tizio." Jeff scosse la testa, palesemente frustrato. "Forse è meglio che proviate al Beaver Tail. È frequentato da molti lupi, soprattutto quando si avvicina la luna piena."

"Cos'è il Beaver Tail?" Ava allontanò da sé la scodella vuota.

"È uno strip club," rispose Damon, senza guardarla. "È il motivo per cui ho bisogno di un favore da parte tua, Jeff."

"Andiamo in gita. Evviva." Ava si sfregò le mani. "Non sono mai stata in uno strip club."

"E non ci entrerai nemmeno oggi." Damon la guardò con gli occhi stretti.

"Cosa intendi?"

"Rimarrai qui con Jeff mentre io controllo." Damon spostò lo sguardo su Jeff.

Questi sorrise. "È il momento in cui mi chiedi se lei può restare qui? O avevi semplicemente intenzione di dirmelo?"

"Assolutamente no." Ava si raddrizzò sulla sedia. "Non puoi escludermi adesso, Damon. Se tu vai, vengo anch'io."

"Ava, è troppo pericoloso. Non puoi andare in uno strip club. Lo sai quanti uomini punterebbero il tuo culo nel momento in cui entreresti?" Damon la fulminò con lo sguardo.

"In tal caso, credo proprio che dovrai tenere d'occhio il mio culo." Ava fece spallucce.

"Siete sicuri di non essere accoppiati?" Jeff inarcò un sopracciglio peloso.

"Sicurissimi," risposero entrambi all'unisono.

"Lo sai anche tu che probabilmente ha ragione." Il sorrisetto di Jeff svanì. "Sono a corto di buttafuori da quando Jayden è andato a lavorare al casinò a tempo pieno. Con la luna piena vicina, non sarebbe un'ottima idea averla qui. Ha bisogno di qualcuno che la copra tutto il tempo."

Ava rivolse a Jeff un sorriso di incoraggiamento prima di tornare a guardare Damon, il cui volto era sepolto in un cipiglio talmente profondo che lei pensò che gli avrebbe lasciato delle rughe permanenti.

Damon imprecò mentre si passava le dita fra i capelli, i muscoli che guizzavano sotto la maglietta aderente. Ava si leccò le labbra e deglutì faticosamente. All'improvviso, rimase colpita dall'immagine di lui, nudo nel letto, col corpo enorme e forte che la copriva mentre martellava dentro di lei.

"Tutto bene?" Il cipiglio di Damon era svanito, sostituito dalla preoccupazione.

"Sì, perché?" Ava distolse lo sguardo e si passò una mano sulla fronte.

"Sei tutta rossa e hai gli occhi lucidi. Hai la febbre?" L'uomo le premette il palmo contro la fronte. "Scotti."

Certo che scottava, ed era anche fradicia. Come avrebbe potuto non essere tutta calda e frustrata, con lui che la toccava?

Allontanò la mano di Damon. "Sto bene. È solo che fa caldo, qui dentro." Sfregò i palmi sudati sulle cosce avvolte nei jeans. "Quand'è che apre lo strip club?"

"Ha aperto ore fa." Damon inclinò la testa mentre la guardava in viso, continuando a cercare eventuali segni di malattia.

"Pensavo che aprissero solo di notte."

"No. Hanno aperto prima di mezzogiorno, per servire il pranzo." Jeff si alzò e prese la scodella vuota di Ava.

"Servono cibo?" Ava arricciò il naso. "Non va contro le norme igieniche? Come diavolo si fa a mangiare con tutta quella roba di fronte?"

Jeff scoppiò a ridere. "Damon, mi piace la tua ragazza! Credo che ci sia dell'alfa in lei." Ciò detto, svanì oltre la porta a vento in cucina.

"Che c'è?" Ava inclinò la testa. "Non dirmi che non hai pensato la stessa cosa. Tu mangeresti mentre una ragazza agita il culo nudo sopra al tuo panino?"

Damon si chinò su di lei, lo sguardo che si scuriva e il fiato che le sfiorava la guancia. "Solo se la ragazza nuda fossi tu. E non mangerei un panino. Mangerei te."

* * *

DAMON SI FERMÒ VICINO al Beaver Tail, badando a parcheggiare lontano dall'ingresso. Si stava facendo buio e le luci di sicurezza cominciavano ad accendersi, illuminando l'oscurità che andava rapidamente calando.

Dopo aver assicurato il casco alla moto, colse l'occasione per valutare la presenza di pericoli. Inalando profondamente, passò lo sguardo sul parcheggio, rilassandosi solo quando non percepì alcun pericolo. Presa la mano di Ava, si incamminò verso l'ingresso. Anche se avrebbe preferito non farlo, l'aveva portata con sé.

"Mi lasceranno entrare?" mormorò Ava mentre si avvicinavano all'ingresso.

"Certo. Perché non dovrebbero?" Damon abbassò lo sguardo su di lei. Per la miseria, era fottutamente bella. Se anche avesse vissuto per sempre, Damon non si sarebbe mai stancato di guardarla.

La donna fece spallucce. "Non lo so. Potrei essere una

moglie furiosa in cerca del marito. Potrei essere pericolosa, sai?"

Damon sorrise. Certo che poteva essere pericolosa. Era proprio quello che gli piaceva di lei; quello e la sua testardaggine. E il modo in cui lo guardava. E il modo in cui il corpo di lei si adattava al suo. E il modo...

"Te lo dico subito: se ti fai toccacciare da qualche sciacquetta, saranno guai. Per lei e per te."

Il petto di Damon si gonfiò di orgoglio. Soprattutto, adorava quanto lei era possessiva.

"Volevo solo fartelo sapere." Ava sbatté le ciglia e sorrise dolcemente.

Lui la afferrò e la strinse in un abbraccio. Tuffato il viso contro il suo collo, inalò profondamente e sfregò il suo odore sul corpo di lei. Le passò le mani lungo la schiena, fino ad appoggiarle sul suo sederino sodo.

Quando, finalmente, la lasciò andare, lei lo guardò negli occhi.

"Cos'era quello?"

"Un'assicurazione." Damon si era assicurato che gli altri maschi sapessero che lei non era disponibile. Non le diede il tempo di fare altre domande mentre la sospingeva attraverso l'ingresso. Rivolse un cenno del capo al buttafuori, prendendo mentalmente nota del fatto che anche lui era un lica. Il buttafuori ricambiò mentre si inoltravano all'interno del club. Il puzzo di profumo da drogheria e il fumo delle sigarette appesantivano l'aria.

"Gradite sedervi al banco un tavolo?" Damon voltò di scatto la testa verso la profonda voce femminile, risultato di anni di abuso di sigarette.

"Avete un tavolo per non fumatori?" Ava prese la parola prima che lui potesse rispondere.

"Abbiamo una sezione per non fumatori, ma non è completamente libera dal fumo." La cameriera indicò la zona dall'altra parte della stanza. Damon annotò che non erano molti gli uomini seduti laggiù.

"Va bene." Seguì la cameriera, assicurandosi di tenere Ava di fronte a sé. Ma gli uomini del club erano troppo occupati a guardare una spogliarellista bionda avvolgere le gambe attorno a un palo per notare Ava.

Ottimo. Gli sarebbe dispiaciuto vedersi costretto a uccidere qualcuno così presto.

Presero posto a un tavolo d'angolo. Damon avvicinò a sé la sedia di Ava, fino a quando la donna non fu annidata contro il suo fianco.

"Damon, non credo che qualcuno salterà su e cercherà di prendermi qui."

"Hai ragione. Io lo ucciderei prima."

Distrattamente, le passò le dita su e giù lungo il braccio mentre si guardava attorno. C'erano uomini in giacca e cravatta seduti a dei tavoli vicino al palco, mentre uomini vestiti in maniera più popolare si affollavano attorno al palco stesso. La spogliarellista concluse la sua esibizione e una bruna salì sul palco, addosso aveva soltanto degli stivali da cowboy e un tanga. Era carina, ma non gli faceva alcun effetto.

"Scommetto che potrei farlo anch'io." Ava annuì mentre la spogliarellista afferrava il palo con entrambe le gambe, lasciando che la gravità la trascinasse verso il basso mentre vi girava attorno, e atterrando facendo la spaccata.

"Non lo scoprirai mai." Permettere ad Ava di ballare col palo sarebbe stato come scatenare la Terza Guerra Mondiale.

"Perché no?"

"Posso portare qualcosa da bere?" La targhetta col nome della cameriera diceva Sherry Pie e la ragazza era vestita con un grembiule giallo tempestato di ciliegie. I suoi brillanti capelli rossi erano legati in alto sulla testa, come quelli di una ragazza del Jersey. Il trucco degli occhi era nero e pesante, la qual cosa la faceva assomigliare a un procione che aveva perso una rissa. A stupire Damon più di tutto era che il rossetto della ragazza fosse dello stesso identico rosso acceso dei suoi capelli.

"Posso chiederti una cosa?" Ava accennò col capo al palco. "Bisogna seguire un corso per fare quelle cose?"

La cameriera seguì il suo sguardo verso il palco e sorrise a trentadue denti. "No, cara. Basta avere i muscoli giusti."

"Anche tu balli?"

"Sì, ma solo dalle dieci in poi. È allora che si fanno i soldi."

"È l'ora a cui arrivano i dirigenti dopo il lavoro?" Ava appoggiò il mento su una mano.

"Magari. I dirigenti hanno il braccino corto, anche se non quando si tratta di spendere soldi per loro stessi." Sherry rise. "I soldoni si fanno con quei motociclisti dall'aria vissuta, tipo quello là al bancone."

Si voltarono entrambi. Appollaiato su uno sgabello e con addosso una giacca di cuoio segnata c'era un tizio enorme. Non appena l'uomo lanciò un'occhiata nella loro direzione, Damon colse il suo odore e capì che si trattava di un mannaro.

Le sue narici fremettero quando colse l'odore del pericolo. Lo sguardo del lica si posò su Ava.

Subito sul chi vive e sulla difensiva, Damon angolò il corpo, bloccando la visuale del maschio arrogante. Il maschio sorrise da un orecchio all'altro e i suoi denti bianchi brillarono sotto le luci del club.

Damon ringhiò. Lentamente, il maschio si girò sullo sgabello fino essere rivolto verso il barista, tenendo d'occhio Damon nel riflesso dello specchio dietro il bancone. Da lontano, Damon non riusciva a distinguere a naso se il lupo fosse rosso o grigio.

"Che stai facendo?" Ava gli diede una spinta al petto.

"Oh, tesoro, non essere troppo dura con lui. Gli uomini

così protettivi delle loro donne sono pochi e rari." Sherry Pie tirò su col naso. "Tutti gli uomini presenti non esiterebbero a darti a un altro uomo, se il prezzo fosse giusto."

Damon fece una smorfia. "Stai dicendo che qui dentro è consentita la prostituzione?"

Shirley lo guardò con gli occhi stretti. La sua espressione cambiò e Damon si rese conto che si stava chiudendo. "Ehi, non sarai mica un poliziotto?"

"Assolutamente no."

Sherry sbuffò mentre il suo volto si rilassava fino a sorridere. "Non si può mai dire, di questi tempi."

"È vero. Ma ti assicuro che non siamo poliziotti. Col suo caratteraccio, lui non durerebbe una settimana." Ava indicò Damon col pollice.

"Io? E tu? Anche tu hai un caratteraccio."

"Tu confondi il caratteraccio con la sicurezza."

Sherry Pie scoppiò a ridere. "Ragazza mia, tu saresti un'ottima ballerina. Scommetto che non ti faresti mettere i piedi in testa da nessuno."

"Davvero?" Le labbra di Ava si allargarono in un sorriso splendente. "Credi davvero che potrei ballare?"

"Sì, non è complesso. Voglio dire, guarda Shania Vain lì sul palco." La cameriera mosse la mano in un gesto poco lusinghiero. "Non fa altro che camminare di qua e di là e sfregarsi contro il palo ogni tot."

Damon rivolse la propria attenzione al palco. La spogliarellista in questione doveva essere fra un tot e l'altro, perché non si stava sfregando contro il palo, ma ancheggiava sul palco mentre si stringeva le tette adorne di nappine. Si fermò e si chinò per scuotere le poppe pericolosamente vicino ai clienti maschi seduti al bordo del palco.

"Io potrei fare di meglio. Se non altro, so ballare."

Damon voltò di scatto la testa nella direzione di Ava. "Tu non ti spogli. Punto e basta."

"Chi ha parlato di spogliarsi?" Ava scrollò le spalle snelle. "Ho detto solo che io ballerei meglio."

"Non siamo a una gara di ballo; siamo in uno strip club." Damon strinse gli occhi. "Le ragazze che lavorano qui sono spogliarelliste, mentre tu non lo sei. E poi, non rimarremo qui abbastanza a lungo perché tu possa intraprendere questa carriera."

"A dire il vero, una volta al mese c'è una serata dilettanti." Sherry Pie fece scoppiare la gomma da masticare.

"Pagata?" Ava guardò Sherry.

"Non dal club, ma puoi tenere i soldi che ti danno i clienti. Le ragazze molto belle possono fare dei bei soldoni." La cameriera squadrò Ava con occhio clinico. "Scommetto che tu potresti fare più di trecento dollari."

Ava rivolse a Damon un sorriso speranzoso. "Sarebbe un modo per guadagnare dei soldi per una stanza."

La palpebra di Damon cominciò a guizzare. "Assolutamente no." Picchiò le mani sul tavolo e Sherry indietreggiò di due passi, intimidita.

Ava lo guardò con gli occhi spalancati e lui capì che stava faticando a restare zitta. Mordendosi il labbro, la donna spostò lo sguardo sul palco. "Va bene, tranquillo."

Lui si passò una mano sul viso. "Siamo completamente fuori dal seminato." Lanciò un'occhiata a Sherry, che si era avvicinata pian piano ad Ava.

"Ci chiedevamo se tu sapessi qualcosa di un tizio di nome David Jenkins. Abbiamo sentito dire che bazzica da queste parti."

La cameriera smise di masticare la gomma e il suo sguardo si indurì visibilmente. Damon capì di aver fatto il colpaccio.

"Sherry, conosci David Jenkins?" la pungolò Ava.

"Sì." La cameriera deglutì rumorosamente, e spostò in fretta uno sguardo nervoso fra lui e Ava.

"Sherry, potremmo aver bisogno del tuo aiuto per trovare David. Crediamo che sia sospettato di rapimento."

Sherry spalancò gli occhi. "Avevate detto di non essere poliziotti!" Fece un passo indietro.

"Non lo siamo. Lui ha preso una ragazza, una mia amica, e io non intendo starmene seduta a fare nulla mentre quella ragazza è in pericolo."

"Oddio. Ha davvero rapito una ragazza?" Sherry contrasse le labbra. "Quello stronzo. Sapevo che era pericoloso, ma nessuno mi dà mai retta." Sherry scosse la testa.

"Allora lo conosci."

Sherry annuì. "Viene qui tutti i sabati, per guardare la serata delle spogliarelliste dilettanti. Arrivano molte studentesse universitarie in cerca di qualche soldo in più. Gli ho sentito dire al barista che non gli piacciono le ragazze normali, che non sono abbastanza per lui." Cherry sbuffò. "Come se noi potessimo non essere abbastanza per quel pezzo di merda. La verità è che nessuna delle ragazze gli darebbe nemmeno il saluto. Non importa quanti centoni lui lancia loro, nessuna è mai andata via con lui. Ha un non so che di cattivo, come se trasudasse male."

"Dunque viene qui solo per guardare le studentesse." Ava guardò Damon e gli rivolse un'occhiata complice. "Come quelle dell'LSU?"

"Sì. Come fai a saperlo?"

"Perché la ragazza che lui ha rapito va all'LSU."

\* \* \*

DOPO AVER LASCIATO lo strip club, si incamminarono verso il caffè più vicino lungo la strada.

Pur essendo sabato sera, il caffè era relativamente vuoto, il che diede loro tempo in abbondanza per parlare in privato.

Mentre Ava prendeva un tavolo d'angolo, Damon ordinò due caffè e un paio di dolci sui quali l'aveva vista sbavare.

Sedendosi di fronte ad Ava, le porse un caffè e il piatto con i dolci.

"Stai dando fondo alle tue risorse per sfamarmi." La donna scosse la testa.

"Vuoi che li riporti indietro?" Damon prese il piattino, ma lei gli allontanò la mano con uno schiaffo.

"Come non detto. Non mi dispiace dormire sotto un ponte." Ava bevve un sorso di caffè e fece una smorfia. "Speravo che questo caffè fosse migliore di quello dell'albergo. Mi sa che sono semplicemente abituata al mio." Poi guardò i dolci e si leccò le labbra. "Come facevi a sapere che morivo dalla voglia di questi?"

Damon immaginò di passarle la lingua sulle labbra e rimase di sasso. I suoi jeans si fecero particolarmente stretti mentre le fissava la bocca.

Lei sollevò lo sguardo e sorrise.

"Ho visto come li guardavi quando sei entrata." Gli angoli delle sue labbra si sollevarono in un ampio sorriso. "E così ti piacciono i dolci, eh?"

"Di solito non così tanto. Normalmente, non mangio come ho mangiato oggi." Ava sospirò. "Deve essere il nervosismo." Tagliò uno dei dolci e se ne mise in bocca un po' con la forchetta.

"È buonissimo." Ava chiuse gli occhi e gemette.

"Continua così e mi farai ingelosire di un dolce."

La donna aprì gli occhi. "Non c'è gara. Preferirei assaggiare te, in questo momento."

La voglia gli sferrò un calcio nel profondo del ventre. Voleva prenderla subito. Lanciò un'occhiata alla porta del gabinetto.

"Oh, no. Mi rifiuto di fare sesso in un bagno pubblico." Ava arricciò il naso. "Non è igienico."

"Nemmeno se ti tengo su io?"

Damon le sorrise.

"Sì." Ava inarcò un sopracciglio. "E poi, la prossima volta che ti avrò nudo, non sarà una cosa veloce. Ti voglio per tutta la notte, per ore."

Damon sollevò le mani. "D'accordo, d'accordo, basta. Se continui a dirmi tutte queste porcherie, mi rovinerò i jeans."

Ava emise una bassa risata e diede un altro morso.

"Qual è il prossimo passo? Sappiamo che David andrà al Beaver questa sera."

"No, invece. Lui viene solo alle serate per dilettanti." Damon aprì la bocca quando la donna gli offrì un morso. Il dolce gli si sciolse sulla lingua.

"Sì, e indovina che serata è oggi?" Ava agitò le sopracciglia. "La serata per dilettanti."

"Come diavolo fai a saperlo?"

"Me lo ha detto Sherry quando sei andato in bagno. Ha detto che molte ragazze si sono iscritte e che avrei dovuto farlo anch'io."

"Col cazzo."

Ava levò nuovamente gli occhi al cielo. "Il punto è che è probabile che Jenkins si farà vivo questa sera. E noi dobbiamo essere pronti."

"Tu non ti avvicini a quel bastardo." Damon chiuse le mani a pugno.

"E dove dovrei andare, secondo te? Non abbiamo una stanza né i soldi per pagarla."

Damon tirò fuori il cellulare dalla giacca. "Chiamo Jayden. Sono sicuro che potremo stare da lui, sempre che si prenda la briga di rispondere al cazzo di telefono." Premette il pulsante di richiamata e attese. Dopo che scattò la segreteria, lasciò un altro messaggio e chiuse la telefonata.

"Ti dispiace se uso il telefono? Vorrei chiamare mio padre." Ava spinse via il piattino e sorseggiò il caffè.

Damon scosse la testa. "È troppo rischioso. Barrett è l'unico ad avere una linea sicura e io non voglio che quei lupi fuorilegge ci rintraccino fin qui."

"Allora cosa facciamo?"

"Torniamo al casinò e io chiederò a Jayden se può tenerti d'occhio mentre io torno al club."

"Non devi per forza andare da solo a prenderlo." Ava lo guardò accigliato.

"Chiamerò Jeff e gli chiederò se può prestarmi uno dei suoi buttafuori e un furgone. Dopo che avrò preso quell'uomo, lo riporterò da Jeff e lo interrogherò. Prima troveremo Haley e meglio sarà."

Ava lo guardò. "In cuor mio, credo che sia ancora viva. Non ti so dire perché. Non so se sia razionale o meno, ma non voglio perdere la speranza." Distolse lo sguardo. "E se è morta, spero che sia stata una cosa veloce e che lui non l'abbia torturata. Perché in caso contrario, lo ucciderò io stessa."

Damon si allungò sul tavolo e le prese la mano.

"Non importa se lui l'ha uccisa o meno; è sul mio radar, il che fa di lui un morto che cammina."

"Ottimo." Ava gli prese la mano e ne baciò le nocche. In quell'istante, il cuore di Damon Trahan si gonfiò. Un'emozione poco familiare lo invase e il suo petto si contrasse. In tutti i suoi anni di vita, non aveva mai avvertito un legame, una vicinanza con un'altra persona. Era come se avesse trascorso anni in un buco freddo e buio, per poi finalmente fuggire ed essere avvolto dal calore del sole. Esso filtrò in tutte le cellule del suo corpo, toccando punti che erano morti da tempo.

Damon deglutì, ammettendo ciò che già sapeva. Era innamorato di Ava Renfroe. Amarla sarebbe stata la sua fine.

\* \* \*

AVA ERA al fianco di Damon quando il portiere del casinò chiamò Jayden sul cercapersone.

"Che è successo?" ringhiò Damon. Gli ospiti dell'albergo di passaggio erano abbastanza intelligenti da stargli lontano. "Dovrebbe essere già arrivato."

"Forse è dovuto andare a casa della nonna."

Damon tirò fuori il telefono e chiamò la nonna.

"Ma insomma, sai dov'è?" chiese infine, a metà di quella che stava palesemente diventando una conversazione lunga.

Qualche istante dopo, mise giù.

"Mi pare di capire che non è lì." Ava intrecciò le dita a quelle di Damon.

"No." Damon fece una smorfia. "In compenso, la nonna ha detto che questa sera darà un altro sex party e che tu sei invitata."

"Sembra divertente." Ava gli rivolse un ampio sorriso.

"Ci saranno degli spogliarellisti." Damon strinse gli occhi.

"Meglio ancora. Dovrei portare qualcosa da mangiare."

"Tu sei esclusa automaticamente da eventi del genere."

Ava gli mostrò la lingua. "Non sei per nulla divertente."

"Piccola, io sono divertentissimo." Lo sguardo intenso dell'uomo le fuse le viscere, facendola sentire tutta calda e scioglievole.

"Ci scommetto." Ava gli infilò le mani nelle tasche posteriori dei jeans. Un paio di ragazzi inciamparono mentre passavano lì vicino, troppo concentrati su di lei.

Ava non si oppose quando lui le passò le braccia attorno alla vita e la strinse a sé. I muscoli duri del petto dell'uomo le stuzzicarono i capezzoli, facendoli inturgidire e dolere.

"Per colpa tua, quei ragazzi verranno picchiati se continuano a guardarti." Il fiato caldo di Damon le solleticò l'orecchio e lei rabbrividì.

"Cosa? Ma io non sto facendo niente." Lei gli rivolse la sua miglior occhiata innocente.

"Non è necessario. Ti basta stare qui." Le mani dell'uomo la accarezzarono su e giù per la schiena.

Ava non riuscì a resistere. Sporgendosi, lo baciò profondamente e con trasporto. Quando si staccò, gli mordicchiò il labbro inferiore.

"Continua così e io ti prendo in spalla e trovo l'angolo più vicino." Damon le diede un giocoso schiaffo sul sedere. "E poi, dobbiamo trovarti un posto dove stare mentre io vado a prendere David Jenkins."

"C'è sempre la casa della nonna." Ava gli rivolse un ampio sorriso.

"No."

"Non posso stare al bar di Jeff?"

Damon scosse la testa. "Il bar di Jeff è troppo pericoloso."

"Tu continui a dimenticare che io lavoro in un bar."

"Fai la barista in un ristorante. Quello è un bar di motociclisti. Un bar di motociclisti lica. Sono due cose completamente diverse."

Ava gli rivolse un'occhiata. "Ho lavorato anche al Mule." Il Mule era l'unico bar nei pressi di Jonesboro che si rivolgesse solo ed esclusivamente a una clientela di motociclisti. Non si entrava senza una Harley.

"Mi stai prendendo in giro?" Damon sembrava inorridito. "Lo sai quanto è pericoloso lavorare in quel bar?"

"È per questo che tengo un fucile a canne mozze dietro al bancone. E il Giudice. Quel catenaccio ti fa buchi grossi come meloni."

"Lo hai mai usato?"

"Una volta."

"Hai ucciso qualcuno?" Damon spalancò gli occhi.

"Non esattamente. Il tizio si è tuffato sotto il tavolo da biliardo e io ho sparato alla porta." Ava fece una smorfia. "Avevo mirato male. Il proprietario ha dovuto ordinare una porta nuova e me l'ha detratta dalla paga."

"Cosa aveva fatto quel tipo per farsi sparare?"

"Aveva messo le mani addosso a una delle cameriere."

Damon sorrise e la strinse a sé. "Così si fa."

"Sarò perfettamente al sicuro al bar, purché Jeff mi dia accesso a un'arma."

"Vieni, Sarah Conner. Adesso ti armiamo di tutto punto."

* * *

IL PARCHEGGIO del Romolo e Remo era già affollato, ed erano solo le nove. Dopo aver dato un'occhiata alla zona, Damon condusse Ava all'ingresso. Un grosso lica bloccava l'accesso, le braccia incrociate. Damon rivolse un cenno del capo al buttafuori e questi si fece da parte, lasciandoli entrare.

Tenendo la mano di Ava, Damon la attirò al proprio fianco. "Stammi vicina."

Un paio di umani fissarono Ava fino a quando lui non emise un ringhio assassino.

"Stai calmo, eh." Ava gli passò la mano lungo il braccio.

"Ti stanno guardando."

"Molti uomini mi guardano."

"Questo non significa che debba piacermi."

"Damon, so prendermi cura di me stessa." Ava lo baciò. Prima che lei si rendesse conto di cosa stesse facendo, la stava stringendo forte, schiacciandosela contro il petto. Pensava che la donna avrebbe potuto opporsi o staccarsi, imbarazzata da quella dimostrazione di affetto in pubblico. Dio sapeva che Laura lo aveva fatto numerose volte. Laura gli aveva sempre detto che baciarsi in pubblico non era decoroso. Ripensandoci, probabilmente lo aveva detto perché non voleva farsi scoprire dal suo amante.

Con Ava non era così. Lei gli aveva già passato le braccia attorno al collo. Damon attese che si scatenasse il panico, ma ciò non accadde.

Il corpo leggiadro della donna sfregò contro il suo, le curve di lei premute contro i suoi muscoli. Ava gemette nella sua bocca e una soddisfazione mascolina scorse prepotentemente nelle vene di Damon al pensiero che lei lo volesse quanto lui voleva lei.

"Damon, ragazzo mio, ti serve la stanza sul retro?"

La voce tonante di Jeff lo spinse a staccarsi lentamente da Ava e a voltarsi a fronteggiare l'uomo.

"Non chiamarmi 'ragazzo'." Damon fece una smorfia all'indirizzo di Jeff.

"Io sono più vecchio di te. Questo ti rende un ragazzo." Jess spostò lo sguardo da lui ad Ava. "Salve, bellezza. Questo ragazzo ti tratta bene?"

"Forse mi tratterebbe meglio se potessimo usare la tua stanza sul retro." Ava agitò le sopracciglia.

Jeff esitò, quindi scoppiò a ridere sguaiatamente. "Porca miseria, Damon, hai un culo che fa provincia."

Lui lanciò un'occhiata ad Ava. Lei si limitò a fare spalluccе, l'attenzione concentrata su una cameriera che passò loro vicino portando un enorme cheeseburger. Si leccò le labbra.

"Hai fame?" Damon si accigliò.

"Sì. Sembra che quei dolci che ho mangiato non mi abbiano riempita."

Damon prese il portafogli e ne tirò fuori una banconota da venti.

"No. Hai già speso troppi soldi per me. E poi, abbiamo bisogno di soldi per affittare una stanza." Ava respinse il pezzo da venti.

"Ava, non voglio lasciarti morire di fame."

Ava sbuffò. "Non sto morendo di fame. Ho mangiato abbastanza per un orso sulla via dell'ibernazione."

"Non parlarmi di orsi!" Jeff aggrottò le sopracciglia in preda alla frustrazione.

"Non dirmi che esistono degli orsi mannari." Ava rivolse all'uomo un'espressione buffa.

"Sì. E un paio di loro sono arrivati qualche mese fa da New Orleans. C'è stata una grossa rissa, che ha fatto a pezzi il locale. Ho appena finito di restaurarlo." Jess gonfiò il petto.

"Ah, questo è stato restaurato?" Ava passò lo sguardo sull'interno del locale. Vecchie targhe di auto da tutto il mondo erano appese a ogni centimetro delle pareti. Ava lanciò a Jeff un'occhiata perplessa.

"Mi chiedevo se Ava potesse restare qui mentre io vado a svolgere una commissione." L'uomo tenne la voce bassa.

"Qui? Vuoi lasciarla qui? In un bar di lupi?" Jeff inarcò un sopracciglio.

"Il tuo tono non mi fa ben sperare nel tuo bel locale." Ava spostò lo sguardo fra Damon e Jeff.

"Non posso portarla al Beaver Tail."

"Diciamo pure che non vuole permettermi di andare al Beaver Tail." Ava incrociò le braccia e procedette a mettere il broncio.

"Probabilmente sarebbe più al sicuro al Beaver che qui, Damon." Jess fece spallucce.

"Mi stai prendendo per il culo?"

"Certo che no. Hai visto la sicurezza che hanno al Beaver? Se un maschio dice la cosa sbagliata a una femmina, lo buttano fuori a calci nel culo." Jeff accennò alla stanza con un gesto. "Io non ho abbastanza buttafuori, questa sera, e sono bloccato dietro al bancone, dato che quell'infame del mio barista si è dato malato."

Lentamente, un sorriso si allargò sul volto di Damon. "Beh, è la tua serata fortunata: Ava è una barista."

# CAPITOLO NOVE

"È vero, tesoro?" chiese Jeff.

Lei annuì e sorrise.

"Beh, ma perché non lo hai detto subito? Certo che può restare." Un sorriso si allargò sul volto di Jeff.

"Ottimo. Io dovrei tornare per mezzanotte. Se sono fortunato, porterò un amico." Damon esalò il fiato. Se non altro, sapeva che Ava sarebbe stata al sicuro, sotto la sorveglianza di Jeff.

Jess annuì. "I dipendenti sanno che non possono entrare nella stanza sul retro."

"Ottimo." Damon rivolse la propria attenzione ad Ava, che rubò una patatina da un vassoio di passaggio. La donna gli rivolse un sorriso timido dopo essersi ficcata la prova in bocca.

"Resta dietro al bancone con Jeff."

"E se devo andare in bagno?"

"Allora Jeff aspetterà fuori." Damon rivolse a Jeff un'occhiata pesante. "Dalle da mangiare prima che inizi a lavorare." Gli diede un venti, ma Jeff rifiutò.

"Tutti i miei dipendenti ricevono un pasto gratis quando sono di turno."

Damon annuì, ma diede comunque il venti ad Ava.

"Andrà tutto bene. So cavarmela da sola."

"Proprio come quando ti hanno rapita."

Ava lo guardò storto. "Mi hanno drogata. Non è stato uno scontro leale. Se lo fosse stato, gli avrei strappato gli uccelli e glieli avrei infilati nel culo."

"Che bella immagine." Damon fece una smorfia.

"Grazie." Ava gli si avvicinò. "Stai attento."

"Come sempre."

"E niente lap dance." Ava gli ficcò un dito in faccia per sottolineare il concetto.

"Solo se le fai tu."

"E non infilare denaro in nessun tanga." Ava strinse gli occhi.

Lui sorrise. Gli piaceva che lei fosse gelosa; non che avesse motivo di esserlo. Dopo di lei, nessuna donna avrebbe avuto alcun significato per lui.

"Non hai nulla di cui preoccuparti." Damon la strinse a sé e le baciò un lato del collo. Aprendo la bocca, le sfiorò la spalla coi denti. Avrebbe voluto che fossero soli, per passare la bocca anche sul resto del corpo di Ava.

La mano di lei si infilò sotto la sua maglietta mentre gli passava le unghie sulla pelle. Damon ringhiò contro il suo collo. "Femmina, tu mi fai impazzire."

"Questo è niente." La voce profonda e sensuale di Ava gli stava rendendo difficile concentrarsi.

Con riluttanza, Damon si staccò da lei. Per una volta in vita sua, non voleva svolgere il compito che gli era stato assegnato. Per una volta, tutto ciò che voleva era stare con Ava.

"Jeff si prenderà cura di te."

"Ci penso io a lei, Damon. Non preoccuparti." Jeff gli diede una pacca sulla schiena mentre gli passava accanto.

Damon baciò Ava con trasporto prima di voltarsi verso la porta. Sorrise da un orecchio all'altro quando Ava rivolse la parola a Jeff.

"Dimmi, Jeff, che arma tieni dietro al bancone?"

* * *

DAMON SI FECE LARGO a spallate nello strip club affollato e prese posto su uno sgabello all'angolo del bancone, dando le spalle al muro.

Il club puzzava di fumo e sudore. Gli faceva rivoltare lo stomaco. Con un po' di fortuna, avrebbe trovato presto quello che cercava e avrebbe potuto andarsene.

Guardò il palco e si accigliò. C'erano ancora le spogliarelliste professioniste. Controllò l'ora. La serata dilettanti avrebbe dovuto essere già iniziata.

Ordinò uno shot di Grey Goose. Il barista, con le braccia tatuate e i capelli ritti con le punte blu, incrociò il suo sguardo. Era il suo informatore. Il barista si voltò mentre preparava l'ordinazione di Damon. Questo gli diede un momento per pensare ad Ava. Si passò le mani fra i capelli, infastidito da se stesso per averla lasciata sola in quel dannato bar.

Non era esattamente sola. C'era anche Jeff, che aveva promesso di prendersi cura di lei. Ma la cosa non gli piaceva comunque.

Scuotendo la testa, Damon scacciò le proprie irrazionali preoccupazioni e scrutò il bancone in cerca di David Jenkins.

Le spogliarelliste avevano un ritmo migliore di quelle che lui e Ava avevano visto in precedenza. Probabilmente, il club conservava le ballerine migliori per il pubblico serale.

Un gruppo di studenti universitari si mise in fila verso l'estremità del palco, sventolando banconote da un dollaro mentre la voluttuosa spogliarellista agitava loro in faccia le enormi tette.

"Scommetto che di solito non ordini la Grey Goose. Scommetto che, di solito, sei più un tipo da Jack Daniels." Il barista tatuato fece scivolare lo shot di vodka verso di lui.

Damon strinse gli occhi. "Ho sentito dire che hai delle informazioni per me."

Uno studentello ubriaco, che indossava un maglione viola dell'LSU, urtò Damon prima di picchiare la mano la mano sul bancone. "Dammi un giro di shot di tequila."

Damon sussultò, stringendo le mani a pugno per trattenersi dal dare un cazzotto al tipo. Non era il momento di fare scenate.

Il barista ignorò il ragazzo e continuò ad asciugare un bicchiere con lo straccio. "Mi sa che hai bevuto abbastanza, figliolo."

"Senti, stronzo, non sei mia madre. Ho i soldi e voglio i miei shot di tequila." Lo studentello sbatté una banconota da cento dollari sul bancone.

Damon si voltò verso il ragazzo. "Faresti meglio a dargli retta e ad andartene."

Lo studentello si voltò verso Damon, squadrandolo prima di arricciare le labbra in preda al disgusto. "Lo sai chi sono, Scarface? Mio padre è il senatore Harris."

La rabbia traboccò dal petto di Damon, che afferrò la mano del ragazzino e gliela torse dietro la schiena. Lo studentello strillò come una ragazzina.

Avvicinando la bocca al suo orecchio, Damon ringhiò. "Quelle stronzate non valgono niente qui. Potrei aprirti la gola e sventrarti prima che tu prenda fiato. E nessuno direbbe pio. Il tuo paparino non avrebbe nemmeno un corpo da seppellire, pezzo di merda."

L'odore della paura provenne dal ragazzo, alimentando la rabbia di Damon.

"Scusa! Scusa! Non volevo offenderti, amico!" Il tizio ansimava affannosamente e sembrava sul punto di svenire.

"Ecco che cosa farai. Ti scuserai col barista per averlo offeso, perché io so che il tuo paparino non ti ha insegnato a fare il coglione, d'accordo?"

"Scusa! Scusa, amico. Non dicevo sul serio. È colpa dell'alcol se mi comporto da stronzo." Il ragazzino rivolse uno sguardo colmo di panico al barista divertito.

"Adesso prendi i tuoi amici dell'università e ti levi dai coglioni, perché lo so che voi teste di cazzo avete il coprifuoco."

"Va bene, va bene, ma tu lasciami andare." La voce uscì di bocca allo studentello come il frignare di un bambino.

"Voi ragazzi non tornerete, vero?"

"No! Non torno, lo giuro! Porca miseria, ero qui solo per la serata dilettanti."

Damon mollò lentamente la presa sullo studentello. Il tizio si diede alla fuga e andò a sbattere dritto contro una cameriera, mandando alcol e bicchieri sul pavimento. Cercò di alzarsi mentre un'altra cameriera arrivava con uno straccio per dare una mano a pulire, ma scivolò e cadde sul sedere. Lanciò un urlo che fece sussultare persino Damon.

I suoi amici lo sollevarono da terra e lo portarono fuori.

Damon si rivolse al barista.

"Grazie per l'aiuto, amico." Il barista gli mise davanti uno shot di Jack Daniel's. "Tieni, offre la casa."

"Grazie." Damon tranguiò il liquido color ambra, che gli lasciò una scia di fuoco nella gola.

"Nessun problema. Mi chiamo Braxton." Il barista tese la mano e Damon la strinse.

"Damon." Accennò col capo alla porta da cui uscirono gli universitari. "È troppo giovane anche solo per entrare qui."

"Non dirlo a me. Avevo detto al buttafuori di controllare bene i documenti. Sono sicuro che quello stronzetto e la sua banda gli hanno allungato un centone perché li facesse entrare." Braxton scosse la testa disgustato.

"La cosa non mi stupisce." Damon fece spallucce.

"La cosa triste è che è venuto qui coi suoi amici solo per vedere la sua ragazza che si spoglia."

Damon sollevò di scatto la testa. "La sua ragazza è una spogliarellista? Non sono un po' troppo grandi per lui?"

Braxton scosse la testa. "Non è una professionista. È una studentessa. La ragazza di quel tipo doveva spogliarsi questa sera, per la serata dilettanti. Ma lo spettacolo è stato rimandato a domani sera e lui è rimasto comunque."

"Aspetta. Hanno rimandato la serata dilettanti?"

Braxton strinse insospettito gli occhi. "Non dirmi che sei venuto qui per guardare le studentesse che si spogliano per soldi."

"Aspettavo una persona. A quanto pare, viene solo alle serate dilettanti." Damon strinse gli occhi.

"Fammi indovinare: non è tuo amico. È un affare del Branco?"

Damon si tese. Cribbio, quel tipo era un lupo. Come diavolo aveva fatto a non accorgersene?

Braxton sorrise. "Rilassati. L'unico motivo per cui non hai sentito il mio odore è per via di tutto il dannato fumo che c'è qui dentro. Giuro che credo di avere un polmone andato. E poi, io non appartengo a un Branco; troppe regole."

"Lavori in uno strip club. Perché non vai a fare il barista da Jeff? Se non altro, non dovresti avere a che fare con tutti questi umani."

"A dire il vero, una volta lavoravo per Jeff. Poi…" Il barista distolse lo sguardo.

"Poi cosa?" Damon inclinò la testa.

Braxton fece un'espressione sofferente. "Poi lui mi ha scoperto mentre mi sbattevo sua figlia in cucina."

Damon rimase a bocca aperta. "Jeff ha una figlia?"

"Lo so! Non avevo idea che si fosse accoppiato. Quando questa biondona è entrata, una sera, ci siamo messi a parlare e da cosa è nata cosa, e prima che me ne rendessi conto…"

"Eri in cucina sul tagliere."

"Beh, non io. Era lei quella sul tavolo." Braxton scosse la testa. "Comunque, a un certo punto mi sono ritrovato con un fucile a canne mozze puntato contro l'uccello."

"Porca miseria." Damon scosse la testa e sorrise, guardando il bicchierino vuoto.

"Così, ho trovato lavoro qui. Ti stupirebbe scoprire quanto l'etica dei lupi sia superiore a quella degli umani."

"A dire il vero, non mi stupisce." Non dopo l'inferno che aveva passato da giovane.

"Queste ragazzine che vengono dall'LSU per spogliarsi in cambio di soldi durante le serate dilettanti, beh, è una cosa patetica. Quando abbiamo dovuto mandarle via perché la serata è stata posticipata a domani, sembrava che fosse morto qualcuno."

"Perché l'hanno posticipata?" Damon strinse il bicchierino.

"Questa sera c'era una partita di football e si sono detti che non sarebbe venuta molta gente."

"Merda."

"Vuoi dirmi esattamente chi stai cercando? O vuoi giocare agli indovinelli?"

Il barista sembrava avere la bussola morale puntata nella direzione giusta. Il problema era: Damon poteva fidarsi di lui? Sapeva per esperienza che le persone potevano rivoltarglisi contro in un baleno, umani o lupi che fossero.

"Senti, amico. Voglio solo aiutarti. Non insisto." Braxton sollevò le mani in un gesto difensivo prima di tornare a rivolgere la propria attenzione a un ordine. Riempì due boccali di birra e li mise su un vassoio per una cameriera. La cameriera gli ammiccò e Braxton scosse la testa.

"Sto cercando un uomo di nome David Jenkins. Non ho una sua foto, ma speravo che tu ti ricordassi di lui."

Braxton si raddrizzò e il riconoscimento gli riempì gli occhi prima che la sua bocca si trasformasse in una linea retta. "Certo che lo conosco, quello stronzo. È meglio che tu lo trovi prima di me."

"Perché?"

"Quel figlio di puttana ha preso a mazzate la mia Harley."

"Mi prendi per il culo?" Danneggiare la Harley di una persona era come scoparne il compagno.

"È venuto qui una sera, per infastidire una delle ballerine. Quando lei gli ha detto di essere una spogliarellista e non una battona, lui l'ha presa a schiaffi. Io l'ho trascinato sul retro e gliele ho date di santa ragione. I buttafuori hanno dovuto staccarmi da lui a forza. Quello ha minacciato di fare causa al club."

"Com'è finita?" Damon si tese e si sporse. Se David Jenkins aveva il coraggio di schiaffeggiare una spogliarellista in una stanza piena di testimoni, non avrebbe certo esitato a torturare una femmina in privato.

"Il club pensò di licenziarmi, ma tutte le ballerine dissero che se ne sarebbero andate se lo avessero fatto. Dissero che io ero l'unico a pensare a loro. Per cui, mi hanno messo sotto osservazione." Braxton si strinse nelle spalle tatuate.

"E la moto?"

Braxton sbuffò. "Qui viene il bello. Quel tipo è venuto qui una sera, mentre io lavoravo al bar. Non ha detto nulla; anzi, si è fermato meno di un quarto d'ora. Quando ho staccato, sono andato sul retro e ho visto che la mia moto era stata presa a mazzate."

"Perché la polizia non lo ha arrestato?"

"Ho chiamato i poliziotti e ho fatto denuncia; ho detto loro persino quello che aveva fatto. Ma mi hanno risposto che non c'erano prove a sufficienza a sostegno delle mie accuse." Braxton scosse la testa. "Che cazzata."

"Come fai a non ucciderlo quando entra?" Damon aveva quasi picchiato un tizio che gli aveva toccato la moto, una sera, in un bar di Fayetteville.

"Tanto per cominciare, ho bisogno di questo lavoro. I Branchi della Louisiana non vogliono saperne di assumermi come Guardiano, da quando Jeff ha cominciato a remarmi contro. In questo momento, non ho alternative."

"Lascia lo Stato."

"Mia madre vive qui e io non posso lasciarla sola, non in questo momento." Braxton distolse lo sguardo.

"Portala con te."

Braxton scosse la testa e fece una smorfia. "Mia madre non vuole lasciare mio padre."

Damon, all'improvviso, intuì che la situazione era più complessa di quanto Braxton volesse dare a vedere. "Lui la maltratta?"

"Sì." Braxton si accigliò.

"Immagino che tu abbia cercato di dargli una lezione."

"Più volte. L'unico risultato che ho ottenuto è stato far piangere mia madre. Ora, non le parlo più di trasferirci. Non posso lasciarla sola, non ancora."

Il rispetto di Damon per quell'uomo aumentò di dieci volte. Ci voleva molta pazienza per restare lì a proteggere sua madre senza uccidere suo padre.

"Mi pare di capire che tu non appartieni a nessuno dei Branchi della Louisiana."

"Come hai fatto a indovinare?" Damon rivolse al barista un sorriso sarcastico.

"Non mi sembri un leccaculo," aggiunse seccamente Braxton.

Damon esplose in una risata. "Hai ragione. Anzi, mi

hanno cacciato dal Branco della Louisiana qualche anno fa. Ora sto in Arkansas."

"Davvero? Ti piace il gruppo dell'Arkansas?"

A essere onesti, Damon non si era mai chiesto se i membri del Branco gli piacessero o meno. Non aveva mai davvero cercato di unirsi a loro quando uscivano. Forse avrebbe dovuto sforzarsi di più.

"Non è malaccio."

Braxton annuì. "Barrett Middleton è nel territorio dell'Arkansas, vero?"

"Sì. Lo conosci?"

Braxton sorrise da un orecchio all'altro. "Conosco la sua reputazione. Ha un basso livello di tolleranza per le stronzate."

Damon sbuffò. "Vero. Non vorrei mai mettermi contro di lui."

"Magari, se la mia situazione dovesse cambiare, vi cercherò."

"Fallo." Damon annuì e spinse il bicchierino verso il barista.

"Dato che Jenkins non si è presentato, immagino che tornerai domani sera."

"Contaci. Tu ci sarai?" Damon inarcò un sopracciglio.

Braxton scosse la testa. "Non lavoro quando c'è Jenkins. È una delle condizioni a cui mi hanno tenuto. È per questo che mi hanno permesso di lavorare, questa sera. Sapevano che lui non si sarebbe fatto vedere quando hanno cancellato la serata delle dilettanti."

Damon annuì e si alzò. Tirato fuori uno dei suoi ultimi pezzi da venti dollari, lo mise nel vasetto delle mance di Braxton prima di andarsene.

* * *

"È come un porno per la bocca."

Ava fece un sorrisetto e raddrizzò un poco la schiena mentre guardava il suo cliente seduto al bancone del bar. L'uomo in canottiera nera, giacca di pelle e jeans teneva il suo martini al cioccolato con entrambe le mani, come se avesse paura di romperlo. Era delle dimensioni di un furgone e sembrava del tutto fuori posto nel bere un drink da ragazza.

"Sì, e sarebbe ancora meglio se Jerry tenesse la Grey Goose." Ava guardò di sbieco il padrone del bar.

"Lo sai quanto costa quella merda?" Jeff schiaffò lo straccio sul bancone e si mise una mano sul fianco.

"Non si può fare un martini al cioccolato decente senza Grey Goose." Ava si voltò verso l'uomo, imitando la sua posta. "È una bestemmia."

"La Seagram costa poco ed è quello che ho."

Ava esalò un sospiro carico di frustrazione.

"Per me spacca." Il motociclista sospirò dalla gioia.

"Grazie, credo." Ava scosse la testa. "Come ti chiami?"

Il motociclista posò il bicchiere. "Rusty."

Ava appoggiò gli avambracci sulla superficie liscia del bancone. "Rusty, se ti dicessi che potrei fare un martini più buono se avessi della Grey Goose, saresti disposto a pagare di più?"

"Diamine, sì." Le sopracciglia cespugliose dell'uomo scattarono verso l'alto e il suo pizzetto fece una scrollatina entusiasta quando sorrise. "Anche se non vedo come potresti fare un drink migliore di questo." Guardò il martini con aria reverenziale.

Ava si voltò verso Jeff. "Visto? Rusty sarebbe disposto a pagare di più per la roba buona."

Jeff si massaggiò la nuca. "Non saprei, Ava. Non mi sembra giusto servire martini al cioccolato in un bar di motociclisti mannari."

Ava inarcò un sopracciglio. "Sai, mi stupisce che tu avessi il liquore al cioccolato."

"È avanzato da un addio al nubilato di qualche settimana fa."

"Quello che voglio dire..." Le parole di Ava si ridussero a un sussurro quando una sensazione deliziosa la colpì nel profondo dello stomaco.

Damon.

Non ebbe bisogno di voltarsi per sapere che l'uomo aveva appena varcato la soglia. Chiudendo gli occhi, inalò. Il profumo mascolino di lui, di sandalo e cuoio, penetrò in ogni cellula del suo corpo e le provocò un formicolio nei punti meno appropriati.

"Ehi." Il timbro profondo della voce dell'uomo la fece voltare.

"Ehi." Ava aprì gli occhi e si schiarì la voce. "Sei tornato presto. È andato tutto bene?" Diamine, quanto era bello. Bello appetitoso.

L'uomo si accomodò sullo sgabello con quell'aria pericolosa che sembrava emanare costantemente. Ava si morse il labbro pensando che non portava le mutande sotto i jeans aderenti.

Damon rivolse a Jeff un cenno del capo e il proprietario gli passò un whiskey. Porca miseria, avrebbe dovuto essere lei a farlo.

"Jenkins non si è fatto vivo. Sembra che la serata dilettanti sia stata cancellata."

Rusty annuì col suo testone. "Sì, questa sera gioca la LSU. Non si può fare la serata dilettanti quando gioca la LSU. È la legge."

"Non ci sono leggi sull'LSU e la serata dilettanti allo strip club," ruggì Jeff.

"È come se ci fossero, da queste parti. La gente prende il

football universitario molto sul serio, qui al Sud." Rusty annuì.

Damon guardò l'altro uomo mentre questi beveva un altro sorso e sospirava.

Osservò il bicchiere di Rusty. "Cosa diavolo stai bevendo?"

"Martini al cioccolato." Rusty gli offrì il bicchiere. "Vuoi un sorso?"

Le labbra di Damon si arricciarono in una smorfia. "No, cribbio."

"Non giudicare un drink dal suo nome." Ava strinse gli occhi.

"Potremmo dargli un nome diverso. Orgasmo, per esempio." Rusty sospirò.

"Credo che quel nome sia già stato preso." Ava prese lo shaker e lo sciacquò sotto al rubinetto.

"Deduco che non ci sono stati problemi, questa sera." Lo sguardo di Damon si posò su di lei e parve soffermarsi un po' troppo a lungo. All'improvviso, nel bar faceva un caldo infernale. Ava prese lo straccio con mani tremanti e procedette ad asciugare rapidamente il bicchierino, sperando che Damon non avesse notato la sua reazione.

"No. Alcuni maschi hanno provato ad avvicinarsi, ma hanno sentito subito il suo odore. Da quel momento in poi, hanno mantenuto una rispettosa distanza."

Ava si accigliò. Sollevato un braccio sopra la testa, voltò la testa e annusò con discrezione.

No. Non puzzava. Sapeva di sapone.

"Che significa? Quale odore? È una cosa da lupi?" Guardò gli uomini.

Rusty rise sguaiatamente. "Significa che hai addosso l'odore di un maschio e questo avverte gli altri che sei impegnata." Indicò Damon col pollice. "E l'odore che hanno sentito quegli altri appartiene al tuo compagno qui presente."

"Non siamo accoppiati." Sebbene Ava avesse risposto all'unisono con Damon, le faceva un po' male che lui fosse tanto lesto a dissociarsi da lei.

"Bah." Rusty sollevò il suo corpo massiccio dallo sgabello. Prese il portafogli e tirò fuori un paio di pezzi da venti, facendoli scivolare sul bancone verso di lei. "Grazie, Ava. Domani ci sarai ancora?"

"No," rispose Damon, un po' troppo velocemente.

Rusty la fissò con un'occhiata seria. "Peccato. Devi insegnare a Jeff come preparare il martini al cioccolato prima di andartene."

"Io non faccio nessun martini al cioccolato. Ti ho detto che non preparo drink da fighetta." La voce di Jeff tuonò dalla cucina.

"Sembrerebbe che te la sia cavata bene, questa sera." Damon allungò una mano attraverso il bancone. Quando le sue dita si avvolsero attorno al polso di Ava, lei tirò il fiato. Distrattamente, il pollice dell'uomo cominciò a tracciare piccoli cerchi sulla vena del polso. Lei era sicura che il cuore le sarebbe balzato fuori dal petto.

"Hai mangiato?"

"Sì, Jeff mi ha sfamata prima che cominciassi a lavorare. Tu?"

L'uomo scosse la testa.

Ava si liberò dalla sua presa e rientrò in cucina. Tornò qualche minuto dopo, con una scodella di chili caldo e una spessa fetta di pane italiano, che gli mise davanti.

Ignorando il cibo, Damon se la mise fra le gambe mentre la baciava. Il bacio cominciò delicatamente, ma presto si fece più urgente mentre la lingua di lui le leccava le labbra.

Ava gli passò le braccia attorno al collo, aggrappandosi a lui mentre il suo corpo riprendeva vita. Schiuse le labbra, permettendo alla lingua di Damon di prendere possesso della sua bocca. La lingua dell'uomo ebbe un guizzo e leccò ogni centimetro della sua bocca, fino a quando lei non riuscì più a trattenere un gemito.

"Va bene, va bene. Piantatela." La voce di Jeff li spinse a staccarsi con riluttanza l'uno dall'altra.

Ava aprì gli occhi e cercò di riprendere fiato. Lui le faceva sempre quell'effetto: le rubava il fiato, le rubava la mente, le rubava l'anima.

Il silenzio colmò il bar. Guardandosi attorno, Ava vide che tutti i licantropi presenti la stavano guardando con scintillanti occhi gialli.

Damon si alzò, i muscoli tesi visibili attraverso il tessuto sottile della maglietta a maniche lunghe. Spinse Ava dietro di sé, cercando di bloccare la visuale agli altri lupi mannari. Ringhiò quando un mannaro fece un passo verso di loro.

"Damon?" Ava si premette contro la schiena dell'uomo mentre il terrore metteva radici nel profondo del suo stomaco.

Lui non si mosse. Il suo ringhio si fece più forte e, per una volta, Ava ebbe un po' di paura di lui.

Un lupo mannaro con addosso un giubbotto di pelle senza maniche fece un passo avanti. Ava si fece piccola quando Damon la spinse ancora più dietro di sé, fino a quando il bancone non le premette contro la schiena.

Il ringhio minaccioso di Damon sembrava non volersi fermare mai.

"Che sta succedendo?"

"Stanno sfidando Damon per accampare diritti su di te."

Jeff si mise al suo fianco, impugnando il fucile a canne mozze.

Ava premette la guancia contro la maglietta di Damon, cercando di non tremare. Alzandosi in punta di piedi, guardò da dietro la spalla dell'uomo. Il gruppo di licantropi era spalla a spalla, i colli allungati per guardarla, gli occhi che brillavano di uno strano colore giallo.

Ava strinse gli occhi sul maschio più vicino. Quando incrociò il suo sguardo, le narici del licantropo si dilatarono e questi abbassò una mano per toccarsi attraverso i jeans.

Disgustata e spaventata, Ava ruggì.

"Dovete uscire entrambi da qui." La voce di Jeff era tesa, il fucile puntato contro il lupo mannaro più vicino.

"Vi ucciderò tutti se anche solo guardate ciò che mi appartiene."

Ava udì la rabbia pura nella voce di Damon. Un'eccitazione inspiegabile fremette nel suo corpo e lei si premette con più forza contro la schiena robusta di lui.

Per la primissima volta, Damon la stava rivendicando pubblicamente.

E ora sarebbero probabilmente morti entrambi.

Che tempismo.

"Damon, devi portarla fuori da qui, adesso." Jeff si mise a fianco dell'altro uomo, spazzando la stanza col fucile, in attesa che uno dei lupi mannari facesse un altro passo.

Senza distogliere lo sguardo dalla folla inferocita, Damon prese la mano di Ava e se la mise direttamente sul membro.

Le si mozzò il fiato. Damon ce l'aveva duro; la sua erezione premeva contro la cerniera dei jeans.

Le sue dita afferrarono l'erezione dell'uomo attraverso il denim e lei strinse.

C'era qualcosa di disperatamente sbagliato in lei, da tanto era eccitata dal senso di possessività di Damon.

Gli occhi degli altri licantropi si fissarono sulla sua mano e tutti ululárono.

"È la sete di sangue," disse Jeff in risposta alla sua tacita domanda. "Quando i lupi combattono, si eccitano sessualmente. Lui sta mettendo in chiaro che è disposto a combattere fino alla morte per tenere gli altri lupi lontani da te."

Ava avrebbe dovuto togliere la mano. In fondo, era indecoroso non farlo. Le provocava disagio che tutti quei maschi la fissassero mentre toccava Damon in maniera così intima. Eppure, lei non riusciva a fermarsi.

Lanciò un'occhiata a Jeff, assicurandosi che egli non la stesse guardando con gli stessi occhi gialli degli altri. Jeff stava guardando dritto davanti a sé e questo le oscurò la vista.

"Digli che vuoi andartene, Ava. Lui non ascolterà altri che la sua compagna."

"Non sono la sua compagna." Ava si morse il labbro.

Jeff sbuffò. "Un maschio è disposto a combattere fino alla morte solo per la sua compagna. Loro sono troppi perché noi possiamo affrontarli e sopravvivere. Se non porti fuori Damon da qui ora, questa sarà la sua ultima serata da vivo."

Il pensiero la colpì come un coltello caldo nel ventre. Se lei non si fosse ritrovata premuta fra il bancone del bar e Damon, sarebbe caduta in ginocchio.

Inghiottendo il dolore alla gola, premette le labbra sul collo di Damon. "Damon, portami via da qui."

Era stata pronta a discutere con lui, ma la reazione dell'uomo fu immediata.

Si voltò e, con un unico movimento aggraziato, la sollevò fra le braccia. Lentamente, i licantropi avanzarono.

"Ava, digli che vuoi andartene subito." La voce di Jeff era calma mentre faceva un passo di fronte a loro, puntando il fucile contro il lupo mannaro più vicino.

L'urgenza la colpì come un camion. Accentuando la presa delle braccia attorno al collo di Damon, gli premette le labbra contro l'orecchio.

"Tesoro, voglio andarmene, subito." Gli prese il lobo fra i denti e mordicchiò.

Lui ringhiò e la guardò.

Ava ebbe un sussulto. Gli occhi azzurri dell'uomo erano svaniti, rimpiazzati dalla stessa, sconcertante sfumatura di giallo degli altri lupi mannari.

Damon distolse lo sguardo e fece un passo verso la cucina. Un licantropo cercò di seguirli, ma Jeff lo colpì alla testa col calcio del fucile. Il tizio cadde a terra.

Damon ringhiò e portò Ava oltre la soglia della cucina. Un attimo dopo, lei udì lo sparo.

Gridò e tuffò il viso nel collo di Damon, aggrappandosi a lui.

Una volta usciti, si aspettava che Damon la mettesse giù, ma lui non lo fece. Invece, la portò alla sua moto e ve la mise sopra.

La Harley si svegliò ruggendo mentre uscivano dal parcheggio, sollevando dietro di loro una pioggia di ghiaia. Ava passò le braccia attorno alla vita di Damon e si tenne stretta.

La mano dell'uomo coprì la sua e lei vi diede una stretta rassicurante. Damon uscì dalla statale e si diresse fuori città, fino a quando i lampioni non si fecero sempre più distanti.

"Dove stiamo andando?" gridò Ava al di sopra del rumore della motocicletta. "Il casinò è dalla parte opposta."

"Stiamo andando a casa della nonna."

"Jayden è lì?"

"Non ne ho idea. Continua a non rispondere al telefono. Scatta sempre la segreteria. Al casinò dicono che non lo vedono da ore."

Lo stomaco di Ava le dava la sensazione di essere pieno di fango. C'era qualcosa di molto sbagliato.

"Se c'è una persona che sa dov'è, è la nonna."

## CAPITOLO DIECI

*D*amon entrò nel vialetto della nonna dopo mezzanotte. Il macinino celeste dell'anziana era parcheggiato sotto la tettoia, ma la Mustang di Jayden non si vedeva da nessuna parte.

Spento il motore, Damon aiutò Ava a scendere prima di saltare giù a sua volta.

"E se dorme?" La luce della luna illuminò l'ansia incisa sul suo bel viso.

"Anche se fosse, non credo le dispiacerà una visita notturna. Soprattutto da parte tua."

Ava aggrottò la fronte. "Da parte mia?"

"Sì, alla nonna piaci. Si vede."

"Davvero? Come fai a saperlo?"

Damon esitò per un istante. "Sei la prima femmina che lei sostiene essere la mia compagna."

Guardò la fronte di Ava rilassarsi, le sue labbra curvarsi in un sorriso sexy.

"Chi è?" chiamò la nonna dalla porta d'ingresso. La lampadina della veranda illuminò la zona.

"Damon e Ava." Damon attese un istante prima di avanzare sotto la luce. Per quel che ne sapeva, la nonna stava puntando loro contro il fucile del suo defunto marito.

La zanzariera si aprì e la nonna uscì in veranda con un muumuu viola e delle pantofole di pelo rosa, coi capelli avvolti in uno scialle di qualche tipo. "Beh, perché non lo avete detto subito? Entrate." L'anziana tenne la porta aperta mentre loro oltrepassavano la soglia, soffermandosi ad abbracciarli entrambi.

"Cosa ci fate qui a quest'ora?" chiese loro mentre chiudeva la porta d'ingresso. Damon si accigliò nel contare cinque serrature, comprese due di sicurezza.

"Stiamo cercando Jayden."

La nonna si voltò verso di lui, la preoccupazione a incresparle la fronte già rugosa. "Non è al casinò?"

"Abbiamo cercato di chiamarlo al cellulare, ma scatta sempre la segreteria. Al casinò dicono che non lo vedono da ore." Damon fece spallucce. "Per caso frequenta qualcuna, nonna? Potrebbe essere da lei?"

La nonna scosse la testa con movimenti rapidi e brevi. "No, nessuna. Non è da lui non rispondere al telefono." Le sue sopracciglia scattarono verso l'alto. "Lo chiamo io. A me risponde sempre." La nonna si diresse in cucina, le pantofole che sfregavano contro il linoleum bianco e nero.

Damon annuì, ma nel profondo di sé sapeva che qualcosa non andava.

Un minuto dopo, la donna tornò con un'espressione cupa sul viso. "Non mi ha risposto."

"D'accordo, non fasciamoci la testa prima di essercela rotta."

La nonna si tormentò il petto col palmo della mano mentre le sue sopracciglia si congiungevano. Ava la prese per un braccio e accompagnò l'anziana nella poltrona lisa.

"Damon, perché non vai in cucina a prendere un bicchiere d'acqua per la nonna?" Si guardò alle spalle, verso l'uomo, e si inginocchiò ai piedi della nonna.

Il cuore di Damon si scaldò di fronte alla compassione di Ava.

La nonna si voltò verso Ava, un sorriso che le sfiorava le labbra. "Sei una brava ragazza, Ava." Le appoggiò una mano sulla guancia. "Spero che Jayden troverà una femmina come te."

Ava diede un colpetto sulla mano della nonna, ignorando il commento. Guardandosi alle spalle, incrociò lo sguardo di Damon. "Damon, e l'acqua?"

"Lascia perdere l'acqua. Portami un bicchierino di Wild Turkey. È nell'armadietto dietro la zuccheriera."

Damon tornò con una doppia razione del bourbon preferito della nonna in un bicchiere di cristallo da vino, perché non era riuscito a trovare un bicchierino.

"Oh. Questo è molto più bello, più sofisticato."

Damon fece una smorfia quando l'anziana bevve senza batter ciglio un sorso molto più abbondante di quello che avrebbe bevuto lui.

Si sedette sul pavimento accanto ad Ava e le passò le braccia attorno alle spalle, senza stringere.

"Quand'è stata l'ultima volta che ha sentito Jayden?" Ava guardò la nonna mentre si appoggiava al petto di Damon. Non mancava mai di mozzargli il fiato al semplice contatto.

"Questa mattina. Mi chiama tutte le mattine per controllare come sto." La nonna si accigliò prima di bere un altro sorso.

"Significa che gli ultimi a vederlo siamo stati noi." Ava voltò il viso verso Damon. "Sai chi avrebbe dovuto incontrare per parlare del rapimento?"

"Rapimento? Quale rapimento?" La nonna si raddrizzò

così in fretta che il Wild Turkey le traboccò sulla mano avvizzita.

"Nonna, non credo sia necessario che tu conosca i dettagli."

"Damon Trahan, non cercare di tenermi fuori da questa faccenda. So che vuoi proteggermi, ma Jayden è mio nipote e io voglio sapere cosa sta succedendo." La nonna contrasse le labbra e si acciglò mentre si tamponava la mano con un fazzoletto che aveva miracolosamente estratto dalla manica.

Damon esalò il fiato, chiedendosi quanto rivelare.

"È cominciato tutto quando sono stata rapita da alcuni lupi fuorilegge." Ava si acciglò e guardò Damon. "Erano lupi rossi, giusto?"

E tanti saluti all'idea di sminuire i fatti.

"Lupi rossi? È impossibile." La nonna scosse la testa e si acciglò.

"Damon mi ha salvata e ora io non posso tornare a casa, perché hanno fatto esplodere una bomba nella mia abitazione in Arkansas. Ecco come sono finita qui in Louisiana. Poco dopo il nostro arrivo, abbiamo scoperto che un'altra lupa era stata rapita da una persona di nome David Jenkins. Stiamo cercando di individuarla prima che accada qualcosa di terribile." Ava trasse un respiro profondo.

Sì, la discrezione aveva proprio fatto ciao ciao con la manina. Damon le diede un colpetto col ginocchio.

Ava gli rivolse un'occhiata innocente. "Sì?"

"Ricordami di non dirti mai nulla di top secret."

"Pensate che questi lupi sapessero che Jayden vi stava aiutando e l'abbiano rapito per estorcergli delle informazioni?" Il volto della nonna assunse un'espressione di dura determinazione. L'anziana bevve un altro sorso di Wild Turkey.

Damon scosse la testa. "Forse si è beccato con una

spogliarellista del Beaver e sono andati a New Orleans per il fine settimana."

"No, non il mio Jayden." La nonna contrasse le labbra.

Damon le rivolse un'occhiata incredula. "Ma certo. Come mi è venuto in mente? Jayden non farebbe mai una cosa del genere." Jayden prendeva più figa in una settimana di quanta la maggior parte degli uomini trovasse in un mese.

La nonna si accigliò. "Va bene, forse lo farebbe, ma non avrebbe lasciato la città senza dirmi nulla. Di questo sono sicura." L'anziana svuotò il bicchiere e lo sbatté sul tavolino da caffè segnato. Poi si sollevò dalla poltrona e si alzò, dando prova di un equilibrio migliore di quello che Damon si era aspettato.

"Forse, se troveremo David Jenkins, troveremo Jayden. E Haley." Ava si alzò, tenendo una mano sul braccio della nonna.

"Da che parte cominciamo, allora?" La nonna e Ava lo guardarono entrambe.

Damon sollevò le mani. "Ferme lì. Nessuna di voi due andrà anche solo vicino a David Kenkins."

"E chi dice che dovremmo avvicinarci? Potremmo farti da occhi e orecchie," implorò la nonna.

"Un corno." Damon scosse la testa fino a temere che gli si sarebbe staccata. "Sentite, non sappiamo nemmeno da dove cominciare."

"Sì, invece. Tu hai detto che Jenkins sarebbe andato al Beaver domani sera." Ava inarcò un sopracciglio.

"Il Beaver. Quelle ragazze sono le mie migliori clienti!" La nonna batté le mani e rivolse loro un sorriso speranzoso.

"Clienti?" Damon aveva paura a chiedere.

"Per i miei sex party. Quelle ragazze hanno fatto trecento dollari a testa all'ultima festa. Ho esaurito le mie mutandine commestibili aperte." La nonna si accigliò per la concentrazione. "Diverse delle ragazze avevano degli articoli in ordine. Sono arrivati un paio di giorni fa. Devo consegnare l'ordine e il Beaver è il posto perfetto per farlo."

Ava si rivolse alla nonna. "Sono buone, le mutandine commestibili?"

"Quelle alla fragola e quelle alla mela verde sono molto gustose. Non mi piacciono molto quelle all'uva: sanno troppo di sciroppo per la tosse."

Damon fece una smorfia. Porca troia. Ecco un'immagine senza la quale avrebbe preferito vivere. "Non possiamo fare nulla questa sera."

"Tu e Ava rimarrete qui. È troppo tardi per uscire in strada con quella trappola mortale."

"Non è una trappola mortale. È una Harley," brontolò Damon.

"Prova ad andare a sbattere contro un cervo e dimmi se non è una trappola mortale." La nonna fece loro cenno di seguirla lungo il corridoio.

"Questa era la stanza di Damon quando viveva qui." La nonna accese la luce.

Damon si stupì nel vedere che tutto era identico a prima… più o meno. Il suo letto a due piazze si trovava al centro della stanza, con un copriletto di morbidi colori floreali al post del plaid bianco e blu che lui ricordava. I poster di supermodelle erano spariti, rimpiazzati da quadri raffiguranti uccelli e fiori. Ma una cosa era rimasta identica a prima: la nonna non aveva tolto le sue macchinine dal cassettone. Eccole lì, appollaiate su centrini fatti all'uncinetto.

Era molto importante, per lui, che l'anziana non avesse cercato di cancellarlo dalla sua vita.

"Come faremo a starci entrambi in quel letto?" Ava stava facendo un grande sforzo per non sorridere.

Il membro di Damon si indurì. "Te lo faccio vedere io."

"Assolutamente no." La nonna si portò le mani ai fianchi.

"Siamo adulti." Damon sbuffò.

"E stando a quanto dici tu, non siete accoppiati l'uno con l'altra." La nonna sollevò il mento.

Damon trasse un respiro profondo. "Aspetta un attimo. Vuoi dire che non posso dividere il letto con Ava?"

"Sì."

"Ma tu vendi giocattoli sessuali."

"Tesoro, i giocattoli sessuali non sono immorali. Ho testimonianze di donne che sostengono che i miei giocattoli le abbiano avvicinate ai loro mariti. Anzi, una donna – non farò nomi, ma è membro della chiesa battista – ha detto che suo marito non sapeva dove fosse il suo punto G prima di…"

Damon si tappò le orecchie. "D'accordo, d'accordo! Dormirò nell'altra stanza. Basta che tu non ripeta mai più quelle parole."

La nonna gli rivolse un'occhiata interrogativa. "Cosa? Punto G?"

Damon rabbrividì e corse fuori dalla porta. "Ci vediamo domani mattina."

* * *

DAMON SI SVEGLIÒ fra l'aroma del caffè e il profumo di Ava. Il corpo caldo della donna si accoccolò contro il suo petto. Sorrise e accentuò la presa delle braccia su di lei.

"Buongiorno." Ava si sollevò sui gomiti, spostando lo sguardo dal viso di Damon alla sua vita nuda. "Immagino che tu non porti le mutande." Agganciò il dito al lenzuolo e minacciò di tirare.

Era bellissima, coi capelli scompigliati, gli occhi brillanti e assonnati, le labbra morbide e baciabili. Damon le passò le braccia attorno, attirandola nuovamente contro il suo petto. "Ho addosso le mutande." Le sue mani percorsero la schiena della donna sotto la maglietta sottile che lei aveva usato come pigiama la notte prima. Damon la riconobbe come una delle sue vecchie magliette da ragazzo. La nonna doveva averla tirata fuori da un cassetto.

Le mani di Damon scesero verso il basso, fino a quando non le strinse il sedere nudo e gli si mozzò il fiato. "Non mi avevi detto che non indossavi le mutandine." Spalancò gli occhi.

"Sì che le indosso. Ho un tanga." Ava ridacchiò.

Damon non aveva creduto che avrebbe potuto avere più caldo di così, con lei stesa sopra di lui, ma ancora una volta si era sbagliato.

Con una mano sul sedere di Ava e l'altra dietro la sua nuca, Damon si contorse, bloccandola sotto di sé.

"Te l'ho detto che mi piace stare sopra." Premette le labbra contro la pelle morbida sotto al mento della donna.

Lei ebbe un sussulto. Damon sentiva il cuore correre all'impazzata contro la bocca.

"Dev'essere una cosa da lupo." La voce di lei era bassa e roca, proprio come gli piaceva.

"È una cosa da arrapati." Damon sorrise da un orecchio all'altro mentre la sua lingua guizzava a leccare l'incavo del collo di lei. Fu ricompensato quando la donna inarcò l'inguine contro la sua erezione.

"Scommetto che ti piacerebbe se stessi sopra io." La lingua di Ava guizzò fuori e gli leccò l'angolo dell'orecchio mentre lei gli conficcava le unghie nello scalpo.

"Non quanto cavalcarti." Se Damon non l'avesse penetrata, gli sarebbe venuto un aneurisma. Fra le gambe.

"La nonna è già in piedi?" Il sesso avrebbe dovuto essere veloce, prima che l'anziana si svegliasse.

"Sono qui." La voce della nonna fu come una secchiata di acqua gelida sull'inguine.

Damon cercò disperatamente il lenzuolo, tirandoselo sul culo nudo.

"Levati di dosso a lei e mangiamo prima che il cibo si freddi." Damon si assicurò di sentire le pantofole della nonna allontanarsi prima di levarsi da Ava.

Passandosi una mano sul viso, esalò un respiro frustrato. Sì, gli sarebbe decisamente venuto un aneurisma.

Ava gattonò sopra di lui e lui la prese per la vita.

Gli sorrise. "Meglio stare attenti. Credo di aver sentito la nonna tornare."

"Non importa. Devo assaggiarti." Damon le circondò il viso con le mani. Quando le labbra di lei sfregarono contro le sue, lui si perse, galleggiando su un'emozione che non avrebbe mai creduto possibile.

Quando Ava gemette il suo nome contro le sue labbra, il petto di Damon si contrasse.

Non riusciva a immaginare un giorno senza di lei.

"Damon, lasciala andare." La voce severa della nonna riecheggiò dalla soglia.

"È lei quella sopra di me," disse lui a mo' di giustificazione.

"Ma è la *tua* lingua quella nella *sua* bocca." La nonna batté un piede pantofolato contro il pavimento di legno massello, aspettando che lui obbedisse.

"Va bene." Damon sospirò e lasciò ricadere le braccia lungo i fianchi.

Attese che Ava e la nonna andassero in cucina prima di alzarsi dal letto e infilarsi i jeans per coprire l'erezione.

\* \* \*

"Era tutto buonissimo, nonna." Damon allontanò il piatto vuoto.

"Grazie." Il sorriso fragile dell'anziana era un tentativo di nascondere l'ansia che ella provava per Jayden.

"Posso avere la sua ricetta dei pancake, nonna?" Ava leccò l'ultima goccia di sciroppo dalla forchetta. Guardò il piatto dove erano rimasti due pancake, come per decidere se ne voleva un altro.

Damon sorrise e spinse il piatto verso di lei. "Tieni."

Ava scosse la testa.

"Altrimenti, andrebbe buttato."

Ava spalancò gli occhi. "Beh, in tal caso non voglio sprecare del cibo." Prese i pancake rimasti con la forchetta e cominciò a inzupparli di sciroppo denso.

Damon scosse la testa. Non aveva mai visto una femmina che mangiava così tanto, eppure rimaneva così snella.

"Allora, qual è il piano?" La mano della nonna tremava mentre prendeva la tazza verde e rosa e beveva un sorso di caffè.

"Tornerò in città per informarmi se Jeff ha avuto notizie di Jayden."

"Oh, spero che Jeff stia bene." La forchettata di Ava si fermò a metà strada per la bocca.

"Perché non dovrebbe?" La tazza della nonna ticchettò quando lei la posò sul piattino.

"Alcuni lupi mannari hanno cominciato a fare i matti ieri sera, al bar. Damon si è frapposto fra me e i lupi. Jeff ha dovuto tirar fuori il fucile per consentirci di andarcene."

"È strano. Ieri non c'era la luna piena." La nonna guardò accigliata Ava.

"Sono sicuro che Jeff stia bene. Ti chiamerò per farti sapere come sta quando passerò da lì." Damon finì il caffè e si alzò.

"Tu non vai da nessuna parte senza di me." Ava si alzò frettolosamente.

"Né senza di me." La nonna la imitò.

Damon strinse gli occhi. Detestava la piega che aveva preso la discussione. "Sentite…"

Ava fece un passo avanti, entrando nel suo spazio personale. "No, senti tu. Jayden è anche amico mio e credo che sarebbe meno sospetto se noi venissimo con te. E poi, la nonna deve comunque andare al Beaver per consegnare la merce."

Damon aprì la bocca, ma la nonna gli lanciò un'occhiata talmente intensa da fargli cambiare idea.

Damon si strinse il ponte del naso. Se avesse cercato di fermarle, quelle avrebbero trovato un modo per venire comunque. Sarebbero state più a rischio senza lui a proteggerle.

Aprendo gli occhi, spostò lo sguardo fra le due donne. "Potete venire entrambe, ma a una condizione."

"Va bene."

"Se verrete, dovrete fare esattamente quello che dico io." Ava arricciò il naso come se avesse sentito un cattivo odore. "Dico sul serio, Ava. Farai come dico io o non verrai."

La donna sospirò e gli rivolse un mezzo saluto militare. "Va bene, va bene. Come vuoi."

Damon lanciò alla nonna un'occhiata pungente. "Vale anche per te."

"Ragazzino, sono più vecchia di…"

"Nonna." La voce di Damon, bassa e seria, fece effetto. La nonna si incupì leggermente e annuì. Lui sapeva che quello era il miglior sfoggio di sottomissione che avrebbe mai avuto da quell'anziana.

* * *

DAMON, Ava e la nonna erano pressati come sardine nel macinino celeste della nonna. Damon guidava, mentre la nonna sedeva davanti e Ava dietro.

"Come ci comportiamo?" La nonna si strinse in grembo la borsa di plastica bianca mentre guardava Damon. "Facciamo poliziotto e buono poliziotto cattivo?"

Ava ridacchiò, quindi si tappò di colpo la bocca. Pur non potendo vedere i suoi occhi, sapeva che Damon stava facendo quell'espressione irritata in cui gli si corrugava la fronte. Non avrebbe dovuto farlo, o presto avrebbe avuto bisogno del Botox.

Ai lupi venivano le rughe? Ava aggiunse quella domanda all'elenco mentale di cose da chiedere a Damon più tardi, in un momento in cui la gente non fosse stata incline a svanire all'improvviso.

La nonna aveva delle rughe, ma era impossibile determinare quanti anni avesse esattamente. Un'altra domanda da fare.

"Noi non *facciamo* niente. Sarò io a parlare, mentre voi due ve ne starete in macchina." Damon si voltò verso la nonna.

"Bah. Vedremo," borbottò sottovoce l'anziana.

"Cosa?"

"Oh, niente." La nonna indicò attraverso il parabrezza. "Guarda, siamo arrivati."

Il minuscolo edificio che ospitava il bar di Jeff apparve alla vista. Mentre Damon entrava nel parcheggio, passò lo sguardo sulla struttura, cercando di determinare quanti danni avesse subito il bar per mano di quei lupi impazziti. Da fuori, non si vedevano segni di lotta.

La porta d'ingresso del bar si spalancò e ne uscì Jeff, intento a scopare per terra. Ava trasse un sospiro di sollievo.

Jeff parve sorpreso di vederli. Le sue sopracciglia cespugliose scattarono verso l'alto e la sua bocca si spalancò. Prima che potesse dire qualcosa, la nonna accorse al suo fianco, stringendolo in un forte abbraccio. La scopa cadde a terra con un rumore secco.

Ava sorrise mentre guardava Jeff arrossire.

"Grazie al cielo non ti sei fatto male." La nonna lasciò andare Jeff e fece un passo indietro, sollevando la testa mentre cercava con lo sguardo eventuali ferite.

"Perché avrei dovuto farmi male?" Jeff spostò lo sguardo dalla nonna a Damon.

Damon si mise le mani sui fianchi e scosse la testa. "Non ero sicuro di come fossero finite le cose ieri sera. Non avrei dovuto lasciarti ad affrontare quei lupi da solo."

"Hai fatto esattamente quello che avresti dovuto fare. Conosci la legge dei mannari. Proteggere una femmina è la cosa più importante. Nulla ha la precedenza."

Il cuore di Ava si scaldò e si sciolse come caramello.

"Quanti danni hanno provocato?"

Ava seguì la nonna mentre Jeff apriva la strada, con Damon a chiudere la fila. Un brivido le corse lungo la spina dorsale e si chiese se Damon le stesse guardando il culo. Mordendosi il labbro, cominciò ad ancheggiare leggermente.

L'uomo gemette.

Ava sorrise fra sé. Aveva ragione: lui le stava guardando il culo.

"Wow." Ava seguì lo sguardo della nonna verso l'alto. Al centro del soffitto c'era un buco da quaranta centimetri.

"Lo so. Ho sparato un po' troppo presto." Jeff fece spallucce.

"Lo hai fatto di proposito?" La nonna gli lanciò un'occhiata incredula.

"Si stavano avvicinando un po' troppo ad Ava. Non appena Damon l'ha portata fuori da qui, si sono calmati tutti."

"Calmati?"

"Sì, erano tutti molto…" Jeff si massaggiò la nuca, palesemente a disagio nel parlare di un argomento simile con la nonna.

"Vuoi dire che erano sessualmente eccitati," disse la nonna senza batter ciglio, stringendosi nelle spalle.

"Ma insomma, nonna." Jeff fece una smorfia.

"Aspettate, so che sono nuova nel mondo mannaro. Ma perché è successa quella cosa ieri sera?" Ava guardò il gruppetto, ma nessuno rispose.

Damon si accigliò, mentre Jeff spostò il peso del corpo da un piede all'altro.

"Sembrerebbe sete di sangue, Ava," disse con noncuranza la nonna, come se stesse parlando del tempo.

Quasi timorosa di chiedere, ma troppo curiosa per non farlo, Ava aprì la bocca. "Cos'è la sete di sangue?"

"Succede quando un maschio mannaro sente l'odore di una femmina non accoppiata. È disposto a combattere fino alla morte per avere un rapporto con lei." La nonna le sorrise.

"Cristo santissimo, ha detto 'rapporto.'" Jeff si passò una mano sul viso.

"Non bestemmiare." La nonna strinse gli occhi grigi all'indirizzo dell'uomo. Il grosso proprietario del bar impallidì.

"Preferisco non parlarne," sputò Damon.

"Perché no?" Ava si accigliò.

"Perché mi incazzerei di nuovo." Si voltò verso Ava e una fiammella di piacere le guizzò nello stomaco alla vista della profondità della rabbia riflessa negli occhi di lui.

"Quello che non capisco è perché tutti i maschi si comportavano in quel modo." Jeff si accigliò, immerso nella concentrazione.

"Cosa intendi?" Ava spostò lo sguardo da Damon a Jeff.

"È inusuale che un gruppo di maschi si contenda la stessa femmina. Non lo avevo mai visto accadere prima di ieri sera." Jeff la guardò, il viso che si rilassava, inclinando la testa di lato. "Ne avevo solo letto."

Ava e Damon riportarono l'attenzione su Jeff, che stava scambiando un'occhiata eloquente con la nonna.

"Dove lo hai letto?"

"In un libro di storia, un libro di storia mannara."

"Esistono libri del genere?" Ava inarcò le sopracciglia.

Jeff sorrise. "Non in America. È custodito nel tempio di Romolo."

"A Roma." Ava annuì.

"Non pensavo che fossi appassionata di storia." Le sopracciglia di Damon scattarono verso l'alto.

Ava fece un sorrisetto. "Sono abituata a essere sottovalutata, soprattutto dagli uomini." Ava riportò l'attenzione su Jeff. "Allora, cosa diceva quel libro?"

Jeff spostò lo sguardo da lei a Damon prima di parlare. "Beh, succede solo quando una nuova regina dei licantropi sta cercando un compagno."

Ava sbuffò. "Io non sono una regina. Non sono nemmeno sicura di essere un lupo mannaro."

"Come ti viene in mente di dire una cosa del genere, cara?" La nonna sembrava fortemente offesa.

"Non mi sono mai trasforma… volevo dire, non ho mai cambiato forma." Ava indicò Damon col pollice. "Non sapevo nemmeno di essere un licantropo prima che me lo dicesse Damon."

"Qual è il tuo cognome, Ava?" chiese Jeff.

"Renfroe," rispose Damon per lei.

"A dire il vero, quello è il mio cognome da adottata."

Damon si avvicinò di un passo. "Che significa? Tuo padre è il generale."

Ava scosse la testa. "No. È il mio padre adottivo. Il mio padre biologico è morto in un incidente d'auto."

"Che tipo di incidente?" Jeff fece un passo avanti.

"È stato investito da un camion mentre tornava a casa, una sera. Mi hanno detto che è morto sul colpo."

Ava si circondò le braccia, sentendo improvvisamente freddo nel rievocare quel doloroso ricordo. "Mia madre è morta quando sono nata, per cui il generale mi ha adottata."

Damon la afferrò per le braccia, stringendola in maniera spiacevole. C'era qualcosa di urgente, nella sua voce e nel modo in cui la fissava, che le faceva paura. "Ava, qual è il tuo cognome?"

Divincolandosi dalla sua presa, lei spostò lo sguardo da lui agli altri. "Romanelli. Ava Romanelli."

* * *

MERDA.

Il cognome Romanelli era il più nobile che ci fosse fra i lupi mannari.

Se ciò che Jeff stava dicendo era vero, Ava era in qualche modo destinata a diventare regina, il che gli avrebbe impedito di avere qualsivoglia futuro con lei. Era destinata a qualcun altro, a un maschio dal sangue puro.

Le viscere di Damon precipitarono. Lui abbassò effettivamente lo sguardo, assicurandosi che il suo intestino non fosse sparso sul pavimento come un animale investito.

Distolse lo sguardo. Avvertiva le occhiate di solidarietà di Jeff e della nonna. Tutti sapevano che non sarebbe mai stato con Ava.

Il silenzio era assordante.

"Beh, magari maturerai tardi. Magari è per questo che non hai ancora cambiato forma." La nonna fece spallucce.

"Oppure, forse non sono un lupo mannaro. Forse sono solo una persona qualunque." La voce di Ava conteneva una nota di disappunto. "Non ho mai cambiato forma. Di sicuro, se potessi farlo, ormai l'avrei fatto."

"Tu sei un lupo mannaro." Damon si voltò verso di lei.

"Stanne certa. Sei ben lungi dall'essere una persona qualunque."

"Come fai a esserne certo?" La bellezza di Ava gli mozzava il fiato. Lui sapeva che qualche altro maschio si sarebbe svegliato accanto a lei per tutte le mattine del resto della sua vita. E sapeva anche che quel maschio non era lui.

"Lo sento nel tuo odore."

Ava lo guardò con occhi così verdi che dovevano per forza essere stati ricavati da smeraldi. Se fosse rimasto lì a lungo, se la sarebbe buttata in spalla e l'avrebbe portata in cucina, dove si sarebbe accoppiato con lei, legandoli per sempre l'uno all'altra. E all'inferno la legge dei mannari.

"'Fanculo." Si incamminò verso la porta posteriore. Sferrò un pugno, infilando la mano nel cartongesso e lasciando un buco da quindici centimetri. Spalancata la porta, uscì di corsa, bisognoso di frapporre quanta più distanza possibile fra se stesso e Ava.

Sentì l'odore della donna che lo seguiva. Sentiva sempre il suo odore. Nel sonno o nella veglia, l'odore di lei lo perseguitava.

"Cosa c'è, Damon?" Ava gli mise una mano sulla spalla. Damon sussultò. Non capiva che, col suo tocco, gli stava facendo passare l'inferno? Certo che no. Non capiva nulla.

"Una volta ti piaceva quando ti toccavo." Il cuore di Damon si serrò nell'udire il dolore nella voce della donna.

"È stato prima che io sapessi che eri una regina."

Ava sbuffò.

"È una faccenda seria, Ava." Damon si voltò verso di lei.

L'espressione della donna cambiò: il suo sorriso svanì e il suo sguardo si fece duro. "Lo so e voglio saperne di più. Cosa c'entra con noi il fatto che io sia una 'regina'?"

Damon chiuse gli occhi. "Le Leggi dei Mannari stabiliscono che, quando appare una regina, ella si accoppi con l'alfa più forte del branco."

Le labbra di Ava si sollevarono in un sorriso devastante. "Che sei tu."

Il cuore di Damon si spezzò, esplodendo e frammentandosi in mille schegge, ciascuna delle quali lo tagliò mentre cadeva a spirale nella fossa di nausea che era il suo stomaco.

Damon deglutì oltre il groppo alla gola. "Tu non capisci. C'è già un alfa, il Capobranco." Vide il sorriso di Ava svanire, il sangue abbandonare il suo viso.

"Tu sei destinata ad accoppiarti con Barrett."

# CAPITOLO UNDICI

*L*e ginocchia di Ava si piegarono. Le braccia forti di Damon la circondarono, tenendola in piedi e impedendole di spiaccicarsi con la faccia per terra.

"Cristo, Ava. Va tutto bene?"

La voce dell'uomo era calda contro il suo orecchio e, per qualche prezioso istante, lei gli permise di sostenere il peso del suo corpo e di toglierle il peso del mondo dalle spalle.

Respirava a fatica.

"Sto bene." Cercò di mantenere un tono di voce leggero mentre ridacchiava debolmente. "Non capita tutti i giorni di scoprire che la sorte ti ha scelto un marito."

L'espressione di Damon si fece stoica, quella maschera di indifferenza che lui cercava di indossare sempre. Ma Ava conosceva i suoi polli. Le emozioni dell'uomo erano molto più profonde di quanto chiunque sapesse.

"Barrett è un buon capo." Damon non si prese la briga di guardarla mentre le parlava.

Una rabbia calda e liquida le corse nelle vene. Lo spinse via. "Mi stai dicendo che non ho voce in capitolo? Che non posso scegliere la persona con cui voglio trascorrere il resto della mia vita." Il suo viso avvampò.

L'uomo rimase perfettamente immobile, il muscolo nella sua guancia che si contraeva furiosamente.

"E se io ti dicessi che ho già scelto un compagno?" Ava incrociò le braccia.

Damon sollevò di scatto la testa, rabbia pura che gli ardeva negli occhi. "Chi?"

Parte della rabbia si sciolse. Damon davvero non sapeva che lei lo amava? Certo che no. Ava non gliel'aveva mai detto. Probabilmente, lui non aveva mai udito quelle parole in vita sua. Ava gli si avvicinò e gli mise una mano sul petto.

"Tu."

L'uomo spalancò gli occhi per la sorpresa. La strinse al suo corpo duro. Lei sollevò la bocca verso la sua, sentendolo ansimare bruscamente. Chiuse gli occhi, in attesa del momento in cui lui avrebbe preso la sua bocca.

Ma Damon non lo fece.

Le afferrò i polsi e la respinse. Lei cercò di fare un passo avanti, ma l'uomo la tenne a distanza di un braccio.

"Non dirlo."

"Cosa non devo dire? Che voglio stare con te?" Ava smise di lottare e lo guardò negli occhi. "È la verità."

Rimasero in silenzio, l'eternità che faceva da cuneo fra di loro. Damon mollò la presa e lasciò ricadere la mano lungo il fianco. "Barrett è un buon capo."

"Lo hai già detto." Ava ringhiò. Santo Dio, ringhiò davvero. E a giudicare dal rigonfiamento crescente che vide nei pantaloni di Damon, la cosa gli piaceva. "Non ho intenzione di sposare o di accoppiarmi con qualcuno che non conosco nemmeno."

"È la legge dei licantropi, Ava." Damon distolse lo sguardo, la sofferenza incisa agli angoli degli occhi.

"Si fotta la legge dei licantropi." Ava si voltò e si incamminò verso la porta. Damon la afferrò per un braccio prima che lei la raggiungesse.

Voltandosi, lei si preparò a una discussione.

Il cuore le rimase bloccato in gola di fronte all'espressione dolce sul volto di Damon.

I polpastrelli dell'uomo le sfiorarono la guancia. "Se non accetterai Barrett come tuo compagno, verrai condannata a morte."

Il sangue le corse dal viso alle dita dei piedi.

"È omicidio."

"È la legge."

Ava strinse gli occhi. "In quanto regina, cosa ci si aspetterebbe che facessi?"

"Che governi assieme al suo compagno. Che prenda decisioni riguardanti il branco."

"E in camera da letto, Damon? Ci si aspetta anche che io apra le gambe a Barrett?" Voleva tormentarlo, farlo sentire male come si sentiva lei. Porca miseria, voleva che lui lottasse per lei.

Damon si avvicinò di un passo, attirando le labbra di Ava contro le sue, ogni traccia di stoicismo svanita dall'espressione. Aprì la bocca, i cui denti bianchi sembravano un po' più grandi di quanto lei ricordava, ma Ava ancora non aveva paura. Era elettrizzata ed eccitata, ma non aveva paura.

"Come ti sentiresti a sapere che sto con un altro uomo?"

Damon ringhiò. Il suo intero corpo tremava contro di lei. Ava percorse il suo bel viso coi polpastrelli.

"Non credo proprio che ti piacerebbe." Gli leccò la mascella.

Damon premette l'inguine contro il suo e Ava si sentì bagnare. Avrebbe voluto che l'uomo le sfilasse i jeans, aprisse i suoi e la martellasse fino all'esaurimento di entrambi.

"Sai perché so che non ti piacerebbe, Damon?" Gli

mordicchiò l'angolo della mascella. Il respiro dell'uomo aumentò di intensità, rapido e affannoso.

Non disse nulla. Ava non aveva bisogno che lo facesse.

Leccandosi le labbra, lei si staccò quanto bastava per assicurarsi che Damon la guardasse negli occhi. "Non ti piacerebbe per lo stesso motivo per cui a me non piacerebbe vederti con un'altra femmina. Se mai ti vedessi toccare un'altra femmina come è successo a me, le strapperei la gola."

Damon appoggiò la fronte alla sua. "Non ci sarà mai un'altra femmina per me."

Ava sorrise, ma il sorriso svanì velocemente mentre l'uomo si staccava da lei. "Dopo che ti avrò riportata a casa sana e salva, lascerò il Branco."

Ava fissò con rimpianto la schiena di Damon mentre questi si allontanava. Lui avrebbe lasciato il branco. Peggio ancora, avrebbe lasciato lei. Non avrebbe combattuto per lei.

La realtà della situazione la colpì al petto e lei si portò la mano nella zona appena sopra il seno, controllando che non ci fosse un buco.

Perché aveva decisamente la sensazione che qualcuno le avesse strappato il cuore.

* * *

Damon camminò fino alla parte frontale dell'edificio. Sapeva che, per il resto della missione, avrebbe dovuto tenersi lontano da Ava. La qual cosa sarebbe stata una missione impossibile.

Porca miseria, doveva avere davvero la merda nel cervello per fare battute del genere.

Si lanciò un'occhiata frettolosa alle spalle, per assicurarsi che Ava non lo stesse seguendo.

Non lo stava seguendo.

Damon ebbe un tuffo al cuore.

Si appoggiò al muro, coi ruvidi blocchi di cemento che gli si conficcavano nella schiena mentre chiudeva gli occhi.

Barrett. Ava sarebbe diventata la compagna di Barrett.

L'unico maschio che lui rispettasse era destinato a legarsi all'unica donna che lui avesse mai amato. Che stronzo, il destino.

Il suo ventre si contrasse dolorosamente e il suo cuore reagì alla stessa maniera. Si portò una mano al pettorale sinistro, cercando di alleviare il dolore. Sapeva che non sarebbe successo. Non era sicuro se il dolore si sarebbe mai alleviato.

"Damon!"

Damon si spinse via dal muro in tempo per vedere Jeff che usciva di corsa dalla porta del locale. Avrebbe voluto dirgli di andare a fare in culo e lasciarlo in pace.

"È Jayden."

"Ha chiamato?" I peli sulla sua nuca si rizzarono mentre i suoi sensi scattavano all'erta.

Jeff scosse la testa, cupo in viso. "No. Qualcun altro sta usando il suo telefono. Suonava molto simile a quel bastardo di Jenkins."

"Cosa voleva?" Damon strinse gli occhi.

"Vogliono scambiare Jayden con Ava."

La rabbia gli ribollì nel ventre e lui serrò le mani. Tutti i suoi istinti animaleschi si svegliarono in quel momento, facendogli venire voglia di trasformarsi in lupo e uccidere.

"Damon, mantieni il controllo," lo ammonì Jeff.

Era inutile. Un ringhio gli crebbe dentro fino a uscirgli dalla bocca.

"Damon, è pieno giorno. Non puoi cambiare forma. Non adesso."

Damon abbassò lo sguardo sui suoi pugni, stretti al punto che le unghie gli si stavano conficcando nella carne, lasciando mezzelune di sangue sui suoi palmi.

"Che succede?" Ava si fermò accanto a Jeff.

"Si tratta di Jayden." Finalmente Jeff parlò, il tono di voce teso, distraendo l'attenzione di Ava. Ciò diede a Damon i secondi di cui aveva bisogno per riprendere il controllo del suo corpo. "Qualcuno ha chiamato usando il suo telefono."

"David Jenkins?" Ava aggrottò la fronte mentre stringeva gli occhi verdi.

"Pensiamo di sì."

Jeff tenne lo sguardo fisso a terra.

"Jenkins ha Jayden." La voce di Ava si ruppe nel guardare Damon.

Lui annuì.

"Quali sono le sue richieste?" Ava lo fissò, gli occhi spalancati, pallida in viso.

Damon tacque, incapace di costringersi a pronunciare le parole.

Ava annuì lentamente. Aveva capito. "Vuole me, vero?"

Damon non distolse lo sguardo dal suo. "Non gli permetterò di averti." L'avrebbe protetta a costo della vita; lo sapeva sin dal momento in cui aveva posato lo sguardo su di lei.

"Non lascerà andare Jayden senza di me."

"Ha ragione, Damon." Tutti si voltarono a guardare la nonna. "Non appena entrerai in quel bar senza Ava, lui non esiterà a uccidere Jayden."

L'espressione di Damon passò dalla rabbia alla compassione. Era costretto a scegliere fra il suo amico e la donna che amava.

"Nonna, troverò un modo per salvare Jayden, d'accordo? Ma non posso mettere a rischio la vita di Ava."

"Perché no?" chiese Ava.

Damon la guardò sconvolto.

"Ho detto, perché no?" Ava sollevò il mento in una posa ribelle, aspettando una risposta.

"Ava." Il respiro abbandonò il petto di Damon mentre i

suoi polmoni si contraevano. Ava voleva qualcosa da lui, qualcosa che lui non poteva più offrire.

"Sei sotto la mia protezione fino a quando non potrò garantire la tua sicurezza."

"E poi?" Ava tenne lo sguardo incollato al suo.

"Poi ti porterò da Barrett." Il suo stomaco si ribaltò quando il suo cuore precipitò.

"Beh, in tal caso è un bene che io sia qui."

* * *

AVA EBBE un tuffo al cuore quando tutti si voltarono al suono di quella voce maschile.

"Barrett?" La nonna spalancò gli occhi.

Appoggiato a un angolo dell'edificio c'era un uomo massiccio. Era più alto di Damon, ma altrettanto largo. I suoi capelli biondo-rossicci gli ricadevano lungo la schiena e i suoi occhi erano nascosti da occhiali scuri. Sembrava un dio del sesso.

E così, quello era Barrett, la persona con cui gli altri si aspettavano che lei si accoppiasse.

Ava apprezzava l'insieme, ma quell'uomo non faceva vibrare il suo corpo, non come lo faceva Damon.

Barrett si spinse via dall'edificio e camminò verso di loro con andatura rilassata e senza fretta.

Ava sentì il suo cuore precipitare come un ascensore fuori controllo. Allungò una mano per appoggiarsi alla parete mentre tutto cominciava a girare.

Proprio mentre il suo campo visivo cominciava a restringersi, le braccia forti di Damon si avvolsero attorno a lei. Stringendo la maglietta dell'uomo fra dita tremanti, Ava nascose il viso, rifiutando la realtà di tutto ciò che la circondava.

"Ava, va tutto bene?" La voce dolce di Damon le spezzò il cuore ancora una volta.

"Portatela dentro." Jeff si mise a sbraitare ordini. Damon la prese fra le braccia. Ava si costrinse a mollare la presa sulla maglietta di Damon quando lui la posò sul divano dell'ufficio.

La nonna le mise in mano una bottiglia di acqua fredda. Ava bevve un lungo sorso, lasciando che il liquido freddo le scorresse nella gola.

"Ti senti meglio?" Barrett si inginocchiò e si tolse gli Oakley. I suoi occhi verdi scrutarono il viso della donna. Damon si sedette accanto a lei sul divano, appoggiandole le dita sul punto del collo dove pulsava la vena.

"Hai il cuore a mille." Lo sguardo dolente di Damon le fece sobbalzare il cuore.

Ava lo guardò come istupidita, cercando di rallentare il respiro. *Ma certo che ho il cuore a mille. Ce l'ho tutte le volte che tu mi sei vicino, idiota.*

"Forse dovreste lasciarla respirare," ordinò Barrett.

Damon emise un ringhio. Barrett si alzò, si erse minacciosamente e lo fulminò con lo sguardo.

Ad Ava si mozzò il fiato quando Damon si alzò, incrociando lo sguardo fisso del suo Capobranco. La tensione crebbe nella stanza mentre i due uomini sembravano prepararsi a combattere.

Ava passò lo sguardo fra i due. Entrambi erano enormi maschi e lei non dubitava che, se avessero combattuto sul serio, ci sarebbe scappato il morto.

"Attento, Damon. Sembra che tu abbia dimenticato il tuo rango." Le labbra di Barrett si arricciarono verso l'alto, rivelando denti di un bianco accecante.

Damon non si mosse, ma tenne duro. Ava riusciva addirittura a sentire l'odore muschiato del testosterone che riempiva la stanza e, con la coda dell'occhio, vide Jeff e la nonna fare un prudente passo indietro.

Si alzò goffamente. "Jayden è stato rapito."

Barrett parlò, ma tenne lo sguardo degli occhi stretti fisso su Damon. "Lo so."

"Il rapitore vuole scambiarmi con Jayden."

Entrambi i maschi la guardarono contemporaneamente. Lei si schiarì la voce. "E dato che sappiamo che David Jenkins–"

Barrett strinse gli occhi. "Siete sicuri che si tratti di David Jenkins?"

Ava fece spallucce. "Non si è presentato, ma sì, credo che sia lo stesso tizio che ha rapito Haley."

"Barrett, cosa ci fai qui?" sibilò Damon.

"Ho sentito che c'è stata una certa agitazione al bar, ieri sera." Barrett si strinse nelle enormi spalle, i muscoli che si gonfiarono al gesto. "Mi sono detto che, dato che il resto dei Guardiani è occupato a proteggere lo Stato dell'Arkansas, sarei venuto di persona e ti avrei dato una mano."

"Non ho bisogno di una mano." Damon ringhiò.

"A me parrebbe di sì, considerato che Jayden è stato catturato."

"Jayden ti conosce?" Ava guardò Barrett con la testa inclinata.

"Jayden e io ci sentiamo spesso." L'uomo ammiccò. Se lei non fosse stata follemente innamorata di Damon, quello sguardo l'avrebbe fatta sciogliere.

Damon lanciò a Barrett un'occhiataccia. "Chi ti ha detto che ci sono stati dei problemi?"

"Le voci girano. Sembra che, con la scomparsa di Jayden, la situazione si sia complicata." Barrett si accigliò e fissò un punto lontano.

"Cosa vogliamo fare per recuperare Jayden?" Ava spostò lo sguardo fra Damon e Barrett.

"Vogliamo?" Barrett le rivolse un'occhiata così intensa che avrebbe dovuto farle paura. L'unico risultato che ottenne fu di farla incazzare.

Facendo un passo avanti, ficcò un dito in faccia a Barrett. "Chiariamo una cosa. A me non interessa questo gioco del maschio alfa a cui giocate voi due, per cui potresti volerci ripensare e cominciare a parlarmi in tono più amichevole."

Damon sbuffò. Lei voltò la testa e lo guardò storto, per fargli capire che anche lui aveva le sue colpe.

Gli occhi di Barrett si spalancarono e lei capì, dal suo odore, che era altrettanto incazzato. Negli ultimi giorni, si era accorta di avere un senso dell'olfatto più sviluppato.

Le labbra di Barrett si curvarono verso l'alto. "Non mi avevi detto che aveva la lingua lunga, Damon." L'uomo ridacchiò. "Mi piace."

"Beh, buono a sapersi." La nonna diede un colpetto sull'enorme braccio di Barrett.

"Come mai, nonna?" Barrett rivolse alla donna un'occhiata perplessa.

"Perché Ava è la tua compagna."

"Cosa?"

"Ava è la tua compagna. Non sai della sua ascendenza?" La nonna porse a Barrett una bottiglia di acqua presa dal mini-frigo.

Lo sguardo di Barrett si concentrò su di lei, prima sul suo viso, per poi scendere verso il basso lungo il suo corpo, come se lei fosse una specie di bistecca succosa.

Quando lo sguardo di Barrett, finalmente, risalì a incrociare quello di Ava, lei sorrise dolcemente e gli mostrò il medio.

Negli occhi di Barrett lampeggiò la rabbia e lei si rese conto di aver esagerato.

"Quando lo avete scoperto?" Barrett guardò gli altri.

"Oggi." La voce profonda di Damon vibrò sulla pelle di Ava, facendola rabbrividire.

"Come siete giunti alla conclusione che la figlia del generale sarebbe la mia compagna?"

"Non è la figlia del generale. Il generale l'ha adottata dopo la morte di suo padre."

Barrett si voltò lentamente per guardarla, la sorpresa sul viso. "Il tuo cognome non è Renfroe?"

"No, è Romanelli."

Barrett prese fiato e si voltò.

"Hai ragione. Romanelli è il nome di una famiglia reale." Barrett aprì la bocca, per poi chiuderla immediatamente. Annuendo leggermente, si rivolse a Damon. "Mi commuove che voi siate così preoccupati per la mia futura felicità, ma ora dobbiamo trovare un modo per liberare Jayden invece che cercare di accoppiarmi."

"Io sto cercando di dare una mano." Ava sollevò il mento, sfidandolo a trattenerla. "Non provare a convincermi a tirarmi indietro."

Barrett le lanciò un'occhiata d'avvertimento prima di rivolgersi a Jeff. "Devo parlare col Capobranco della Louisiana. Non è che per caso avresti il suo numero sul cellulare? Il mio è morto."

"Ce l'ho fra i preferiti." Jeff tirò fuori il cellulare dalla tasca dei jeans, premette qualche pulsante e lo porse a Barrett.

Barrett prese il telefono ed entrò nel bar per avere un po' di riservatezza. Jeff e la nonna andarono in cucina per preparare qualcosa da mangiare per tutti.

Ava non voleva restare lì, non nella stessa stanza con Damon dopo che questi l'aveva praticamente servita a Barrett su un piatto d'argento. Purtroppo, i suoi piedi non capirono l'antifona.

"Ava." Lei sollevò lo sguardo in quegli occhi azzurri che amava tanto.

"Mi rifiuto di metterti in pericolo."

Ava aprì la bocca e all'improvviso scoprì che l'aria era troppo calda per inalare profondamente. Si leccò le labbra secche prima di guardarlo.

"Io non sono ai tuoi ordini, ricordi?" Trattenne il fiato, il cuore talmente dolorante che pensò che avrebbe smesso di battere.

"Tu non sei mia, Ava. Non lo sei mai stata." Damon si voltò e se ne andò.

* * *

Ciò che Ava voleva da lui era impossibile. Non se ne rendeva conto?

Con la coda dell'occhio, vide Barrett che parlava al telefono con espressione determinata.

La porta della cucina si aprì scricchiolando, attirando la sua attenzione. La nonna e Jeff uscirono tenendo in equilibrio due vassoi di cibo. Senza chiedere, lui prese il vassoio della nonna. Aveva bisogno di qualcosa che gli tenesse le mani occupate, per togliersi dalla testa l'idea di metterle su Ava.

Mentre posava il vassoio su un tavolo rotondo, la nonna gli diede un colpetto sul braccio. Damon non la guardò; non ce la fece. Aveva troppa paura della pietà che avrebbe trovato nelle profondità di quegli occhi anziani.

Barrett restituì il cellulare a Jeff.

"Allora?" Damon si accigliò. Per la prima volta, osservò attentamente il viso del suo capo. Nonostante il suo carattere distaccato, Barrett era attraente, con lunghi capelli biondo-rossicci e occhi verdi. A voler essere onesti, Ava e Barrett sarebbero stati una splendida coppia e avrebbero avuto dei bellissimi figli.

Damon distolse lo sguardo, passandosi la mano sulla nuca. D'accordo, non era pronto a essere onesto. Preferiva vivere nella terra delle illusioni. Illusione, ecco il tuo sovrano.

"Cos'hai? Sembra che tu abbia mangiato della carne marcia." Barrett inarcò un sopracciglio.

"No, ma la giornata è ancora giovane." Damon girò attorno al tavolo e parcheggiò il culo dalla parte opposta rispetto a Barrett.

Barrett abbassò lo sguardo sulla sua scodella. "Ha un bell'aspetto, Jeff."

Jess sporse il petto a barile e fece un sorrisetto. "È la ricetta di mia nonna."

Damon tenne lo sguardo fisso sulla scodella che aveva di fronte, aspettando di vedere dove si sarebbe seduta Ava.

"Grazie." La voce di Ava lo spinse a sollevare lo sguardo in tempo per vedere Barrett che le tirava indietro una sedia. Strinse gli occhi, ammonendo mentalmente Barrett a non sedersi accanto ad Ava.

Troppo tardi. Barrett prese posto accanto a lei. Damon serrò entrambe le mani attorno alla sua sedia per trattenersi dallo sferrare un pugno al viso di Barrett. Tenne lo sguardo su Ava mentre Barrett si chinava e le mormorava qualcosa che le strappò un sorrisetto.

Damon strinse più forte e il legno scricchiolò sotto le sue mani.

Chiuse gli occhi, cercando di controllare la nera foschia della rabbia.

"Cosa hai scoperto?" chiese la nonna.

Barrett sollevò lentamente la testa, distogliendo lo sguardo da Ava. "Il Branco della Louisiana ha saputo della scomparsa di Jayden tramite una soffiata." Infilò il cucchiaio nella scodella. "Sospettano che Jenkins sia il rapitore, ma non riesco a trovare né lui né Jayden."

"Dunque, il Branco della Louisiana ci aiuterà?" Ava guardò Barrett. Damon avvertì la melma verdastra della gelosia muoversi nel suo stomaco. Perché diavolo Ava stava guardando Barrett, poi? Avrebbe dovuto guardare lui, chiedere a lui una risposta. Non a Barrett.

Barrett strinse gli occhi mentre il suo cucchiaio tintinnava contro l'orlo della scodella. "Hanno detto che sono già a corto di personale, dato che si stanno preparando per Halloween."

Ava fece una smorfia. "Cosa c'entra Halloween? È per caso una festività per i licantropi?"

Damon scosse la testa. "Non è una festività. È una notte di luna piena."

Ava impallidì.

"Significa che io…?"

"Cambierai forma? Sì." Damon si guardò attorno. Lo sguardo di Barrett era incollato ad Ava.

Bastardo.

"Sì."

Damon accentuò la presa sul legno consunto, strappando un grido di protesta alla sedia.

"Sei sicura di essere lupina?"

"Lupina?"

"Un lupo."

La donna guardò Damon. "Damon crede di sì."

"Non ti ho chiesto cosa crede Damon. Voglio sapere cosa pensi tu." Barrett le mise un dito sotto il mento, costringendola a guardarlo.

Damon perse la testa.

Un ruggito gli esplose dalla gola, così furioso che tutti, tranne Barrett, si allontanarono di un balzo dal tavolo. Sedie rovesciate caddero sul pavimento. Damon balzò in piedi e picchiò le mani sul tavolo, spaccando il legno in due. Scodelle di chili e utensili sferragliarono sul pavimento mentre tutti si facevano da parte.

Damon incrociò lo sguardo di Barrett. Voleva che l'alfa avanzasse, in modo da affondargli i denti nella gola.

Barrett si alzò e incrociò lo sguardo fisso di Damon con un'immobilità mortale. Damon sapeva che, se avesse osato toccare Barrett, sarebbe morto. Ma un devastante istinto di proteggere Ava sommergeva ogni pensiero razionale.

"Smettetela!" Ava si frappose fra i due maschi e premette i palmi delle mani contro il petto di Damon. "Cosa diavolo ti prende?" Il suo volto era contratto dalla rabbia e i suoi occhi lampeggiarono come fulmini, i capelli neri che si riversavano sulle sue spalle come quelli di una dea feroce. Era furibonda.

Ed era la creatura più bella che Damon avesse mai visto.

Glielo stava facendo venire duro.

Una risata esplose nel bar vuoto. Damon voltò di scatto la testa verso Barrett.

Da che lo conosceva, il maschio non aveva mai nemmeno sorriso. Ora, sembrava che stesse per creparsi una costola a furia di ridere.

"Dobbiamo smetterla di perdere tempo. Ho bisogno di riavere mio nipote." La nonna li rimproverò con un'occhiataccia mentre si massaggiava nervosamente le braccia.

La risata di Barrett svanì mentre questi si sfregava la nuca con la mano. "La nonna ha ragione; dobbiamo concentrarci." Lanciò un'occhiata a Damon.

"Io sono concentrato," ringhiò Damon.

"State scherzando?" Ava gettò le braccia verso il cielo. "Non è una gara a chi ce l'ha più lungo."

Barrett voltò le spalle, soffocando un sorriso, mentre Damon fissava Ava.

"E comunque, sappiamo già chi vincerebbe." Barrett fece una smorfia, dopodiché tornò serio. "Per quanto sia divertente questa conversazione, la nonna ha ragione. Dobbiamo pianificare un modo per recuperare Jayden." Barrett raccolse la sedia rovesciata della nonna e le fece segno di prendere posto. "E quando dico 'dobbiamo', intendo Damon e io."

"Ma…"

"Niente ma, Ava," disse Damon.

Ava non era stupida. Sapeva quando parlare e quando tenere la bocca chiusa.

Esalò il fiato e incrociò le braccia. "E io dove dovrei stare, mentre voi andate a prendere Jayden?"

"Dalla nonna."

"Pensavo che non volessi."

"Ho cambiato idea." Damon si passò una mano sul viso. "La casa della nonna è isolata, ma sicura. Nessuno penserebbe mai di cercarti laggiù. È troppo lontano dalla strada principale."

"D'accordo." Ava guardò la nonna, che le rivolse un sorriso innocente. Mentre gli stivali di Damon camminavano con passo pesante verso la porta, lei notò l'espressione della nonna cambiare. La maschera dell'anziana signora innocente scivolò via e sotto di essa apparve un malizioso ammiccamento cameratesco.

"Nonna?" Ava abbassò la voce.

"Non crederai che io lasci che quei ragazzi vadano a cercare Jayden senza di me, vero?"

Ava sorrise da un orecchio all'altro. "Cosa facciamo per prima?"

"Dobbiamo andare a casa."

"E poi?"

"Dobbiamo mettere a punto un piano."

Ava sorrise. "A quello ho già pensato io."

# CAPITOLO DODICI

"David Jenkins è più che un semplice frequentatore abituale dello strip club." Barrett si tamburellò le labbra coi polpastrelli, un gesto così raffinato che spesso Damon si interrogava sulle origini del suo capo. Tutto ciò che sapeva dell'Alfa era che Barrett era da anni il Capobranco dell'Arkansas e che aveva la reputazione di essere letale quando veniva messo all'angolo.

Damon guardò la pianta del Beaver che Jeff aveva, chissà come, portato al Romolo e Remo meno di un'ora prima.

Damon si voltò verso Jeff. "Dove hai trovato questa roba?"

Jeff sollevò le spalle robuste in una scrollata noncurante. "Ho un amico in tribunale. Mi doveva un favore."

"Buono a sapersi."

"Guarda qui." Barrett indicò una stanzetta verso il fondo dello strip club.

"Può darsi che sia un ufficio." Damon strinse gli occhi. "Che strano."

"Cosa?" Jeff si sporse da dietro le sue spalle.

"L'ufficio non ha un'uscita che dia sull'esterno. È sempre

meglio avere una via di fuga facile, nel caso ci siano problemi." Barrett concluse il pensiero di Damon.

"Sì, come ad esempio il ragazzo furioso di una delle spogliarelliste." Damon passò le dita sulla pianta. "L'uscita più vicina è in fondo al corridoio, all'ingresso delle spogliarelliste." Si raddrizzò.

"Senza un'uscita diretta, l'ufficio sarebbe l'unica stanza sicura in cui potrebbero tenere Jayden."

"Ho bisogno di entrare mentre Barrett copre quell'uscita posteriore. Individuerò Jayden e uscirò da lì." Damon guardò l'orologio. "Questa sera è Halloween; ci sarà il pienone. Questo andrà a nostro favore."

Jeff sbuffò. "Già, soprattutto visto che questa sera ci sarà la festa in maschera."

Barrett e Damon si voltarono e guardarono l'uomo. "Come?"

Jeff fece cenno di sì con la testa. "Fanno una festa in maschera a ogni Halloween. Anzi, non credo che si possa proprio entrare senza costume." Jeff fece una pausa e si massaggiò il mento. "Forse ho ancora il costume dell'anno scorso; potrei prestarlo a uno di voi."

"Di che si tratta?"

Jeff sollevò una mano. "Aspettate. Probabilmente, è più facile se ve lo faccio vedere."

Quando riapparve dalla stanza sul retro, qualche minuto dopo, portava con sé un grosso scatolone. Lo mise a terra e aprì la parte superiore.

"Cos'è questa puzza?" Damon si fece aria con una mano quando un odore sulfureo provenne dallo scatolone.

Jeff fece spallucce. "Mi sa che mi sono versato qualcosa addosso alla festa dell'anno scorso."

Barrett arricciò il naso. "Sembrano uova marce."

Jeff si portò l'involto di pelliccia al naso e lo annusò. "Lo tenevo nell'armadietto del bagno. Quel water puzza sempre."

"Io non mi metto un costume da orso puzzolente." Damon scosse la testa.

"Non è un orso." Jeff aggrottò le sopracciglia, offeso.

Barrett si chinò sulla scatola e tirò fuori la testa del costume. "Merda."

"Cosa c'è?"

"Non è un orso. È un castoro," disse Barrett senza batter ciglio.

"Ma. Anche. No." Damon fece un passo indietro, distanziandosi dal castoro puzzolente. "Col cavolo che mi metto addosso quella roba."

Barrett lo trafisse con un'occhiataccia prima di rivolgersi a Jeff. "Tutto qui? Un cazzo di costume da castoro?"

"Credo che la nonna potrebbe avere in casa qualcuno dei vecchi costumi di Jayden." Jeff passò lo sguardo lungo il corpo di Damon. "Tanto, non credo che questo ti starebbe."

"Ottimo." Damon prese la giacca di pelle dallo schienale della sedia. "Vado dalla nonna a vedere cos'ha." Controllò l'orologio prima di guardare Barrett. "Vuoi che prenda qualcosa anche per te?"

Barrett annuì. "Sì. Ma niente di stupido."

Damon sbuffò. "Amico, sei accanto a un costume da castoro che puzza di merda. Qualunque cosa sarebbe migliore di quello."

\* \* \*

"Non credo che funzionerà."

L'anziana agitò le mani in aria. "Ma certo che funzionerà. Parcheggeremo sul retro del Beaver. Quando vedrò una delle ragazze per cui ho un ordine, la convincerò a farmi entrare dal retro, in modo che io possa consegnare agli altri."

"Non ci sono guardie sul retro?"

"Non lo so." La nonna fece spallucce.

Ava sospirò. "Nonna, anche se le ragazze potessero farti entrare, di sicuro la guardia non ti farà passare."

La nonna sorrise e il suo volto si illuminò come un raggio di sole. "E se io dicessi di essere una ballerina?"

La mascella di Ava toccò terra.

"Che c'è?" Il sorriso della nonna svanì. "È la serata dilettanti. Fanno ballare chiunque alla serata dilettanti." La donna sporse il mento.

Lo sguardo di Ava si fece penetrante. "La serata dilettanti è questa sera?"

"Sì, e dato che è Halloween, saranno tutti travestiti." La nonna aprì la borsa di plastica piena di intimo commestibile. "Certo che mi lasceranno entrare. E poi, devo consegnare queste mutandine al mais caramellato e questo reggiseno alla liquirizia." La nonna mostrò delle mutandine arancioni e gialle e un reggiseno rosso che sembrava fatto di corda.

Ava arricciò il naso. "Non mi piace la liquirizia."

"Non è liquirizia nera, cara. È liquirizia alla fragola e si abbina a queste mutandine al mais caramellato."

Ava si toccò la tempia destra, dove all'improvviso era sbocciata un'emicrania. Massaggiandosi la zona con le punte delle dita, chiuse gli occhi. "D'accordo, facciamo finta che tu riesca a entrare. Poi?"

"Distrarrò le ragazze con qualcuno dei miei ultimi sex toy. Come questo!" L'anziana tirò fuori un vibratore rosa delle dimensioni di una mazza da baseball.

"Chi diavolo riesce a usare una cosa del genere?" Ava si raddrizzò proprio mentre la porta si apriva.

La nonna entrò in salotto, continuando a tenere in mano il giocattolo osceno, tallonata da Ava.

"Damon. Cosa ci fai qui?" Sono..." L'uomo si immobilizzò, il viso pallido e gli occhi spalancati dallo sguardo fisso sull'arma nella mano della nonna.

Chiudendo gli occhi, si premette il palmo della mano

contro l'orbita oculare sinistra, probabilmente per cavarsi l'occhio.

Ava conosceva bene la sensazione.

"Ho bisogno di un paio dei costumi di Halloween di Jayden." L'uomo fece una smorfia e tenne lo sguardo fisso sul soffitto.

Lasciando ricadere la mano sul fianco, la nonna si batté il vibratore mostruoso contro la coscia mentre gli rivolgeva un'occhiata pensierosa. "Fammi pensare." *Sciaf, sciaf, sciaf.* "Credo di essermi sbarazzata di tutti i suoi costumi."

Damon la guardò. "Tutti?"

La nonna scosse la testa. "No, ho ancora quello che avrebbe dovuto indossare questa sera. È nella mia stanza del cucito. Aspetta; vado a prenderlo." Fece due passi prima di esitare. "Ava, tieni questo."

Ava prese il vibratore e si accigliò, stupita dal peso di quell'arnese.

"Non voglio saperlo." Damon fissò un punto invisibile sul soffitto ed evitò di guardare il vibratore.

"Meglio di no." Ava osservò il pavimento.

Un attimo dopo, si schiarì la voce. "Hai bisogno del costume per il Beaver?"

"Sì. Come fai a saperlo?"

"La nonna mi ha parlato della festa in costume che fanno tutti gli anni." Ava fece una smorfia. "Spero che lo sappia per sentito dire e non perché c'è stata."

"Anch'io." Damon sussultò.

La nonna emerse dal corridoio con del materiale fra le braccia.

"Che cos'è?" Ava allungò una mano e toccò il materiale. Il costume era di cuoio, morbido come burro.

"È Spartaco." La nonna mostrò orgogliosa l'indumento.

"Ma che ca…" Damon non concluse la frase quando la

nonna contrasse le labbra e gli lanciò un'occhiata di avvertimento.

"Scusa, nonna." L'uomo fece una smorfia. Scuotendo la testa, indicò il costume. "Avrei dovuto immaginare che quel coglio... che quell'idiota volesse travestirsi da Spartaco."

"È il protagonista della sua serie preferita." La nonna tese il costume in modo che Ava lo esaminasse.

"D'accordo." Damon tese le mani. "Lo prendo."

La nonna si accigliò. "Non vuoi provarlo?"

Ava sorrise a trentadue denti. "Sì, voglio vedertelo addosso."

"Meno persone mi vedranno con questo ridicolo arnese addosso, meglio sarà." Damon attese che la nonna infilasse tutti i pezzi del costume in un sacchetto di carta prima di prendere quest'ultimo.

Si voltò, trafiggendo Ava con un'occhiata. "Ava, devo parlarti. Fuori." Non aspettò, ma uscì dalla porta d'ingresso. Ava fece per seguirlo quando la nonna la prese per un braccio e mormorò ad alta voce: "Non dirgli del nostro piano. Non farti fregare!"

"Non lo farò." Ava sibilò e ficcò il giocattolo sessuale nelle mani dell'anziana.

Damon se ne stava appoggiato alla sua moto con le braccia incrociate, gli occhiali da sole sul viso, l'aspetto del sesso incarnato.

Ava sospirò, ma il rumore le uscì di bocca più simile alle fusa di un gatto.

Si fermò a poco più di un metro dall'uomo e si mise le mani nelle tasche posteriori dei jeans. "Di cosa volevi parlarmi?"

L'uomo si mosse così velocemente da mozzarle il fiato. Un attimo prima erano a un metro di distanza, quello dopo lei era avvolta nell'abbraccio di lui, le braccia intrappolate dietro la schiena.

La mano dell'uomo scivolò dalla sua schiena fino alla nuca. Il cuore le pulsava nelle orecchie mentre i suoi seni si schiacciavano contro il petto duro come la roccia dell'uomo. Ava ondeggiò contro di lui; adorava la sensazione di come il suo corpo reagiva a quello dell'uomo, dei suoi capezzoli che si indurivano contro il solido petto di lui.

Damon emise un verso profondo, di gola, prima di calare la bocca su quella di lei. La baciò e la leccò fino a farla gemere. Ava inarcò la schiena, sfregando l'inguine contro il membro duro e spesso di Damon.

Un braccio le scivolò lungo la schiena, afferrandole le braccia, mentre l'altro si infilò nello spazio ristretto fra i loro corpi.

"Tu non giochi pulito," mormorò l'uomo mentre le sue dita le torcevano un capezzolo. Deliziose fiammelle di piacere corsero fino al centro di Ava.

Lei gemette. "Nemmeno tu."

La mano dell'uomo abbandonò il suo seno e scivolò verso il basso, fino a toccarla attraverso i jeans.

Beh, se quelle erano le intenzioni di Damon, lei lo avrebbe imitato.

Liberando una mano, Ava accarezzò l'erezione dell'uomo; il denim non faceva nulla per celare il calore che sentiva contro le dita, quello stesso calore che voleva dentro di sé.

"Damon. Hai dimenticato una cosa." Ava raggelò nell'udire la voce acuta della nonna. Si allontanò rapidamente, lasciando Damon con una tenda al posto dei pantaloni.

"Ho trovato questo in fondo al cassetto." La nonna sorrise mentre gli porgeva una grossa spada e un fodero abbinato. A quanto pareva, l'anziana era più concentrata sulla spada che aveva in mano che su quella nei pantaloni di Damon.

Damon esalò un respiro lungo e stanco mentre prendeva l'arma dalla nonna. Aggrottò la fronte mentre il suo sguardo si spostava verso l'anziana. "Ma è vera?"

"Certo che è vera. L'ha fatta un fabbro amico di Jayden."

Afferrata l'impugnatura, Damon estrasse la spada e guardò l'arma con apprezzamento.

"Dove la metterai? Non ci sta nella sacca da sella." Ava passò un dito lungo il piatto del freddo acciaio.

"La legherò su un fianco." Aperta la sacca, Damon prese della corda e del tessuto nero. Avvolse la stoffa attorno alla spada prima di assicurarla al fianco della sua motocicletta.

"Stai attento," mormorò la nonna. "E riportami Jayden."

* * *

Ava guardò il terreno duro e si passò le braccia attorno al petto. All'improvviso, aveva molto freddo. Ciò che Damon stava per fare era pericoloso e poteva scapparci il morto.

La mano callosa dell'uomo le si appoggiò sulla guancia. "Tornerò."

"Quando?"

"Non lo so. Pensiamo di entrare verso mezzanotte, quando ci sarà più gente. In questo modo, sarà più difficile che ci notino. L'unico posto all'interno del club che possono usare per tener rinchiuso Jayden si trova nell'ufficio sul retro. Se tutto andrà come previsto, faremo dentro e fuori."

"E se non andasse come previsto?" Ava si premette contro il viso la mano di Damon.

"In tal caso, ci vorrà un pochino di più." L'uomo fece spallucce.

"Torna da me."

Negli occhi azzurri di lui brillò un'emozione silenziosa.

"Damon?"

"Tornerò e porterò Jayden con me." L'uomo la baciò sulla sommità del capo prima di montare in sella alla Harley. Con un ruggito, il motore prese vita e Damon svanì.

Ava rimase in cortile, a guardare la nube di polvere che

l'uomo si era lasciato alle spalle, osservandola mentre si posava a terra.

"Sei preoccupata per lui." La nonna si mise al suo fianco.

Ava sbuffò. "Lo so che è stupido. Non sono nemmeno la sua compagna."

"Questo è vero." La nonna lasciò in sospeso il discorso.

"Non mi piace. Di sicuro non mi accoppierò con Barrett." Ava si voltò, sostenendo con determinazione lo sguardo della nonna.

"Barrett è un bel figo." La nonna contrasse le labbra. "Se fossi più giovane, forse farei io stessa un tentativo."

"Non mi importa quanto sia figo Barrett. Non è lui quello che voglio."

"Ci penso io a distrarti." Le labbra sottili della nonna si sollevarono lentamente in un ghigno. "Dobbiamo prepararci, se vogliamo dare una mano."

Ava annuì. "Diamoci da fare, allora."

* * *

DAMON ERA SEDUTO sull'Hummer color argento di Barrett, intento a rivedere mentalmente il piano. Doveva entrare, portare via Jayden e tornare da Ava. Quella poteva essere la sua ultima serata con lei.

"Non ti faranno entrare con quella spada. La sicurezza è serrata, questa sera." La voce di Barrett lo riportò al presente. Damon guardò il maschio alfa, il quale, nonostante il costume da castoro, aveva comunque un aspetto letale. Però Barrett indossava un costume da castoro. La cosa lo rallegrò un poco.

Barrett spostò lo sguardo dal parcheggio affollato a lui.

"Ci avevo già pensato. È per questo che l'ho dipinta." Damon allungò una mano verso il sedile posteriore e tirò fuori l'arma. Essa brillava di un giallo acceso, come un giocattolo. Damon aveva persino dipinto la punta della spada di rosso, a imitare delle gocce di sangue.

Barrett annuì. "Non male. Assicurati solo, quando entrerai, di tenere il fodero sul lato opposto rispetto alla guardia. Meglio evitare che urti qualcuno."

Damon afferrò il cinturone e il fodero. Inarcandosi, si assicurò il cinturone alla vita. "Darò un'occhiata nella sala prima di andare al bancone. La stanza della lap dance in fondo alla fila è la più vicina alla porta dell'ufficio."

Le labbra di Barrett si sollevarono in un sorriso divertito. "Ti farai fare una lap dance. Non credo che Ava sarà molto contenta."

Damon trafisse Barrett con un'occhiata determinata. "Non lo faccio per divertirmi; lo faccio per liberare Jayden. Non confondere le due cose."

Barrett gli rivolse un'ultima occhiata prima di voltarsi. "Devi mettere fuori combattimento il buttafuori che tiene d'occhio la porta dell'ufficio." Barrett infilò una mano nel cassetto e tirò fuori una busta di plastica trasparente. La lanciò a Damon.

"Cos'è"? Damon sollevò il sacchetto e annusò la polvere bianca.

"Rophenol. Di' al barista di metterlo nel bicchiere del buttafuori."

"Il barista non servirà al suo collega una bevanda drogata." Damon si accigliò.

"*Questo* barista sì." Barrett riportò lo sguardo su Damon.

"Braxton?"

Barrett annuì.

"Non dovrebbe lavorare durante la serata dilettanti."

"Gli altri tre baristi sono stati colti da un malore improvviso."

"Per caso c'entri qualcosa tu?"

Barrett fece spallucce e distolse lo sguardo. "Braxton era l'ultimo rimasto."

"Per nostra fortuna." Damon si mise il pacchetto nella cintura. "Mi pare di capire che Braxton sia al corrente di tutto."

"L'ho aggiornato oggi pomeriggio."

"Se non altro, ci sarà una persona in più dalla nostra."

Barrett sorrise a trentadue denti. "Sei pronto, Spartaco?"

"Fottiti."

"Lo prendo per un sì." Barrett afferrò la maniglia della portiera, ma si fermò.

"Non dimenticare l'elmo." Lo sguardo dell'alfa gli scavò dentro. "E stai attento."

"Sto sempre attento. Ci vediamo dentro." Ciò detto, Damon uscì dal veicolo e si incamminò verso l'ingresso del locale.

Dopo aver oltrepassato il buttafuori, Damon entrò nel Beaver. Non appena oltrepassò le porte dorate della lobby per entrare nell'ambiente principale, i suoi sensi scattarono sull'attenti.

Il locale era affollato, perlopiù da uomini, ma c'erano anche delle donne che formavano dei gruppetti ai tavoli e nelle zone relax. Mentre lui si dirigeva verso il bar, una delle spogliarelliste che giravano per il locale allungò una mano per toccarlo, passando le dita sul suo petto nudo.

Damon le afferrò la mano e se la staccò di dosso. La spogliarellista spalancò gli occhi e lui si affrettò a sorriderle, cercando al tempo stesso di non apparire disgustato dal suo tocco.

Damon deglutì a fatica, costringendosi a non allontanarsi dalla ragazza. Lei puzzava di sigarette e cibo messicano.

"Devo salire sul palco per fare il mio numero fra qualche canzone. Ma dopo sono libera, se ti interessa una lap dance, tesoro."

"Quanto costa?" Damon cercò di controllare il respiro. Non sopportava di avere qualcuno così fottutamente vicino. A meno che non si trattasse di Ava.

"Cinquanta sacchi." La ragazza fece le fusa mentre intrecciava le dita alle sue. Damon si costrinse a stare fermo.

"Per un balletto? Sono un sacco di soldi per cinque minuti."

La ragazza si tirò indietro e lo guardò in viso prima di abbassare lo sguardo sul suo inguine. Quando lo risollevò, sorrideva a trentadue denti. "Che ne dici se ti faccio un'offerta?"

"Che tipo di offerta?" Damon distolse lo sguardo mentre una spogliarellista più attraente gli passava accanto, ignorando quella che lo aveva braccato. Meno si dimostrava interessato e migliore sarebbe stata l'offerta.

"Per cento dollari, ti faccio una lap dance da trenta minuti."

Nonostante il sorriso sicuro della spogliarellista, Damon vide l'accenno di paura nei suoi occhi di fronte alla possibilità che lui rifiutasse.

"Non saprei; sono molti soldi." Damon fece per distogliere lo sguardo, ma lei gli afferrò la mano e se la portò al petto.

"Userò la stanza in fondo. È più riservata: se c'è qualcos'altro che ti interessa, sono sicura che riuscirò ad accontentarti."

Era esattamente la stanza che voleva lui, ma Damon non voleva sembrare troppo entusiasta. Fissò la ragazza per qualche istante, come se stesse riflettendo. Poi sorrise. "Mi sa che hai fatto centro."

Gli occhi della ragazza si illuminarono prima che lei atteggiasse il suo viso a un broncio sexy. Damon dubitava che fosse solita guadagnare cifre simili in trenta minuti, solo ballando.

"Mi trovi al bancone. Quando hai finito di ballare, vieni a cercarmi."

La spogliarellista si premette contro il suo corpo prima di allontanarsi ancheggiando.

Damon sussultò. Se Ava gli avesse sentito addosso il profumo di quella ragazza, gli avrebbe fatto passare l'inferno. Si prese l'appunto mentale di passare da Jeff e fare una doccia prima di tornare dalla nonna.

L'ultima cosa di cui aveva bisogno era suscitare la furia di Ava nell'ultima sera che poteva trascorrere con lei.

* * *

AVA ENTRÒ con la Crown Vic nel parcheggio sul retro del Beaver Tail. Dovette fare qualche giro, ma finalmente trovò un posto libero. Purtroppo, era esattamente a due posti di distanza dall'ingresso posteriore; non proprio discreto.

La nonna raddrizzò la tuta di velours rosa prima di prendere la borsa di plastica bianca. Sembrava un coniglietto pasquale in versione geriatrica.

"Sei pronta?" La nonna le rivolse un sorriso di incoraggiamento.

Ava annuì e abbassò lo sguardo sul maglione, i jeans e gli stivali bianchi. "Penso di sì." Tamburellò col pollice sul volante.

"Ricordati: siamo qui solo per fare una consegna." La nonna si chinò e prese una borsa nera dal pavimento.

"Non appena saremo entrate, io li distrarrò. Tu vai a trovare Jayden e portalo fuori." La nonna le porse la grossa borsa bianca. "Prendi la mia borsa. Io ho un coltello e delle cesoie. Non sapevo se lo avessero legato con delle corde o incatenato." Il viso della nonna si increspò, l'ansia che segnava la sua espressione solitamente serena.

Ava si allungò per accarezzare la mano dell'anziana. "Va tutto bene. Lo tireremo fuori da lì."

La nonna le rivolse un sorriso coraggioso, che non le arrivava esattamente agli occhi. Chissà in che genere di situazione stavano per cacciarsi? Ava sapeva che, coi lupi mannari di mezzo, era meglio aspettarsi il peggio.

Con la borsa di plastica bianca a tracolla, Ava si recò assieme alla nonna all'ingresso posteriore. La circondò con le braccia quando l'aria fredda della notte le sfiorò la pelle.

Ava esitò quando si avvicinò alla porta sul retro. Di fronte alla porta c'era il buttafuori, un uomo enorme la cui pelata scintillava del riflesso della luce di sicurezza. La nonna la afferrò per un gomito e la spinse in avanti.

"Posso aiutarvi, signore?" Il buttafuori non si mosse di un centimetro.

La nonna fece un ampio sorriso. "Sono venuta a consegnare alcuni ordini per le ballerine."

"Mi dispiace. Questo ingresso non è per i visitatori."

"Mi sa che non hai capito." Le labbra della nonna formarono un cerchio, mentre i suoi occhi si strinsero. Ava colse una nota di White Diamons mentre l'anziana signora inclinava la testa.

"Mi sa che *lei* non ha capito. Questa porta è solo per le ballerine." Il buttafuori puntò il pollice dietro una spalla carnosa. "A meno che non siate qui per la serata dilettanti, non potete entrare."

La nonna inalò leggermente prima di rilassare la posa. "Ma perché non l'hai detto subito?"

Il buttafuori fece una smorfia sofferente. "Non mi dica che è qui per spogliarsi."

La nonna si mise le mani sui fianchi, il volto atteggiato a un rimprovero da maestrina. "Vuoi dirmi che sono troppo vecchia? È questo che vuoi dire? Perché ci sono delle leggi che proibiscono di discriminare gli anziani. Lo sapevi?"

"Ehm, non è proprio così..." Il buttafuori ficcò la punta della scarpa nel terriccio, spostando il peso del corpo, evidentemente senza parole.

"Stai cercando di discriminarmi per via della mia età?" La nonna agitò un dito ossuto pericolosamente vicino al petto dell'uomo. "È questo il problema?"

"Non volevo..." L'uomo si passò il grosso palmo della mano avanti e indietro sulla nuca, guardando Ava in cerca di aiuto.

Ava si morse l'interno della guancia, cercando di non ridere. Quel tizio pesava almeno cento chili più della nonna. Ma la cosa non aveva importanza. L'anziana era più minacciosa.

"Beh, per tua informazione, non sono io che voglio spogliarmi. È lei." La nonna indicò Ava col pollice.

Lo stomaco di Ava precipitò.

Il buttafuori sospirò mentre un palese sollievo si allargava sul suo viso.

"Ma..." Ava prese bruscamente fiato quando la nonna le diede di gomito nelle costole.

"Ora, se non ti dispiace, devo portarla a cambiarsi." La nonna spinse Ava di fronte a sé mentre il buttafuori si faceva da parte, aprendo la porta metallica.

"Come ti chiami?" Il buttafuori rivolse ad Ava un ampio sorriso, mostrando una gran quantità di denti storti.

"Av..." La nonna le diede una gomitata nel fianco. Ava si massaggiò le costole malridotte e fulminò con lo sguardo l'anziana.

"Intende il tuo nome d'arte." La nonna scosse la testa e si voltò nuovamente verso il buttafuori. "Non lo so. Ho un tanga rosso e dei copricapezzoli." L'anziana si diede un colpetto sulla borsa mentre rivolgeva un'occhiata pensierosa al buttafuori. "Che genere di nomi hanno usato le dilettanti?

Non vogliamo prendere il nome di un'altra. Vogliamo essere uniche."

Ava arricciò il naso mentre il suo stomaco vorticava più che mai.

"Beh, ho visto che alcune usano i segni dello zodiaco, come Acquario e Toro. Un'altra ragazza che è entrata ha usato il nome di un cartone animato."

"Tu che ne pensi? Che nome è adatto a lei?" La nonna toccò il buttafuori sul braccio mentre, l'uno accanto all'altra, squadravano Ava da capo a piedi.

Il sorriso del buttafuori si allargò. "Con tutti quei bei capelli neri e un tanga rosso, direi che somiglia a Cappuccetto Rosso."

La nonna fece schioccare le dita. "È perfetto. Ci serve solo un cappuccio." La nonna batté le mani.

"Scommetto che una delle ragazze che lavorano qui le presterebbe volentieri qualcosa." Il buttafuori non distolse lo sguardo da Ava. Lei lo guardò male. Imperterrito, l'uomo ammiccò.

Afferrata la nonna sottobraccio, Ava le rivolse un sorriso serrato. "Vieni, nonna, dobbiamo sbrigarci se vogliamo che io riesca a prepararmi in tempo."

L'anziana annuì e rivolse al buttafuori un sorriso colmo di gratitudine mentre Ava la sospingeva frettolosamente attraverso la porta. Quando udì la porta di ferro sbattere, si fermò immediatamente.

"Cosa c'è?" La nonna si accigliò.

"Io non mi spoglio." Ava sputò fuori quelle parole.

La nonna fece spallucce. "Non volevo fartelo fare. Avevamo solo bisogno di entrare." La nonna le diede un'occhiata pensierosa. "Ma devi metterti in costume."

"Perché?"

La nonna liquidò l'obiezione con un gesto. "Nel caso il

buttafuori entri. Se chiederà perché non stai ancora ballando, gli diremo che stai aspettando il tuo turno."

Ava mosse il collo da una parte all'altra e inalò profonda-mente. "D'accordo, ha senso." Poi lanciò un'occhiata lungo il corridoio, fino alla porta più vicina. Annuì.

"A giudicare dal rumore, è lì che si preparano le spoglia-relliste." Ava tolse l'orecchio dalla porta e guardò la nonna.

L'anziana annuì e girò la maniglia.

Il camerino era affollato di ballerine che giravano in reggiseno e mutandine o in topless. Tutte le ragazze erano truccate pesantemente, con ombretti scuri e rossetti rosso acceso.

Alcune delle ragazze erano alte e magre, come ballerine professioniste, mentre altre erano basse e procaci. Ma tutte sembravano avere una cosa in comune: erano a loro agio coi loro corpi nudi.

Ava si era aspettata che tutte si fermassero e si voltassero al suo ingresso, ma non lo fecero. Invece, continuarono a fumare sigarette con una mano mentre con l'altra si applicavano l'om-bretto. A quanto pareva, essere una spogliarellista richiedeva di essere capaci di fare più cose contemporaneamente.

"Dentro, signore." Una donna matura con un portablocco in mano spinse Ava in avanti.

Ava rimase stupita nel constatare che quella voce profonda apparteneva a una donna matura e attraente. Snella e slanciata, la donna indossava un tailleur e i capelli biondi erano modellati in un lasco chignon sulla nuca. Una sigaretta le penzolava dall'angolo della bocca.

La donna squadrò Ava e si accigliò. "Non dirmi che stai cambiando idea. "

"Cosa? No, io…"

"Abbiamo dimenticato a casa il mantello rosso." La nonna si mise di fronte ad Ava e rivolse alla donna un sorriso sicuro. "Ci stavamo chiedendo se per caso ne aveste uno da prestarci."

"Ha intenzione di indossare qualcosa, oltre al mantello?" La donna inarcò un sopracciglio aggressivamente spuntato. "Conoscete le regole. L'alberta deve restare coperta."

"L'alberta?" Ava si accigliò.

La donna autoritaria sollevò su di lei uno sguardo annoiato. "La vagina, la figa, la patata. Chiamala come ti pare."

Ava chiuse gli occhi e implorò in silenzio una morte rapida.

"Non c'è bisogno di preoccuparsi. Avvolgeremo la sua alberta in un bel pacchetto." La nonna gli diede un colpetto alla sua borsa. "Ho qui il suo tanga e dei copricapezzoli. È Cappuccetto Rosso, sa. Ci manca solo un mantello rosso."

"Affascinante." La donna si tolse la sigaretta dalla bocca arricciata con due lunghe dita. Esalò il fumo. Ava tossì e allontanò il fumo dal viso sventolando la mano.

La donna indicò l'angolo della stanza. "Guardate nell'armadio. Una ragazza si è vestita da vampiro, lo scorso Halloween, e credo che avesse un mantello rosso." Ava si incamminò in quella direzione, ma la voce brusca della donna la fece esitare. "Bada a rimetterlo a posto."

"Certo." Ava strinse gli occhi. Per chi diavolo l'aveva scambiata? Per una ladra di mantelli?

La nonna le si affiancò mentre lei cercava distrattamente in mezzo ai costumi. "Se n'è andata?"

"Sì. Mi ha dato questa liberatoria da farti firmare." La nonna le ficcò il foglio sotto il naso.

"Una liberatoria? Perché devo firmare una liberatoria?"

La nonna fece spallucce. "Così, se ti fai male, non farai causa al locale."

Ava si voltò e guardò l'anziana in viso. "Com'è che dovrei farmi male?"

"Così." La nonna indicò col dito una ballerina di passaggio, che indossava delle scarpe col plateau.

Ava arricciò il naso. "Quante ballerine si sono fatte male con quei tacchi?"

Una spogliarellista di passaggio si fermò di fronte a lei. "Solo questo mese, due ragazze si sono rotte un piede dopo essere scivolate sul palco. Voglio dire, persino la mia assicurazione non mi paga l'operazione all'alluce valgo." Tenendosi in equilibrio su una gamba sola, la spogliarellista sollevò una lunga gamba e ficcò il piede deforme in faccia ad Ava.

Lei spalancò gli occhi e si tirò indietro.

La spogliarellista si rimise composta e fece spallucce. "Se non firmi la liberatoria, non ti fanno ballare." Ciò detto, si allontanò sui suoi altissimi tacchi.

"Io non mi spoglio."

La nonna la ignorò e continuò a frugare fra le file e file di costumi. Si fermò e tirò fuori qualcosa di rosso. "Cosa ne dici di questo?"

Ava prese in mano la stoffa rossa e scosse la testa. "È un mantello, ma non ha il cappuccio." Indicò la stoffa lucida blu accanto al punto in cui la nonna aveva preso il mantello. "Probabilmente, si abbina al costume da Supergirl."

La nonna rimise a posto il mantello e continuò a cercare. Si fermò e tirò fuori un'altra cosa. "Ecco."

Ava attende di fronte a sé il lungo mantello rosso. "Non credo che il mantello di Cappuccetto Rosso fosse così lungo."

La nonna sbuffò. "Beh, è il meglio che abbiamo a nostra disposizione. E poi, c'è abbastanza stoffa per coprirti tutta mentre vai a cercare Jayden." La voce della nonna era quasi un sussurro.

Essere coperta suonava bene ad Ava. Sospirando, tese la mano alla nonna. "D'accordo. Dammi il resto del costume."

L'anziana sorrise mentre la sospingeva velocemente verso

un angolo privato coperto da un paravento. Ava si mise dietro il paravento e cominciò a cambiarsi.

"Hai finito?"

"Sei sicura che non potresti trovare qualcos'altro da mettermi al posto di questi copricapezzoli?" Ava abbassò lo sguardo sugli adesivi rotondi rossi che le coprivano i capezzoli. Annusò. Sapevano davvero di fragole.

"Non ti coprono i capezzoli?" La nonna fece capolino con la testa da dietro lo schermo.

Ava fece una smorfia. "Sì, me li coprono."

La nonna la guardò accigliata. "Allora qual è il problema?"

Ava strinse i denti. "Non coprono nient'altro. Sono completamente nuda." Ava tese le mani e abbassò lo sguardo. "Per non parlare del fatto che ho paura a camminare in questo tanga commestibile. Ho la sensazione che stia per rompersi tutte le volte che mi muovo."

La nonna sorrise. "Ti assicuro che non succederà. Anzi, quei tanga sono garantiti per non rompersi, non prima che qualcuno vi dia un morso."

"La cosa mi consola molto." Ava chiuse gli occhi e si massaggiò la tempia martellante.

"Tieni, prendi una di queste." La nonna le porse una mentina.

Ava la guardò con gli occhi stretti. "Cos'è? Arsenico?"

"Solo qualcosa che ti aiuta a rilassarti. Non preoccuparti. Ne prendo una tutte le volte, quando do un sex party." La nonna sorrise.

"Non è droga, vero?" Ava inarcò un sopracciglio.

"No. Non saprei nemmeno dove procurarmela." La nonna fece una pausa e si portò un dito alle labbra. "Anche se la mia amica Ester ha un nipote che spaccia. Probabilmente, lui potrebbe procurarmi della robba."

"Si dice roba, non robba." Ava fece una smorfia mentre

l'emicrania peggiorava. Rimise la pillola nella mano della nonna. "Non la prendo."

La nonna fece spallucce e rimise la pastiglia nella borsa.

"D'accordo, ecco il piano. Tu tieni le ragazze impegnate con quella tua roba commestibile e io andrò a cercare Jayden." Ava afferrò il mantello e lo usò per circondarsi come in una sorta di bozzolo.

"Buona fortuna." La nonna le strinse le braccia in segno di incoraggiamento prima di mettersi al centro della stanza. Dopo essersi portata due dita alle labbra, fischiò. Il suono stridente bloccò ogni movimento nella stanza mentre le ballerine si voltavano verso l'anziana.

"Ascoltate, ragazze. Vi ho portato le cose che avete ordinato al sex party!" Elettrizzate, le ragazze calarono sull'anziana come avvoltoi su una carcassa. Alcune delle ragazze non si radunarono al centro della stanza; si trattava palesemente di studentesse, venute per la serata dilettanti. Invece, colsero l'occasione per prendere posto agli ambiti mobili da toeletta e mettersi l'ombretto e il rossetto.

Aprendo la porta, Ava sbirciò fuori. Per fortuna, il corridoio era vuoto. Uscita furtivamente, si fece strada lungo il corridoio. La moquette era rosa e le pareti erano di un rosso profondo, con una cornice da soffitto dorata.

Ava si guardò alle spalle per assicurarsi che nessuno la stesse seguendo. Affrettati i passi, si fermò quando raggiunse la porta in fondo al corridoio.

Allungò la mano verso la maniglia, aspettandosi che fosse chiusa a chiave. Con suo sollievo, la maniglia girò. Aprendo lentamente la porta, Ava cercò a tentoni l'interruttore della luce sulla parete nella stanza buia. Quando le sue dita sfiorarono la punta di plastica, lei trattenne il fiato e premette l'interruttore.

Ebbe un tuffo al cuore. Legato a una sedia in un angolo della stanza c'era Jayden, la testa che gli penzolava sul petto. I suoi capelli biondi erano impastati di sangue uscito dai punti in cui lo avevano percosso. Le sue braccia, coperte di lividi e tagli, erano legate dietro la schiena, mentre le sue gambe erano legate alla sedia.

Ava fece un passo avanti, Jayden sollevò di scatto la testa, e fu allora che lei vide il suo viso. L'occhio destro dell'uomo era talmente gonfio da essersi chiuso e il sinistro era aperto a malapena. La guardò con un odio talmente intenso che le fece venire fisicamente mal di stomaco.

Deglutendo a fatica, Ava sollevò una mano e si tolse il cappuccio. "Jayden, sono io, Ava. Sono venuta con la nonna a liberarti."

Gli occhi dell'uomo passarono dall'odio alla confusione al sollievo mentre lei si avvicinava. "Ava, devi andartene subito. Ti stanno cercando."

Inginocchiandosi ai suoi piedi, Ava mise una mano nella grossa borsa di plastica e tirò fuori un coltello. "Lo so. Non sono sola. Damon è là fuori nel club e la nonna è con le spogliarelliste."

Jayden voltò di scatto la testa verso di lei. "Damon ha permesso a te e alla nonna di venire?" Strinse i denti e scosse la testa. "Io lo prendo a calci."

Ava gli rivolse un sorrisetto. "Non è stato lui a portarci." Abbassò la testa e cominciò a sfregare rapidamente il coltello contro le spesse corde.

"Non sa che siete qui." La voce di Jayden aveva un suono stranamente vuoto.

"Non lo saprà fino a quando non saremo a casa, hai capito?" Ava liberò le gambe di Jayden e si mise al lavoro per liberargli anche le mani.

Quando l'ultimo filo si strappò, lei si alzò.

"Porca miseria." L'occhio buono di Jayden passò lo sguardo sul suo corpo nudo.

"Non dire niente." Ava si acciglió e si avvolse il mantello attorno al corpo.

Jayden riuscì a sfoderare un sorriso sghembo. "Cosa dovresti essere?"

"Cappuccetto Rosso. Credimi, colgo l'ironia." Ava scosse la testa. "Senti, dobbiamo portarti via da qui." Aprendo la porta di uno spiraglio, Ava sbircó fuori. "Usciremo dalla porta sul retro."

Jayden sbuffò. "Il buttafuori che fa la guardia alla porta sul retro non mi lascerà uscire. È lui lo stronzo che mi ha ridotto così."

"Beh, non puoi uscire dall'ingresso principale." Ava lo guardò. Jayden si appoggiava alla parete, il dolore inciso in ogni lineamento. Lei si voltò a guardare il pavimento, facendo scorrere il mantello rosso fra due dita, sentendosi in trappola. Come avrebbe fatto a portare fuori Jayden?

Sollevò di scatto la testa, atteggiando la bocca in un gran sorriso.

Jayden si acciglió. "Cosa c'è?"

"Mi è venuta un'idea."

# CAPITOLO TREDICI

*D*amon si sedette lentamente sullo sgabello d'angolo al bar, badando a non urtare la spada contro la sbarra metallica che correva sotto il bancone, per evitare di produrre un suono metallico. Il bar non era affollato come i tavoli, ma dovette comunque aspettare che Braxton finisse di servire da bere prima che il barista si dirigesse verso di lui.

"Cosa posso servirti?" Braxton gli rivolse un lieve cenno del capo mentre passava lo straccio sul bancone, osservando e soppesando chiunque si trovasse nei paraggi.

"Solo una birra." Damon cercò a tentoni il sacchetto di plastica che portava alla vita e lo prese in mano di nascosto, in attesa dell'occasione per passarlo al barista.

Braxton prese un boccale dallo scaffale, lo mise sotto la spina e lo riempì. Lo fece scivolare verso Damon, che bevve un sorso.

"Consideralo offerto." Braxton continuò a muovere in cerchio lo straccio, pulendo condensa e birra versata invisibile. "Ho sentito dire che hai bisogno di una bevanda speciale."

247

"Qualcosa del genere." Damon appoggiò la mano appiattita sul balcone, nascondendo il sacchetto che teneva nel palmo. Fece scivolare la mano vicino al tovagliolo accanto al suo boccale. Una fredda mano femminile sul collo lo fece immobilizzare.

"Ho finito," mormorò sensualmente la spogliarellista vicino al suo orecchio.

"Lo vedo." Damon voltò il viso verso di lei e la ragazza fece scivolare la mano libera verso il suo inguine.

"Sei pronto?" La donna sporse le labbra in un'espressione sexy.

"Prima devo avere la mia birra." Damon costrinse un sorriso interessato ad apparire sulle sue labbra. Accennò col capo a Braxton. "Posso offrirti da bere?"

"Sto lavorando. Non dovrei bere." La spogliarellista lanciò un'occhiata nervosa a Braxton, come se si aspettasse che questi la rimproverasse.

"E se ti offrissi una Red Bull?" chiese Damon.

La ragazza si voltò verso di lui e le sue labbra piene si curvarono verso l'alto. "Certo. Bella carica, mi raccomando." Ammiccò.

Damon attirò l'attenzione di Braxton e ordinò una Red Bull mista a vodka. Braxton annuì e abbandonò lo straccio per mescere l'intruglio.

La spogliarellista avvolse le braccia attorno al braccio di Damon come un boa constrictor.

"Perché non ti assicuri che la nostra stanza sia vuota fra cinque minuti circa?" Damon mise la mano libera attorno alla vita della spogliarellista. Finalmente, lei obbedì. Quando riportò la sua attenzione sul bar, notò lo straccio di Braxton sul bancone.

Sollevata la birra, bevve un lungo sorso. Mentre rimetteva il boccale sul bancone, avvicinò lo straccio e infilò sotto di esso il sacchetto di plastica. Non appena ebbe tolto la mano, quella di Braxton calò sullo straccio, trascinandolo verso di lui e sotto il bancone con un movimento agile.

"Ecco il tuo drink." Braxton spinse la Red Bull e vodka verso di lui. "Assicurati che Cindy dia al buttafuori il suo." Braxton gli passò un altro drink per il buttafuori.

Damon si accigliò. "Chi è Cindy?"

"Cindy è la tua spogliarellista." Braxton non fece nemmeno lo sforzo di nascondere un sorriso.

"Non è la mia spogliarellista," ringhiò Damon.

* * *

AVA RIUSCÌ A PROCURARSI un altro mantello rosso dal camerino delle spogliarelliste e tornò in ufficio senza essere vista.

"Tieni. Metti questa." Lanciò la stoffa rossa verso Jayden prima di tornare a fare il palo, sbirciando attraverso la porta socchiusa che dava sul corridoio.

Si guardò alle spalle e vide Jayden col mantello rosso che gli copriva le enormi spalle. Sebbene gli coprisse il viso e il torso, il mantello non poteva certo nascondere le sue gambe muscolose.

"Merda. Mi sa che non funziona. Sembri una drag queen."

"Devo solo ingannare il buttafuori. Non devo sembrare figa come te."

Ava si prese il labbro inferiore fra i denti. "Hai ragione." Il suo sguardo incrociò quello dell'uomo. "Sei pronto?"

Jayden annuì leggermente. Ava sapeva che, se avessero atteso ancora un po', l'uomo non avrebbe avuto la forza per uscire dalla porta.

Ava recuperò la borsa di plastica bianca della nonna e ci guardò dentro. Le sue labbra si schiusero leggermente, per poi curvarsi in un ampio sorriso. "A dire il vero, ci basta solo uscire dalla porta sul retro."

Voltandosi, sbirciò dallo spiraglio. Spalancata la porta,

fece a Jayden il segnale del via libera. Quando uscì nel corridoio vuoto, lui era alle sue spalle. L'uomo le mise la mano di fronte, impedendole di proseguire.

"Devo andare io per primo." Nonostante le condizioni in cui era, Jayden era ancora protettivo.

Non volendo calpestare la sua virilità, Ava lo prese sottobraccio. "Andremo insieme." L'uomo strizzò gli occhi mentre le sue labbra si stringevano in una linea sottile di ribellione. Ava si affrettò ad aggiungere: "Ci mimetizzeremo meglio, così. Di solito, le ragazze camminano fianco a fianco."

L'indecisione si rifletté negli occhi dell'uomo mentre questi meditava sulla logica di Ava. Il suo volto si rilassò leggermente quando le rivolse un breve cenno del capo, per poi coprirsi il viso col cappuccio.

Ava si tenne stretta a Jayden, non tanto per paura, quanto per dargli sostegno. L'uomo zoppicava a ogni passo e, quando lei sollevò lo sguardo sul suo viso, lo vide che serrava la mascella, inghiottendo il dolore.

Erano quasi arrivati all'uscita quando la porta del camerino si spalancò.

Rimasero di sasso.

Il cuore di Ava precipitò e lei era sicura che non avrebbe mai ripreso a battere.

La nonna uscì in corridoio.

Ava prese fiato e si passò una mano sul cuore, per assicurarsi che stesse ancora funzionando. "Merda, nonna, mi hai spaventato."

"Ava, io…" L'anziana lasciò la frase in sospeso mentre il suo sguardo passava sulla figura coperta che era Jayden. "Mio Dio."

"Sto bene, nonna," mormorò Jayden, che tuttavia non sollevò il cappuccio. La nonna avvicinò la mano al suo viso celato, ma lui la afferrò. "Non è niente. Guarirà."

"Dobbiamo portarlo subito via da qui." Ava si guardò alle

spalle, assicurandosi che fossero ancora soli in corridoio. "Usciremo dal retro."

"E il buttafuori?" La nonna rivolse la domanda ad Ava, ma tenne lo sguardo fisso su Jayden.

"Terremo Jayden coperto. Se il buttafuori dovesse fermarci, useremo il ferro che hai nella borsa." Ava restituì la borsetta alla nonna.

Jayden sollevò di scatto la testa e il cappuccio rosso scivolò di lato, scoprendogli il viso. "Hai una pistola? Cristo, nonna, come hai fatto a procurarti una pistola?"

La nonna sussultò alla vista del volto percosso di Jayden.

Ava fece una smorfia di sofferenza e coprì nuovamente il viso di Jayden col cappuccio. "Non ha una pistola. Ha un taser."

"Chi diavolo ti ha dato un taser?"

Tamponandosi l'umidità agli angoli degli occhi, la nonna gli rivolse un'occhiata severa. "A una delle ragazze al mio ultimo sex party mancavano cinquanta dollari per pagare il suo ordine. Così, abbiamo fatto un baratto."

"Per un taser?"

La nonna si strinse nelle spalle. "Ha detto che aveva bisogno di un vibratore più che di un taser. La povera ragazza non usciva con nessuno da un anno." La nonna aggrottò le sopracciglia. "Non ho avuto il cuore di dirle che l'unico modo che avrebbe per farsi aggredire sarebbe tenere un sacchetto in testa. E anche così, qualche dubbio rimane. Non praticava assiduamente l'igiene personale."

"Non usava il deodorante?" Ava arricciò il naso.

"Non si radeva."

"Le gambe?"

"Niente. Né le gambe, né le ascelle, né la fagiana."

"Cristo, volete smetterla di parlare di vibratori e di fagiane? È una tortura peggiore di quella a cui mi hanno sottoposto," sibilò a denti stretti Jayden.

"Ecco, dammi la borsetta." La nonna infilò la mano nella borsa e ne tirò fuori un taser rosa.

"Dallo a me." Jayden tese la mano. "Vado io per primo. Così, posso taserargli il culo prima che gli altri si rendano conto di quello che sta succedendo."

Mentre la nonna usciva dalla porta con Jayden nascosto da un cappuccio rosso, una grossa mano si serrò sulla spalla di Ava. Il cuore le balzò nella gola mentre incrociava lo sguardo degli occhi saggi della nonna. Sapeva cosa fare.

Ava sbatté la porta alle spalle dei due, privandosi della libertà ma assicurando la loro.

"Cosa ci fai qui?"

Ava si voltò lentamente, stringendo il mantello nelle mani chiuse a pugno. Arricciò il naso e le vennero le lacrime agli occhi di fronte all'orribile odore di uova marce che emanava il costume da castoro.

"Ti ho chiesto…" L'enorme castoro puzzolente si fermò e si voltò quando due voci rumorose risuonarono alle loro spalle.

"Che diavolo sta succedendo?" Due uomini robusti riempirono il corridoio mentre passavano lo sguardo fisso fra Ava e il castoro.

Ava ebbe un sussulto e il suo stomaco si contrasse così forte che fu sicura che il suo pranzo stesse per fare la sua ricomparsa. A meno di due metri di fronte a lei stavano i suoi rapitori. Stringendo il cappuccio, Ava vi si nascose dentro, sperando che la luce soffusa nel corridoio avrebbe impedito agli uomini di riconoscerla.

Costringendosi a rimanere in piedi, parlò. "Sono qui per la serata dilettanti." Con la coda dell'occhio, vide la testa del castoro voltarsi di scatto nella sua direzione. "Mi sono persa mentre cercavo il palco."

"Il palco è da quella parte." Il più giovane dei due indicò col pollice oltre la propria spalla robusta.

"Grazie." Stringendosi il mantello addosso, Ava li oltrepassò. Qualcuno allungò una mano e la fermò. Porca troia. Era arrivata troppo lontano per essere catturata.

"Senti, dolcezza, cos'è che saresti tu?" Il fiato rancido dell'uomo le zampettava addosso come uno sciame di ragni e lei non riusciva a smettere di tremare.

"Cappuccetto Rosso." Ava rimase sconvolta nell'udire la calma nella sua voce.

"Carino." L'uomo la lasciò andare e le diede uno schiaffo sul sedere. Lei affondò le dita nei palmi delle mani, rifiutandosi di cedere all'impulso di voltarsi e dargli un pugno nelle palle. Mettendo un piede davanti all'altro, si costrinse a camminare lungo il corridoio e verso il palco.

* * *

BARRETT GUARDÒ AVA che si allontanava, assicurandosi che fosse fuori dai piedi prima che la situazione andasse a puttane. Sapeva che la donna era venuta a salvare Jayden, ma facendolo si era messa in pericolo. Ora lui avrebbe avuto due persone da salvare.

"E tu cosa diavolo saresti?" ringhiò uno degli uomini.

Barrett riportò l'attenzione sui due grossi lupi rossi che aveva di fronte. Aveva sentito l'odore della paura di Ava e aveva capito che lei li aveva riconosciuti come i propri rapitori.

"È un castoro."

"È un castoro puzzolente." Il più anziano dei due si fece aria al viso.

"Voi due non avete un odore molto migliore." Era la verità: i lupi rossi avevano un loro odore particolare, un incrocio fra l'orina di gatto e il muschio.

Il lupo più giovane partì all'attacco. Barrett sferrò un colpo e il suo pugno peloso incontrò la mascella del lupo rosso incazzato. Il lupo indietreggiò barcollando, sbattendo la schiena contro il muro. Il suo sguardo frastornato incrociò quello di Barrett per una frazione di secondo, poi gli si chiusero gli occhi mentre i piedi gli scivolavano via da sotto. Cadde lungo la parete come uno spaghetto bagnato.

"Non sei stato molto carino." Il lupo rosso più anziano rizzò il pelo e avanzò lentamente.

Barrett tolse la testa del costume. "Avresti dovuto tenere a bada il tuo ragazzo." La testa del castoro atterrò sul pavimento con un tonfo.

Il lupo rosso ringhiò, allungò una mano dietro la schiena ed estrasse una pistola. Barrett fu più veloce. Gettò tutto il proprio peso contro il lupo. Atterrarono in un mucchio sul pavimento. Mentre il lupo rosso era occupato a cercare di riempirsi i polmoni, Barrett afferrò la pistola e se la gettò alle spalle.

"Stronzo." Barrett sferrò un cazzotto al volto dell'uomo, facendogli perdere conoscenza.

Lo scricchiolio della porta d'acciaio lo spinse a cercare velocemente la pistola. Balzando in piedi, puntò l'arma contro la porta proprio mentre tre grossi mannari entravano di corsa.

Zane, Lucien e Jaxon si fermarono immediatamente quando videro che lui stava puntando contro di loro una pistola.

"Che succede? Capo?" Jaxon sollevò la testa in un cenno di saluto, mentre Lucien e Zane passavano lo sguardo sul corridoio, in cerca di guai. La nonna si fece largo attraverso il muro di uomini e muscoli.

"Merda." Barrett abbassò la pistola. "Nonna. Cosa ci fai qui?"

La nonna contrasse le labbra. "Porto via il mio ragazzo."

Zane si acciglò, quindi guardò Barrett. "Siamo arrivati proprio mentre Jayden e questa qui," disse, indicando col pollice la nonna, "cercavano di taserare la guardia fuori dalla porta. Sono riusciti solo a farla incazzare. Abbiamo pensato noi a lui."

"Il perimetro è sicuro. Abbiamo disposto dei Guardiani tutto attorno all'edificio, ma abbiamo visto parecchi lupi fuorilegge entrare dall'ingresso. Non sappiamo esattamente quanti siano." Jaxon fece spallucce.

"Quanti Guardiani siamo riusciti a infiltrare?" chiese Barrett.

"Mezza dozzina, noi esclusi." Lucien sogghignò. "Mi pare uno scontro equo."

"Sì, per gli altri." Zane indicò la nonna col pollice. "Le ho detto di stare con Jayden, ma non le piace ascoltare."

Già. Barrett scosse la testa. "Nonna, devi uscire da qui prima che quella gente si accorga che Jayden non c'è più."

"Non posso andarmene senza Ava." La nonna sollevò il mento. "Dov'è, comunque? Indossava un costume da Cappuccetto Rosso."

Barrett si immobilizzò. Ava con un costume da spogliarellista e Damon in mezzo alla folla. Non era una bella combinazione. Lui non sarebbe mai riuscito a raggiungere la donna prima che Damon la vedesse.

Infilata una mano nella tasca dei jeans, tirò fuori il cellulare e chiamò Braxton.

Non appena l'altro rispose, Barrett disse: "Immobilizza Damon, subito."

\* \* \*

"MA CHE CAZZO?" Damon strattonò la manetta di pelo rosa che Braxton gli aveva chiuso attorno al polso. L'altra estremità era saldamente legata alla sbarra metallica del bar.

"Scusa, amico. Ordine di Barrett." Braxton sollevò le mani

e fece un abbondante passo indietro proprio mentre Damon cercava di afferrarlo.

"Barrett?" Damon strinse i denti, il terrore che scorreva libero nel suo ventre. "Barrett mi voleva ammanettato? Perché?"

Braxton sollevò i palmi delle mani e fece spallucce. "Non lo so, amico. Ha detto solo di immobilizzarti. "

"E tu hai scelto di immobilizzarmi con delle manette di pelo." Damon strattonò il metallo che lo intrappolava. Chi avrebbe mai pensato che delle manette che sembravano fatte di zucchero filato fossero così robuste.

"Erano l'unica cosa che avevo a disposizione."

"Non voglio nemmeno sapere perché tu abbia delle manette di pelo rosa." Damon guardò il barista con gli occhi stretti. "Mi sembravi più il tipo da pelo blu."

"Cretino. Non sono mie. Le hanno trovate in giro."

"Sì, come no." Damon guardò sotto al bancone. La sbarra era un pezzo unico che correva lungo tutto il bar, invece di una serie di pezzi collegati insieme. Raddrizzandosi, Damon fulminò Braxton con lo sguardo.

Braxton spinse un bicchierino di whiskey nella sua direzione, dopodiché si allontanò di scatto fuori dalla sua portata. "Tieni. Tanto vale che tu beva qualcosa mentre sei bloccato qui."

"Che sta succedendo?" Damon passò lo sguardo nella sala affollata, l'ansia che gli strisciava nello stomaco. Prese fiato mentre la stanza cominciava a rimpicciolirsi. Un tizio ubriaco con indosso un costume da medico barcollò e gli andò a sbattere contro la spalla. Damon perse la calma e ringhiò. Il dottore si affrettò a raddrizzarsi, borbottò una scusa e si allontanò velocemente.

"Non ne sono sicuro." Il sorrisetto di Braxton gli scivolò via dal viso quando il suo sguardo si posò sul palco princi-pale. Damon voltò la testa per seguire lo sguardo di Braxton.

Il suo si posò sulla spogliarellista dalle gambe lunghe che indossava un mantello rosso, il cui cappuccio le oscurava il viso. Il suo corpo prese vita in un istante e il suo membro si indurì a velocità sconvolgente.

Stringendo i denti, Damon si costrinse a distogliere lo sguardo. Era sconvolto dalla reazione del suo corpo e il senso di colpa gli colmò il petto. Nessuna donna aveva mai esercitato un simile controllo sul suo corpo. Nessuna, tranne la sua Ava.

Le narici di Damon fremettero mentre la ballerina si incamminava verso il palo al centro del palco. Le sue lunghe gambe facevano capolino a ogni passo da sotto il mantello rosso sangue. Il cappuccio abbinato le circondava il viso e solo i suoi lunghi capelli neri fuoriuscivano dalla stoffa che copriva tutto il resto.

Una canzone dei Nickleback riecheggiava martellante dagli altoparlanti e i movimenti lenti della spogliarellista seguivano ciascun battito sensuale. Lentamente, la donna rilassò la presa dalle nocche sbiancate sulla stoffa rosso sangue. Il DJ la presentò come Cappuccetto Rosso.

Il mantello svolazzò via dalla coscia di Ava, facendo indurire il membro di Damon.

"Sei pronto per la tua lap dance, dolcezza?" Cindy la spogliarellista si mise in mezzo alle sue gambe. Damon si ritrasse; il violento odore nauseabondo della spogliarellista lo faceva stare male. Damon non riusciva a distogliere lo sguardo dalla spogliarellista sul palco. Sebbene non potesse vedere i suoi occhi, aveva la sensazione che lo stesse fissando.

Cappuccetto Rosso sollevò una mano e si tolse il cappuccio.

L'aria fuggì dai polmoni di Damon e la sua bocca si spalancò. Il suo membro, già duro, ebbe un guizzo mentre lussuria liquida scorreva calda come lava in ogni cellula del suo corpo.

"Ehi, Cappuccetto Rosso, te lo do io il cesto per la nonna." Damon voltò di scatto la testa verso il gruppo di studenti universitari che si affollavano a bordo del palco, sventolando banconote da un dollaro e gridando volgarità ad Ava. La sua Ava.

Col cazzo.

Damon balzò in piedi, pronto a fare a pezzi quei soldi di cacio. Il dolore gli esplose nel polso quando la manetta lo trattenne. Abbassando lo sguardo sullo strumento di contenimento, ringhiò. "Cazzo!"

"Ehi, tesoro, anche quello lo prendo volentieri." Cindy gli passò la mano lungo il petto, scendendo oltre la vita e fino all'inguine, dove lo afferrò. "Santo cielo, sembrerebbe che tu sia pronto per me."

Damon fece una smorfia e allontanò di scatto la mano della ragazza.

Udì un suono, un ringhio così basso che solo un altro lupo poteva percepirlo. Sapeva chi era a emetterlo. Solo che, questa volta, non si trattava di un verso maschile. Era un verso femminile.

Era Ava.

* * *

Di fronte al palo, Ava sostenne lo sguardo di Damon attraverso la stanza affollata. Come poteva lui permettere che quella poco di buono di una spogliarellista lo toccacciasse tutto?

L'espressione sconvolta che attraversò il viso dell'uomo quando lei si tolse il cappuccio fu inestimabile. All'inizio, lei pensò che l'odore di eccitazione proveniente dall'uomo fosse dovuto a lei. Poi, vide che la spogliarellista lo stava praticamente montando a secco.

Tenendo lo sguardo su di lui, Ava tirò il laccio che aveva

al collo, lasciando che il mantello le scivolasse dalle spalle come pioggia e si accumulasse ai suoi piedi. Esclamazioni e apprezzamenti riecheggiarono al di sopra della canzone su cui lei stava ballando. Aveva avuto paura quando era salita sul palco, ma dopo aver guardato Damon con quella maledetta spogliarellista, la rabbia sostituì qualunque paura lei avesse provato all'idea di togliersi i vestiti.

Si passò lentamente le mani sui seni e fra le cosce mentre ballava al ritmo seducente della musica. Voltandosi, si mise di fronte al palo e si chinò, assicurandosi di mettere in mostra ogni singolo centimetro del sedere. Sapeva che il tanga non nascondeva nulla.

Udì il ringhio di Damon al di sopra del rumore della folla. Sorrise soddisfatta. Ottimo. Era ora di dargli un assaggio della sua medicina.

Raddrizzandosi, Ava si voltò verso la folla. Sollevando le mani e afferrando il palo, balzò e vi avvolse le gambe attorno. Piegandosi all'indietro fino a ritrovarsi a testa in giù, si accarezzò i seni e scivolò lentamente dal palo in un movimento controllato.

Arrivata in fondo, rotolò carponi e gattonò fino al bordo del palco, verso un gruppo di giovani studenti. Non guardò Damon. Non era necessario. Udì il suo ringhio violento al di sopra della musica; il suono le fece rizzare i capelli sulla nuca.

"Salve, ragazzi." Appoggiando le ginocchia e raddrizzando il busto, Ava sorrise ai ragazzi mentre si scostava il tanga con il pollice per consentire loro di infilarvi dei soldi. "Non mordo. Non troppo forte."

Uno dei ragazzi deglutì, lo sguardo fisso sul suo seno. Ava resistette all'impulso di dargli un pugno in gola.

Il ragazzo le infilò le dita nella vita del tanga, assieme a un paio di banconote da un dollaro. "Piccola, sei la cosa migliore che io abbia visto sul palco questa sera."

"Grazie." Ava si morse la guancia, cercando di trattenersi dal mandarlo affanculo.

"Che ne dici se io e i miei amici ti offriamo da bere?"

"No, grazie. Non posso bere sul lavoro, sai."

"Magari questo ti aiuterà." Il ragazzo mostrò una banconota da cento dollari e gliela infilò nella vita delle mutandine commestibili.

Ava si tirò indietro per gettarlo a terra quando l'inconfondibile ruggito di un lupo, un rumore di legno rotto e lo stridio del metallo che si piegava raggiunsero le sue orecchie.

Tirò indietro la gamba appena in tempo, perché una bottiglia di birra si infranse sul palco e una serie di risse scoppiarono all'interno del club. Due uomini robusti fecero per afferrarla, ma invece la fecero cadere all'indietro verso il centro del palco. Poi, si scatenò l'inferno.

Gli uomini della sicurezza corsero da tutte le parti, nel tentativo di dividere e contenere le risse, ma per ogni scontro sedato ne scoppiavano tre. Le donne gridavano e le spogliarelliste si buttarono a terra per raccogliere i soldi che si erano sparsi sul pavimento.

Ava si alzò e poi si chinò, schivando una sedia volante. Accovacciandosi, si guardò attorno, fino a posare lo sguardo sul gruppo di studenti universitari. Damon era in mezzo a loro che faceva volare i pugni, con qualcosa di rosa e argentato che penzolava da uno dei suoi polsi mentre percuoteva i ragazzi.

Senso di colpa e rammarico la travolsero. Non appena le avevano messo le mani addosso, Damon se l'era presa con loro. Il suo stomaco fu strattonato dal rimorso. Aveva spinto Damon a combattere. Ora, lui avrebbe potuto rimanere ferito.

Damon aveva messo a terra due dei ragazzi ed era al lavoro sugli altri tre. Ava si accigliò quando vide un altro tizio arrivargli alle spalle, con un coltello luccicante in mano.

Dopo essersi tolta una scarpa col tacco, Ava si avvicinò e la lanciò contro la testa dello stronzo. La scarpa lo colpì dritto al viso prima di rimbalzare. Un'espressione confusa attraversò il volto dell'uomo, prima che questi cadesse a terra e collassasse.

Lanciata un'occhiata a Damon, Ava si immobilizzò. L'uomo aveva steso il gruppo di studenti come un ventaglio attorno a sé e la stava fissando duramente, la rabbia che gli irradiava dagli occhi.

"Ava, cosa diavolo ci fai qui?" La voce dell'uomo risuonava più forte del rumore di lotta all'interno del club.

Gelosia e rabbia crepitarono come elettricità nelle vene di Ava. "Io? Che mi dici di te, Spartaco, con quella cazzo di spogliarellista?"

Damon spiccò un balzo, atterrando con grazia sul palco come un animale letale. Chinatosi, sollevò da terra il mantello di Ava e glielo avvolse attorno, fino a quando non rimasero visibili solo la sua testa e i suoi piedi.

"Come diavolo ti è venuto in mente di venire qui stasera?"

Gli occhi dell'uomo erano come fuoco azzurro, caldi e furiosi.

"Sono venuta per aiutare a liberare Jayden." Ava fece un sorrisetto, inclinando la testa di lato. "E l'ho fatto."

Lo sguardo torvo abbandonò gli occhi di Damon. "Cos'è che hai fatto tu?"

"La nonna e io abbiamo già liberato Jayden. Passando per la porta sul retro."

"Sta bene?"

Lei annuì. "È tutto pesto, ma se la caverà."

"E tu sei rimasta perché sentivi il bisogno di sculettare sul palco e farti palpeggiare?" Lo sguardo torvo di Damon era tornato.

"Se la smetti di fare lo stronzo per cinque minuti, posso

spiegarti cos'è successo." Ava serrò la mascella talmente forte da farsi dolere la guancia.

"È nella mia natura fare lo stronzo, tesoro." Damon se la buttò in spalla.

Dalla posizione rovesciata in cui si trovava, Ava vide tre grossi uomini correre nella direzione di Damon. Capì, dalla loro stazza, che erano licantropi.

"Cosa ci fate qui voi, Zane?"

"Ci ha chiamati Barrett. Abbiamo Guardiani tutto intorno al perimetro e qualcuno anche dentro. Jayden è fuori. Ti apriamo la strada in modo che tu possa portare fuori la femmina," rispose quello di nome Zane.

"Mettimi giù. Ce la faccio a camminare." Ava percosse la schiena muscolosa di Damon, che la ignorava e correva verso l'uscita, schivando pugni e bottiglie di birra mentre la folla continuava a scontrarsi col sottofondo musicale di *My Humps* dei Black Eyed Peas.

Aprendo la porta d'ingresso con una spallata, Damon uscì nella notte. Ava aspettò che lei rallentasse e la rimettesse a terra.

Damon non lo fece. Invece, corse verso un Hummer.

Dopo essersela tolta di spalla, Damon la appoggiò al veicolo.

"Sali dietro, chiudi la portiera a chiave e sdraiati. Io torno a prendere Barrett."

Ava si accigliò. "Barrett è dentro? Non lo avevo visto."

"Non lo riconosceresti mai col costume che indossa."

Mentre saliva sui sedili di cuoio, Ava rabbrividì mentre la notte ottobrina le penetrava nelle ossa. Si strinse il mantello attorno. "Che costume indossava?"

"Un costume da castoro."

Ava si immobilizzò. "Era lui quello?"

Damon voltò di scatto la testa verso di lei. "Lo hai visto? Dove?"

"Sul retro, dove ho visto due dei miei rapitori."

Damon infilò una mano sotto il sedile del guidatore, tirando fuori una pistola molto grossa che si infilò nella vita del costume da Spartaco. "Resta qui. Torno subito."

Ava non ebbe il tempo di fermarlo. Damon attraversò di corsa il parcheggio e girò attorno all'edificio, tornando nel pericolo.

Lo stomaco di Ava si contorse, i muscoli momentaneamente paralizzati all'idea di ciò che sarebbe potuto accadere. Deglutendo il nodo che aveva alla gola, costrinse le sue dita a premere il pulsante che bloccava le portiere, dopodiché si raggomitolò in posizione fetale sul sedile posteriore.

* * *

DAMON SVOLTÒ l'angolo dell'edificio. Un fiume di spogliarelliste urlanti si stava riversando fuori dalla porta sul retro, calpestando qualcosa di molto grosso che giaceva a terra. Mentre si faceva largo verso l'uscita, Damon si fermò. Un buttafuori giaceva riverso a terra, completamente immobile.

Damon diede al buttafuori un calcio con la punta dello stivale, aspettandosi che sobbalzasse. Il buttafuori non si mosse. Chinandosi, Damon notò un grosso segno rosso sul suo collo. Più o meno delle dimensioni di uno storditore.

Damon scavalcò l'uomo. Entrato nell'edificio, lanciò un'occhiata lungo il corridoio. Uno scoiattolo senza testa stava spaccando culi a destra e a manca.

Barrett schivò un colpo e ricambiò pan per focaccia. Il tizio che colpì prese il volo e andò a sbattere contro un muro. Altri due buttafuori entrarono di corsa nel corridoio, dei coltelli in mano.

Damon si gettò nella mischia. Sbalzò con un calcio il coltello dalla mano di uno degli uomini e si voltò, prendendosela con l'altro. Afferrata la mano del tizio, la torse.

L'uomo gridò e lasciò cadere il coltello. Damon mollò la presa nell'udire il suono nauseabondo dell'osso che si rompeva. Il tizio rovinò a terra, si afferrò il braccio e pianse come una fighetta.

Barrett era in piedi in mezzo a un mucchio di guardie riverse a terra.

"Hai portato fuori Ava?" Barrett si guardò alle spalle mentre si incamminava verso quella che pareva la porta di un ufficio.

"Sì. Mi pare di capire che fosse lei il motivo per cui mi hai fatto ammanettare al bancone da Braxton," ruggì Damon mentre Barrett spalancava la porta. Legato a una sedia e imbavagliato c'era David Jenkins in persona.

"Non volevo che tu facessi una scenata e attirassi l'attenzione su di te prima che io mettessi nel sacco Jenkins." Barrett infilò l'enorme piede da castoro in mezzo alle gambe di Jenkins e spinse, facendo a volare la sedia contro il muro. Lo scaffale sopra la testa di Jenkins tremò. Un vaso di vetro cadde dallo scaffale, colpendo l'uomo in testa.

Jenkins gemette. I suoi occhi rientrarono nella testa mentre le sue palpebre si chiudevano.

Barrett tirò fuori una chiavetta e la infilò nel computer, digitando qualcosa.

"Ava ha fatto scena da sola, girando praticamente nuda."

"Non era nuda. Aveva i copricapezzoli e un tanga." Barrett estrasse la chiavetta dal computer e fece per mettersela in tasca. Si acciglò nel rendersi conto che il costume da castoro non aveva le tasche.

Damon afferrò Jenkins per il collo della camicia, trascinando lungo il corridoio verso l'uscita, affiancato da Barrett. "Sarà meglio per te che tu non abbia guardato Ava."

Jenkins gemette. Risvegliandosi, cominciò ad agitarsi come un gatto ficcato in un sacco.

Tenendo lo sguardo su Barrett, Damon si fermò e sferrò un pugno al viso di Jenkins. Questi si immobilizzò.

"Come avrei potuto non guardare? Era di fronte a me prima di salire sul palco." Barrett aprì la porta di uscita e afferrò Jenkins per le gambe mentre Damon lo afferrava per le ascelle. Si incamminarono verso l'Hummer.

Lui strinse i denti così forte da farsi scrocchiare la mascella. Dopo aver lasciato cadere il pesante pacco a terra, Damon fece scattare la serratura del veicolo e aprì il bagagliaio.

"Ava, siamo noi." Damon e Barrett buttarono Jenkins nel bagagliaio come un tappeto.

La testa di Ava fece capolino da sopra il sedile. "Chi è quello?"

"Jenkins. Si è lanciato nella rissa mentre io inseguivo quei due lupi rossi." Barrett si sedette al posto di guida. Damon prese posto sul sedile del passeggero.

"Lupi rossi?" Damon lanciò un'occhiata a Barrett e serrò i pugni.

"I miei rapitori." Ava si mise seduta e si allacciò la cintura.

"Sono scappati, abbandonando Jenkins." Barrett sbuffò. "Io l'ho legato per poterli inseguire, ma sono arrivati quelli della sicurezza."

"Non abbiamo i rapitori di Ava."

"Abbiamo il capobanda che ha orchestrato il rapimento. Sono sicuro che gli altri si siano nascosti." Barrett accennò col capo alle proprie spalle. "Soprattutto, con l'aiuto di Jayden, abbiamo trovato Haley."

"Sta bene?" chiese Ava.

"È tutto a posto." Barrett uscì dal parcheggio.

"Jenkins comparirà di fronte al Tribunale per ciò che ha fatto." Damon ringhiò ferocemente quelle parole.

"Quale Tribunale? Dove stiamo andando? A casa della

nonna?" Nello specchietto retrovisore, Damon guardò Ava sporgersi in avanti.

"Voi due vi fermerete in un albergo per questa notte, mentre io riporto questo stronzo a Little Rock. Potrete tornare a casa domani mattina," disse Barrett.

"E Jayden e la nonna?" Ava si accigliò.

"Ho mandato alcuni guardiani a prendersi cura di Jayden. Dopo che avranno verificato le sue condizioni, porteranno lui e la nonna in Arkansas per il Tribunale."

"Non sono abituata a essere lupo, ricordi?" Ava inarcò le sopracciglia all'indirizzo di Barrett. "Cos'è il Tribunale?"

"È come un processo. David Jenkins verrà portato di fronte al Branco dei Lupi e dovrà rispondere per i suoi crimini." Barrett lanciò un'occhiata ad Ava.

"E pagherà col sangue," sibilò Damon, sperando che sarebbe stato lui a fare giustizia.

* * *

Barrett li lasciò in un motel alla periferia di Shreveport. Pur essendo vecchio, con pannelli di legno scuro e una moquette pelosa, l'albergo era pulito. Ricordava ad Ava quello in cui erano stati la sera in cui Damon l'aveva salvata.

Stringendosi di fronte il mantello rosso, guardò Damon. "Non hai detto tre parole da quando abbiamo lasciato il club. Non sarai ancora arrabbiato?"

Damon si voltò, gli occhi stretti e lo sguardo furioso. "Braxton sta per venire a prendermi, così posso andare a recuperare la moto."

Il cuore di Ava andò a sbatterle contro il petto mentre si raddrizzava.

"Tornerai?"

L'uomo non disse nulla, ma la sua furia era palpabile e colmò la stanza fino a farla rabbrividire.

"Damon?" La voce di Ava suonava flebile alle sue stesse orecchie. Quando allungò una mano per toccare l'uomo, lui fece un passo indietro, rifuggendo il suo tocco.

Ava lasciò ricadere la mano lungo il fianco mentre il suo cuore si rompeva in mille fragili schegge. Aveva solo cercato di dare una mano. Ma facendolo, aveva infranto la promessa che aveva fatto a Damon. Lui non si fidava più di lei.

Senza emettere un suono, l'uomo percorse la moquette verde vomito. Damon si chiuse la porta alle spalle. Come se niente fosse, se n'era andato.

Ava crollò sul pavimento, incapace di muoversi, temendo che le ossa le si spezzassero come il cuore. Sbattendo le palpebre, cercò di trattenere le lacrime che minacciavano di riversarsi. Era troppo tardi. Non ce la faceva più.

Un dolore intenso le attraversò il petto e il suo cuore dolorante si lacerò, facendola cadere in ginocchio. Le lacrime le scorrevano lungo il viso mentre il dolore atroce del cuore spezzato si intensificava. Stringendosi lo stomaco, si sforzò di alzarsi dalla moquette di quel verde nauseante. Il dolore l'afferrò di nuovo e lei urlò. La nausea la travolse come un'onda mentre il suo corpo si copriva di sudore. Qualcosa era terribilmente sbagliato. Le sembrava di morire.

Dio, non era mai stata così male in vita sua.

Stringendo i denti, si costrinse ad alzarsi. Non intendeva vomitare lì per terra. Doveva raggiungere il bagno. Ciascun passo era uno sforzo di concentrazione e di volontà.

Al quarto passo le si piegarono le gambe, facendola schiantare sul pavimento.

# CAPITOLO QUATTORDICI

Damon parcheggiò la moto di fronte alla stanza d'albergo, spense il motore e scese dalla Harley. Di solito, fare un giro sulla moto lo calmava quando era di cattivo umore, ma non quella sera. Nulla gli era d'aiuto, quella sera. La rabbia ribolliva sotto la sua pelle.

Non intendeva farla passare liscia ad Ava, non importava che fossero le tre del mattino. Damon entrò nella stanza e chiuse la porta a chiave. Avrebbero avuto una conversazione su come lei fosse talmente stupida da mettersi in pericolo da sola.

L'interno dell'antiquata stanza d'albergo era buio. Damon strizzò gli occhi nella direzione del letto, ma non vide Ava. Il copriletto arancione era intonso.

"Ava?" Voltò di scatto la testa verso la porta del bagno. Lei era lì dentro: Damon sentiva il suo odore.

Fece un passo e si immobilizzò, i muscoli tesi. La luce si riversava dalla minuscola fessura sotto la porta del bagno.

Damon picchiò sulla porta. "Ava, dobbiamo parlare."

Suoni strascicati provennero da dietro la porta chiusa.

"Ava, apri subito questa maledetta porta!" La pazienza

non era una virtù a cui lui avesse mai aspirato e non avrebbe cercato di acquisirla ora.

"Come diavolo ti è venuto in mente di passeggiare nuda sul palco con tutti quei maschi? Sempre che tu stessi pensando." Tutte le volte che chiudeva gli occhi, Damon vedeva quell'uomo che metteva le mani addosso ad Ava.

"Hai idea di cosa pensassero quegli stronzi quando tu sei salita su quel palco? Hai idea?"

Nessuna risposta.

"Te lo dico io, tesoro. Stava pensando a tutti i modi in cui volevano scoparti!" Damon picchiò di nuovo sulla porta. "Sai a cosa stavo pensando io? Te ne importa qualcosa?"

Damon sbuffò. "Stavo pensando a quanti uomini avrei dovuto uccidere anche solo per averti guardata, figurarsi per averti toccata." Il suo petto si muoveva ansimante mentre lui cercava di prendere fiato.

Guardando storto la porta, Damon la colpì di nuovo.

'Fanculo. Voltandosi, si incamminò verso la porta del motel. Aveva bisogno di aria, di spazio.

La porta del bagno si aprì. Damon si voltò e lei lo colpì al petto, gettandolo a terra e inchiodandolo con le zampe. Damon trasse un respiro profondo.

Magnifico e splendido, col pelo nero come la mezzanotte, il lupo ricambiò il suo sguardo con occhi verde smeraldo.

Ava.

Finalmente si era trasformata.

La lupa guaì, ma la sua coda setosa gli batté contro la coscia mentre annusava il suo petto, dopodiché lei gli leccò il viso. Ava inclinò la testa di lato prima di sedersi sulle zampe posteriori, ancora appoggiata sullo stomaco di Damon. Guaì di nuovo, un verso quasi simile a un ululato, dopodiché gli occhi le rientrarono nella testa. Le sue ossa scricchiolarono, cambiando e allungandosi e ridisponendosi, fino a quando non fu di nuovo in forma umana.

Ancora a cavalcioni di Damon, Ava gli bloccò il petto con le mani invece che con le zampe.

"Tutto a posto?" Damon le accarezzò la guancia. "Dio, Ava. Avrei dovuto esserci." La donna doveva aver sopportato un dolore orribile. Lui deglutì a fatica. "Ti ha fatto male?"

"Sì."

Damon era fottutamente patetico. Si era lasciato sopraffare dalla rabbia e il risultato era che non era stato vicino ad Ava quando lei aveva avuto più bisogno di lui. "Mi dispiace tanto, tesoro." Damon ingoiò il groppo alla gola mentre immagini di Ava che si contorceva in preda al dolore prendevano possesso del suo cervello.

"Come ti senti?" Damon la scrutò negli occhi in cerca di tracce di dolore residuo, desideroso di migliorare le cose per lei.

Ava non disse nulla mentre si protendeva verso le sue carezze, sfregando la guancia contro il suo palmo, e le sue palpebre si chiusero.

"Ava, hai bisogno di qualcosa?"

La donna si immobilizzò e i suoi occhi si aprirono. Un sorriso lento e seducente si allargò sul suo volto.

"Sì. Ho bisogno di scopare."

* * *

IL RICORDO del primo cambiamento di forma da umana a lupina sarebbe rimasto inciso per sempre nel cervello di Ava.

Non appena si era resa conto di ciò che le stava accadendo, del fatto che si stava davvero trasformando in lupo, si era paralizzata per il terrore.

Contorcersi sul pavimento era stata una delle esperienze più spaventose della sua vita. Il dolore le aveva attraversato ogni singola vena come scosse spietate di elettricità.

Strisciando fino al bagno, si era aggrappata al pianale e si era sollevata per guardare il suo riflesso nello specchio. Aveva i capelli appiccicati al viso sudato e gli occhi febbrili cerchiati di rosso e lucidi.

Un dolore bruciante l'aveva colpita come una coltellata e lei aveva gridato mentre si accartocciava a terra e si contorceva. Tutti i muscoli del suo corpo avevano gridato mentre le sue ossa si erano allungate e piegate, i tendini che si allungavano oltre la loro forma normale. Le sue grida si erano mescolate a dei ringhi, fino a quando il dolore rabbioso che devastava il suo corpo non era finalmente cessato.

Aprendo gli occhi, aveva abbassato lo sguardo sul suo corpo, quasi timorosa del suo potenziale aspetto repellente. Ciò che aveva visto era pelliccia, folta e morbida e lucida come visone costoso. Sollevata la mano – ehm, la zampa – destra, aveva esaminato il resto del suo corpo. Non l'aveva trovato minimamente repellente. Invece, aveva avuto un aspetto snello, forte e predatorio.

Nell'istante in cui Damon era entrato nella stanza del motel, il suo odore unico l'aveva raggiunta come quello di un pasto da cinque portate per un mendicante senzatetto.

Rotolando su se stessa, era balzata in piedi con un movimento rapido e agile. Aveva sorriso; le piaceva la forza che scorreva nel suo corpo. Sollevata la testa, aveva annusato l'aria. L'odore di Damon si era mescolato con la rabbia che l'uomo non era in grado di affrontare.

*Bam, bam, bam!*

Stringendo gli occhi lupini verso la porta, lei lo aveva sentito gridare, ordinandole di uscire.

Era palese che l'uomo avrebbe voluto discutere.

Lei voleva qualcos'altro.

Aveva udito una serie di tonfi alle sue spalle. Aveva inclinato la testa, la coda che batteva ritmicamente contro il linoleum.

Damon si era allontanato di un passo dal bagno. Voleva

andare via? Ava avrebbe voluto fermarlo, ma non sapeva esattamente come aprire la porta con le zampe.

Si era sollevata sulle zampe posteriori, aveva serrato i denti attorno alla maniglia e aveva voltato la testa. La porta si era aperta di qualche centimetro. Dopo averla aperta spingendo col muso, lei aveva attraversato di corsa la soglia, appena in tempo per vedere Damon che allungava la mano verso la maniglia della porta d'ingresso.

L'espressione sul volto di Damon era stata inestimabile.

Non sapendo esattamente come avesse fatto a riassumere la forma umana, Ava si mise a cavalcioni dell'uomo e si sfregò contro il denim dei suoi jeans e la sua maglietta di cotone.

Premendo l'inguine contro quello dell'uomo, fece scorrere la propria umidità contro i jeans di lui e, a giudicare dall'odore della sua eccitazione, Damon la voleva quanto lei voleva lui.

Chinandosi, gli mordicchiò l'orecchio mentre gli leccava il collo.

"Ho detto che ho bisogno di scopare." Sfregando il naso contro il collo dell'uomo, Ava premette i seni nudi contro il petto di lui e i suoi capezzoli si indurirono contro i muscoli dell'uomo. Infilata una mano fra i loro corpi, gli accarezzò il membro prima di aprirgli con agilità la cerniera dei pantaloni e tirarglielo fuori.

Damon gemette, passando le mani attorno alla vita di Ava e avvicinandola a sé. Sorrise. Ottimo. Ora erano sulla stessa lunghezza d'onda.

Damon attirò la bocca di Ava alla sua, baciandola con un calore ustionante. Lei temette che sarebbe venuta prima di averlo dentro.

Staccandosi, afferrò i jeans dell'uomo, levandoglieli mentre lui si strappava la maglietta di dosso.

Arrampicandosi sul corpo di lui, Ava gli si mise a cavalcioni. L'uomo si contorse, facendola finire con la schiena per terra. "Non sul pavimento. Meriti di meglio che essere presa sulla moquette."

"Non mi importa della moquette, ti voglio dentro e basta." Ava si tese verso di lui, ma Damon la trattenne. La sollevò fra le braccia e la portò al letto. Ve la depose con delicatezza, apparentemente senza fretta. Lei lo attirò verso il basso, bisognosa della bocca di lui sulla sua, della pelle di lui sulla sua. L'uomo la guardò con tale intensità da farle ardere l'anima.

Damon coprì il suo corpo col proprio, toccando e accarezzando con le dita fino a quando il corpo di Ava non chiese a gran voce uno sfogo. La bocca dell'uomo trovò il suo seno ed egli le attirò il capezzolo nella bocca calda. Ava ebbe un sussulto e strinse la testa di Damon al suo petto mentre lui succhiava. Il piacere si inarcò attraverso il suo corpo, rendendola ancora più bagnata.

"Ti voglio dentro, adesso," ansimò, conficcandogli le unghie nella schiena.

L'uomo le aprì le cosce e la penetrò con un unico movimento rapido, immergendosi a fondo dentro di lei. Gemette quando le morse il collo, mandandole brividi fra le membra tremanti.

"Dio, che bello," gemette Ava. L'uomo la riempì, allargandola fino a quando lei non pensò che sarebbe esplosa del piacere.

"Ce l'hai strettissima, cazzo." Damon si tirò indietro, guardandola intensamente, i muscoli tesi nell'immobilità.

"No. Non fermarti." Lei gli agganciò le caviglie attorno alle gambe e cominciò a temperargli il membro.

Damon ringhiò mentre usciva per poi affondare profondamente dentro di lei, il suo respiro che si faceva più affannoso, il fiato caldo sulla guancia di Ava. Lei si inarcò, sollevando la schiena dal letto e stringendo Damon mentre gli affondi di lui si facevano più veloci.

Damon rivendicò la bocca di Ava mentre la sua lingua si intrecciava con quella di lei, marchiando e reclamando il suo territorio. Le loro pelli si scaldarono e scivolarono l'una contro l'altra, il sudore che si accumulava in mezzo ai loro corpi, frutto del loro frenetico amoreggiare.

Ava fremette mentre il piacere scorreva nel suo corpo.

"Vieni per me," le ordinò lui, lo sguardo fisso su di lei.

Gettando la testa all'indietro, Ava fu invasa dall'orgasmo, che le strappò un grido mentre luci bianche accecanti colmavano i margini del suo campo visivo.

Le dita dell'uomo affondarono nei suoi fianchi mentre questi accelerava gli affondi, gemendo intensamente quando il suo orgasmo si riversò in lei.

Damon le collassò addosso, un ammasso di muscoli caldi e sudati. Avvolgendo le braccia di piombo attorno alla schiena dell'uomo, Ava lo accarezzò, adorando il sapore salato di lui sulla lingua, l'odore sul suo corpo, l'alito sul collo.

L'uomo cambiò posizione e rotolò fino a quando lei giacque sopra di lui. Le sue dita callose le accarezzarono la schiena, rilassandola, mentre le palpebre di Ava si facevano pesanti.

Nessuno dei due parlò. Non ne avevano bisogno. Nell'ultima ora, avevano parlato più di quanto avessero fatto negli ultimi giorni. Nel giro di qualche minuto, il membro di Damon si risvegliò contro la coscia di Ava. Lei sorrise, gli si mise a cavalcioni e scivolò lungo la sua verga, sospirando mentre cominciava a ondeggiare contro di lui.

"Ava." Damon mormorò il suo nome come una preghiera mentre le stringeva i fianchi e stabiliva il ritmo.

Quel momento, quell'unico momento, sarebbe stato tutto ciò che lei avrebbe mai avuto con Damon. L'uomo le aveva detto che il semplice atto sessuale non era sufficiente per accoppiarsi. Ava voleva che quella notte le rimanesse impressa nella memoria, in modo da durarle per una vita.

Chiuse gli occhi contro le lacrime brucianti e seppellì il viso contro il collo dell'uomo.

Questa volta, quando venne in una ventata di calore, gridò il nome di Damon mentre le lacrime le scorrevano lungo il viso.

* * *

MENTRE CORREVA lungo la statale verso Little Rock, il petto di Damon si contrasse. Più si avvicinava al complesso e meno riusciva a respirare.

Quella mattina, quando si era svegliato, era saltato nella doccia, badando a non svegliare Ava. Avevano condiviso una splendida notte insieme, una notte piena di sudore e di contatto, carezze e amoreggiare infinito. Damon aveva trascorso sveglio la maggior parte della notte, cercando di scacciare mentalmente la luce imminente del giorno. Ma il mattino era giunto fin troppo presto e con esso la verità.

Per tutta la mattina, Ava aveva cercato di toccarlo, di baciarlo, ma lui se l'era scrollata di dosso e l'aveva respinta usando come scusa delle telefonate che doveva fare. Lei aveva cercato di baciarlo mentre si arrampicava alle sue spalle. Ma Damon aveva chinato la testa, fingendo di non essersene accorto.

Se n'era accorto eccome. Aveva cercato di mantenere le distanze da quando si era svegliato, sapendo che era meglio così. Ava era destinata a diventare la compagna di Barrett. Barrett aveva lignaggio, educazione, prestigio.

Lui non aveva niente.

Era un orfano, senza lignaggio o status.

Aveva visto la sofferenza nei begli occhi verdi di lei.

Inghiottì il dolore che gli risaliva in gola tutte le volte che lei lo guardava. Averle causato tanta sofferenza distruggeva un frammento della sua anima.

La sua mestizia peggiorò mentre oltrepassava il confine di Little Rock, avvicinandosi alla loro destinazione. Aveva oltrepassato il limite. Aveva fatto sesso – no, aveva fatto l'amore – con Ava, sapendo che lei sarebbe dovuta diventare la compagna di Barrett.

La punizione per quel crimine era la morte. Damon sapeva senza ombra di dubbio che Barrett gli avrebbe lacerato la gola per la trasgressione commessa contro il suo Capobranco.

Rallentò mentre entrava in città. Lanciò un'occhiata all'edificio del Consiglio, nel quale era scoppiata la bomba, valutando i danni. Un enorme buco nero nel punto in cui era esplosa la bomba sfregiava la facciata altrimenti immacolata della struttura.

Damon proseguì fino a quando raggiunse i quartieri, simili a un bunker, dei Guardiani. Entrò nel parcheggio.

Spento il motore, attese che Ava smontasse per prima.

"Hai intenzione di non parlarmi mai più?" Il tono della voce della donna tradiva la sofferenza che le provocava il suo silenzio.

Lui strinse i denti, costringendosi a non dire una parola. Se lo avesse fatto, avrebbe finito col pregarla di fuggire insieme, trovare un alfa che sancisse il loro accoppiamento e crearsi una nuova vita.

Invece, Damon scese dalla moto ed entrò nell'edificio.

\* \* \*

"Merda." Ava scese dalla moto e chiuse le mani a pugno mentre seguiva Damon all'interno dell'edificio, pronta a urlargli contro perché non aveva lottato per loro due.

"Ava, grazie a Dio stai bene." Il generale uscì da una stanza e la strinse in un forte abbraccio. Lei sorrise e incrociò il suo sguardo preoccupato.

"Sto bene. Grazie a Damon." Lanciò un'occhiata di sottecchi a Damon, che tacque.

"Allora ti devo la mia più sincera gratitudine per averla tenuta al sicuro." Il generale strinse la mano di Damon.

"Non mi deve nulla. La sicurezza di Ava è sempre stata la mia priorità."

Il generale strinse gli occhi e passò lo sguardo fra loro due. Ava percepì la tensione nella stanza.

"Ho parlato con Barrett." Il generale si strinse il ponte del naso e riportò lo sguardo su Ava. "Mi ha raccontato quello che hai scoperto in Louisiana, riguardo alla tua vera natura."

"Credo che ci sia dell'altro, generale." Damon fece un passo avanti.

Il generale strinse gli occhi e raddrizzò la schiena. "Non credo che siano affari tuoi, Guardiano."

"Lui si chiama Damon e ha rischiato la vita per me. Per quanto mi riguarda, sono affari suoi, eccome." La rabbia di Ava le ribolliva nelle vene, ora diretta a un bersaglio diverso. "Perché non mi hai detto chi ero?"

Il generale le rivolse un sorriso stanco. "Stavo cercando di proteggerti."

Damon le si mise accanto. "Aveva tutto il diritto di sapere."

Il generale sollevò di scatto la testa. Strinse i denti ed emise un ringhio.

"Ha ragione," disse Ava.

Il generale esalò un lungo sospiro. "Ava, tuo padre era il mio migliore amico. Dopo la morte di tua madre, rimase distrutto. Aveva perso la sua compagna e temeva che avrebbe perso anche te, se qualcuno avesse saputo del tuo sangue reale. Allora, i Branchi non erano organizzati o numerosi come sono oggi. Non potevamo rischiare di perderti."

Il generale si passò una mano sugli occhi stanchi. Ava notò che erano ancora più cerchiati di scuro rispetto all'ultima volta in cui lo aveva visto.

"Tuo padre non ti ha mai detto che eri un lupo. È per questo che sei stata cresciuta lontana dal Branco: per meglio proteggere la tua identità. Quando tuo padre si rese conto che ti stavi avvicinando alla pubertà, si procurò una droga che ti avrebbe impedito di cambiare forma."

Ava scosse la testa. "Non ho mai preso nessuna medicina. Nemmeno da bambina."

"Ma una medicina si può nascondere nel cibo. Vero, generale?" ruggì Damon.

Ava sbiancò e guardò l'uomo che per tanti anni aveva considerato alla stregua di un padre. "È vero?"

"Sì." Il generale chiuse gli occhi e scosse la testa. "Tuo padre te la metteva nel cibo. Dopo la sua morte, ho continuato a farlo io."

Ava scosse la testa. "Ma, e dopo che sono andata a vivere da sola? Non hai più avuto modo di mettermela nel cibo."

"Hai presente quel caffè che ti piace tanto, quello che ti spedisco sempre a casa?" Il generale ebbe la decenza di distogliere lo sguardo.

"Il caffè. Me l'hai messa nel caffè." Ava sbuffò e si guardò attorno. "Pensavo che avessi una specie di abbonamento e che fosse quello il motivo per cui me ne mandavi tanto."

"Probabilmente, è per questo che avevi mal di testa alla mattina. Non era l'astinenza da caffeina, ma dalla droga." Damon incrociò le braccia e strinse gli occhi all'indirizzo del generale.

Il generale fece un passo verso di lei. "Ava, non volevo farti del male."

Lei sollevò una mano e trasse un respiro profondo. "Sì, ma lo hai fatto comunque."

Il generale tacque e, per la prima volta in vita sua, Ava si rese conto che l'uomo non aveva la più pallida idea di come risolvere il problema.

"Barrett ci aspetta, Ava." La voce roca di Damon lacerò il silenzio.

Lei annuì, quindi riportò lo sguardo sull'uomo che chiamava padre. "Capisco perché lo hai fatto. Non sono d'accordo, ma capisco."

Il generale sembrava sperduto. Ava avvertì uno strattone al cuore, andò fra le sue braccia e lo cinse. Quando si staccò, mormorò: "Ho ancora un sacco di domande."

L'uomo annuì e sorrise. "Ho tutto il tempo del mondo per parlarne. Dimmi solo quando."

* * *

"Tutto a posto?" Damon si accigliò e si ficcò le mani in tasca.

"Dammi tempo."

La porta si aprì e Jayden entrò zoppicando sulle stampelle. "Damon, amico mio." Jayden zoppicò verso di lui e tese la mano. Nonostante i lividi, aveva un gran sorriso appiccicato al volto. "Lieto di constatare che siete riusciti a uscire da quel club senza incidenti."

Damon annuì e guardò la gamba di Jayden.

"Non posso dire lo stesso di te. Come va la guarigione?"

Jayden si strinse nelle spalle. "Quei bastardi mi hanno rotto la gamba con una mazza da baseball. Dovrebbe guarire completamente nel giro di un paio di giorni."

Ava spostò lo sguardo fra lui e Jayden. "È normale che le ossa guariscano così velocemente?"

"Quando sei un lupo mannaro, sì." Damon annuì. "Le ossa

e i tessuti guariscono a una velocità dieci volte superiore a quella degli esseri umani."

"Beh, se voi ragazzi siete pronti, possiamo uscire dal retro. Il Tribunale vi sta aspettando."

"Posso venire anch'io?" Ava si sfregò i palmi sui jeans.

Damon fece qualche passo avanti, quindi si voltò verso di lei. "Ma certo. Il crimine che Jenkins ha commesso è stato contro te e Haley."

"Haley è qui?" Ava guardò Jayden con gli occhi spalancati.

"Sì. È salva. Ti sarà accanto quando il Tribunale avrà inizio."

Ava trasse un sospiro di sollievo. Damon non riuscì a trattenere un sorriso. Mentre lui aveva dubitato che Haley fosse ancora viva, Ava non lo aveva mai fatto. Quella donna non perdeva mai la speranza.

"Venite, ci stanno aspettando." Jayden fece un passo, esitò, quindi tornò a guardare Ava.

"Cosa c'è?" Damon spostò lo sguardo da Jayden ad Ava.

"Non lo so." Jayden inclinò la testa mentre guardava Ava. "Hai qualcosa di diverso."

"Che vuoi dire?" Ava si passò le mani fra i capelli. "Ho i capelli in disordine?"

Jayden rimase di sasso e spalancò la bocca, ammaliato dai movimenti delle sue mani.

Damon si infuriò quando l'odore di Jayden colmò l'aria. Gli diede un colpo sul petto col dorso della mano. "Che diavolo ti è preso?"

Chiudendo gli occhi, Jayden inalò profondamente mentre si sporgeva verso Ava. "Mio Dio, che buon odore che hai."

Damon gli diede uno spintone che lo fece indietreggiare di un metro buono mentre il senso di possesso gli lacerava le viscere. "Indietro, cazzo."

Jayden, tenendosi in equilibrio sulla gamba buona, continuò a fissare Ava e i suoi occhi si velarono.

"Che diavolo è preso a Jayden?" Il fiato della donna solleticò il collo di Damon quando lei si guardò alle spalle. Il suo odore, ancora più splendidamente potente del solito, dava l'impressione che si fosse rotolata negli aghi di pino in una foresta.

Merda. Lo stomaco di Damon precipitò, cadendo con un tonfo sul pavimento. Avrebbe dovuto capire cos'era accaduto, ma era stato troppo accecato dal desiderio di lei.

Tenendo lo sguardo degli occhi stretti fisso su Jayden, che stava cercando di guardare meglio Ava, Damon parlò voltando leggermente la testa. "Ava, ieri sera, dopo che abbiamo…"

"Damon, giuro che se dici 'dopo che abbiamo scopato' ti stacco le palle."

Damon si voltò. "Volevo dire 'dopo che abbiamo fatto l'amore.'"

Un sorriso si allargò lentamente sul volto di lei. "Davvero?"

Jayden fece un passo avanti. Damon ringhiò.

"Cos'ha Jayden che non va?"

"Lui… ti desidera." Damon chiuse le mani a pugno. Jayden era più di un fratello per lui, ma quando si trattava di Ava, Damon non avrebbe esitato a fargli un occhio nero. "La regina, quando è pronta ad accoppiarsi, attira sempre i lupi."

"È questo che è successo ieri sera fra di noi? Volevi solo farlo?" Il sorriso di Ava svanì.

Damon strinse i denti. "Non era solo sesso, Ava. Lo sappiamo tutti e due."

"Non hai più aperto bocca, dopo. Pensavo che ti fossi pentito di ieri sera."

Damon si sentì come se qualcuno lo avesse colpito a tradimento. Guardò Ava. "Dici sul serio?"

Lei annuì. Jayden si avvicinò lentamente. Damon gli diede

un pugno in faccia. Jayden cadde a terra, completamente andato. Damon tornò a guardare lei.

"Ava, ieri sera è stata l'esperienza migliore della mia vita. Non avrei mai pensato di essere degno di una femmina come te. Ieri sera, ti sei data a me senza inibizioni, senza secondi fini." Damon si portò la sua mano alla bocca e le baciò le nocche. La guardò negli occhi. Sapeva cosa doveva fare. Lo aveva sempre saputo.

"Ti amo, Damon." Ava gli passò le braccia attorno alla vita, tuffando il viso nel suo petto. "Non mi interessa cosa dice quella stupida legge che vorrebbe che io mi accoppiassi con Barrett. Io non voglio Barrett. Voglio te."

La gioia, inaspettata e assoluta, gonfiò il petto di Damon fino a fargli credere che sarebbe scoppiato. Afferrata Ava attorno alla vita, Damon la strinse a sé e si impadronì della sua bocca. Il dolce sapore della donna gli fece girare la testa mentre il suo odore lo avvolgeva e penetrava nei recessi del suo cuore.

Tenendo il volto di Ava fra le mani, Damon guardò in quegli occhi di smeraldo di cui si era innamorato. "Voglio accoppiarmi con te."

"Beh, quello sarebbe un problema." La voce di Ryker riecheggiò minacciosa nella stanza.

Damon si irrigidì; tutti i peli del suo corpo si rizzarono. Ryker era il braccio destro di Barrett. Non era un segreto che lo detestasse. Per la miseria, il sentimento era reciproco.

"Stando a quanto ho sentito, sembrerebbe che tu abbia messo le mani sulla futura compagna di Barrett. Lo sai che ci sono delle regole." Ryker sogghignò, arricciando le labbra sui denti bianchi, come se stesse immaginando di sventrare personalmente Damon.

"Senti, stronzo, non sono affari tuoi." Ava si voltò di scatto, fulminando Ryker con un'occhiata al laser. Ryker si mostrò addirittura stupito da quella palese mancanza di rispetto.

Damon trattenne un sorriso.

"Io non sono nulla che appartenga a Barrett, e di sicuro non sono la sua compagna." La donna si avvicinò di un passo e ficcò il dito in faccia a Ryker, la cui espressione passò dallo stupore a una serietà mortale. "Mi accoppierò con un solo alfa e quello sarà Damon."

Ryker ringhiò e Damon spinse Ava dietro di sé. L'istinto di protezione vorticò in ogni centimetro del suo corpo mentre il lupo dentro di lui si risvegliava ruggendo, pronto a fare a pezzi il maschio.

Ryker avanzò su Damon.

"Cosa diavolo sta succedendo qui?" La voce di Barrett tuonò attraverso l'edificio mentre questi rientrava, prendendo possesso della stanza con la sua presenza.

"Non lascerò che tu l'abbia, Barrett. Questo deve essere chiaro." Damon si posizionò in modo da avere di fronte tanto Ryker quanto Barrett.

"Sì, beh, il Capobranco sono ancora io, per cui comando io," tuonò Barrett. "Ho un Tribunale da presiedere e voi due mi state trattenendo." Barrett lanciò un'occhiata micidiale a entrambi gli uomini.

"Barrett…" Damon si rivolse al suo capo, ma Ava gli si mise di fronte.

"Io mi rifiuto di accoppiarmi con chiunque non sia Damon." Ava sollevò il mento e lo guardò negli occhi. "Volevo fartelo sapere, dato che sembra che sia tu il capoccia, da queste parti."

"Capoccia?" Barrett inarcò un sopracciglio mentre rivolgeva ad Ava un'occhiata carica di incredulità.

Damon non sapeva se ridere o mettersi a urlare di fronte alla mancanza di rispetto che Ava stava mostrando nei confronti di Barrett. Invece, la prese e se la strinse al fianco.

Barrett strinse gli occhi, prima rivolto a Damon e poi ad Ava. "Sembrerebbe che la tua femmina abbiamo molto da imparare riguardo al rispetto nei confronti del suo capo."

"Senti…" Damon tappò la bocca di Ava con una mano.

Ryker fece un passo avanti. "Aspetta, hai detto che lei è la femmina di Damon?"

Il cuore di Damon mancò un paio di battiti. Aveva creduto di aver frainteso, ma se anche Ryker lo aveva sentito, allora…

"Il Capobranco sono ancora io e sono io a decidere chi si accoppia con chi," tuonò Barrett, la voce bassa e mortale.

"Hai detto tu stesso che Ava è di sangue puro e che deve accoppiarsi solo con un'altra persona il cui sangue sia altrettanto puro." Ryker guardò Damon fece una smorfia crudele. "Damon è orfano."

Barrett rivolse la propria attenzione a Damon. "Sarai anche cresciuto orfano, ma dopo aver fatto qualche indagine, ho scoperto chi erano i tuoi genitori."

La bocca di Damon si asciugò. C'era una piccola parte di lui che aveva troppa paura di aprire la porta su quella verità. Ma sapeva di non potersi tirare indietro, ormai. Non se voleva rivendicare Ava per sé.

"E?" Damon trattenne il fiato in attesa della risposta di Barrett.

"Damon, i tuoi genitori erano Jean Claude Trahan e Marie le Blanc."

Damon si accigliò. "Erano francesi?"

Barrett ridacchiò. "Non solo, erano discendenti del duca e della duchessa di Villeneuve."

"Cosa?"

"Damon, tu sei di famiglia reale." Ava strinse la presa attorno alla sua vita.

"Non capisco." L'aria abbandonò i polmoni di Damon

mentre lui fissava Barrett e cercava di capire ciò che aveva appena detto il suo Capobranco.

"Significa che la tua linea di sangue è pura quanto la mia e quella di Ava." Barrett sorrise a trentadue denti.

"Come ho fatto a rimanere orfano?"

"Tuo zio, che era il tuo unico parente ancora in vita, morì all'improvviso. Non sembravano esserci altri parenti, per cui le suore ti accolsero nell'orfanotrofio."

Un milione di pensieri invasero la mente di Damon. "Sono di sangue reale."

"È così."

Un unico pensiero attraversò la mente di Damon. Incrociò lo sguardo di Barrett. "In quanto membro di una famiglia reale, esercito il mio diritto di rivendicare Ava come mia compagna da questo momento in poi, senza che nulla tranne la morte ci separi."

"Sei sicuro che Ava sia d'accordo?" Barrett spostò un'occhiata divertita su Ava. "Le donne possono essere molto incostanti."

"Scelgo Damon come mio compagno. Non desidero nessun altro." Ava si accoccolò ancora più strettamente contro il petto di Damon e lui non riuscì a trattenere il sorriso che gli si allargò sul viso e nel cuore.

"E così sia." Barrett impose le mani sulla testa di Damon e su quella di Ava. Una sensazione di calore attraversò in un lampo il corpo di Damon. Lanciò un'occhiata ad Ava e si rese conto che anche lei aveva provato la stessa sensazione.

La donna sollevò su di lui uno sguardo colmo di amore e di stupore. "È fatta? Siamo accoppiati?"

Damon sorrise. "È fatta. Sei la mia compagna, ora."

"Per quanto riguarda lo status di regina di Ava, dovremo vedere cosa dice il Consiglio. Potrebbe volerci del tempo per capire se questo cambierà il Branco e le sue regole. Una cosa del genere non accadeva da tempo. Fino ad allora, vi suggerisco di approfittare di questo periodo per andare in luna di miele. Quando sei al comando, la vita non ti appartiene più." Barrett lanciò un'occhiata a Jayden, che giaceva sul pavimento, prima di voltarsi verso la porta. "Qualcuno trascini Jayden al Tribunale, così la facciamo finita. Gli Hogs giocano contro la LSU questa sera."

# CAPITOLO QUINDICI

Il Tribunale fu completamente diverso da come Ava se lo aspettava. I lupi mannari Guardiani, grossomodo una cinquantina, formarono un cerchio attorno all'accusato, David Jenkins. All'inizio, Jenkins rifiutò di parlare, ma nell'istante in cui vide Damon incamminarsi verso di lui, cominciò a vuotare il sacco.

Disse loro che era stato pagato per cercare le femmine più pure e rapirle. Per loro fortuna, era riuscito a trovare soltanto Ava e Haley. L'intento dei lupi rossi era stato chiaro fin dal principio: rimpolpare le loro fila agli sgoccioli, in modo che facessero ancora una volta la guerra ai lupi grigi che ora controllavano l'intero Nord America. Jenkins sosteneva di non sapere nulla della provenienza del siero che costringeva le femmine ad andare in calore.

Ava intravide Haley mentre la facevano entrare. Era bella come nella foto, coi capelli biondi e gli occhi azzurri arrossati dal pianto. Tremò mentre fronteggiava Jenkins, palesemente turbata dal fatto di trovarsi nella stessa stanza col suo rapitore. Il cuore di Ava piangeva per la ragazza.

"David Jenkins, sei stato ritenuto colpevole del gravissimo reato di aver rapito due femmine. Come ben sai, la pena per questo crimine è la morte."

"Vaffanculo, grigio," ruggì Jenkins.

Barrett ringhiò, prese Jenkins per la gola e lo scagliò contro il muro. Jenkins scivolò sul pavimento e lì rimase.

"In quanto Capobranco dello Stato dell'Arkansas, permetterò che la tua sentenza sia eseguita da uno dei membri del mio Branco. Per quanto mi piacerebbe porre fine io stesso alla tua vita, lascerò che sia lui a mettere in atto l'esecuzione. Damon Trahan è accoppiato con Ava Renfroe, una delle femmine che hai rapito, e a lui spetta l'onore di uccidere il tuo disgraziato culo." Barrett si rivolse alla folla. "Che tutti si allontanino fino al termine dell'esecuzione."

* * *

DAMON ATTESE che la porta di ferro si chiudesse sbattendo prima di fronteggiare il lupo rosso. Il suo corpo vibrava dalla sete di sangue e nelle sue vene scorreva violento il bisogno di fare a pezzetti minuscoli il corpo di Jenkins.

Jenkins ringhiò, arricciando le labbra sui denti gialli. "Avrei creato un esercito di lupi rossi con quella troia e tu hai rovinato tutto."

Damon ringhiò. "Ava è la mia regina e la mia compagna. Pagherai col sangue per quello che hai fatto." Si tolse la maglietta e si levò gli stivali con un calcio.

L'occhio di Jenkins ebbe un guizzo e lui fece un passo indietro.

"Puoi cambiare forma o rimanere umano. In entrambi i casi, io ti ucciderò." Damon si tolse i jeans e rimase nudo di fronte al lupo rosso. Non intendeva attendere oltre per vendicarsi.

Il suo lato lupino prese il sopravvento, cambiando la sua forma da quella umana a quella della belva interiore. Le sue ossa si allungarono, i muscoli si stirarono, mentre il pelo sul suo corpo cambiava. Aprì gli occhi e fissò la sua preda.

Jenkins assunse forma lupina e spiccò un balzo. Ma Damon era più veloce e molto più grosso e lo bloccò a terra con un'enorme zampa. Damon fissò gli occhi del lupo, colmi di orrore per la consapevolezza che la sua vita stava per terminare. Inclinando la testa all'indietro, Damon ruggì la sua rabbia e serrò le mascelle sulla gola del lupo.

\* \* \*

DAMON SI VESTÌ e cercò di pulirsi meglio che poteva dal sangue prima di lasciare la stanza. Ava non avrebbe capito ciò che lui era stato costretto a fare e lui non voleva spaventarla.

Ava lo attendeva nella stanza accanto.

Attraversando la stanza, Damon si diresse subito verso di lei. La sollevò da terra e lei gli passò le gambe attorno alla vita, attirandolo in un bacio, ignorando le esclamazioni degli altri maschi.

Damon si staccò e guardò il viso radioso di Ava. "Mi sa che dobbiamo cominciare a cercare un posto dove vivere." Le mise una mano sulla guancia. "Mi dispiace per casa tua."

Ava scosse la testa. "Non serve. Non mi importa dove vivo, purché tu sia con me."

"Prometto di amarti sempre e di proteggerti a costo della vita." Damon premette la fronte contro quella di lei.

"Prometto di amarti e onorarti come tua compagna." Ava accentuò la presa delle braccia attorno al suo collo.

"Questo significa che sei mia, Ava." Damon non aveva mai amato nessuno quanto amava la sua Ava.

"Sono sempre stata tua, Damon."

Lui la baciò a lungo e profondamente. Quando ruppe il bacio, la donna incrociò il suo sguardo.

"E questo significa anche che sto sopra io." Ava inarcò un sopracciglio e si sfregò contro di lui.

"Tu dici?" Lentamente, le labbra di Damon si curvarono in un sorriso.

"Sì." Ava gli sfregò il naso contro il collo.

"Che ne dici se troviamo una stanza e risolviamo la questione?"

"Mi sembra un'ottima idea." Ava risalì a baci fino alla sua bocca. "Spero che tu ti renda conto che mi appartieni, ora."

"Non desidero altro." Damon le afferrò il sedere e la strinse a sé.

"Ottimo. Perché non ti libererai mai di me, Damon Trahan."

"Non potrei esserne più felice, tesoro." Il cuore di Damon si gonfiò mentre lui cominciava a pensare a un futuro con la sua Ava. L'avrebbe accettata in qualunque modo possibile, rabbiosa o felice, irritabile o lunatica. Diamine, le avrebbe persino permesso di stare sopra, se era ciò che lei voleva davvero.

"Tu sei la mia vita, Ava. D'ora in avanti, non sarò mai senza uno scopo nella vita." Le mordicchiò il collo. "Ora, perché non seguiamo il consiglio di Barrett e cominciamo la luna di miele?"

Fine

*Foto di Adi V Photographee*

*J*odi Vaughn è autrice di bestseller per *USA Today* e ha scritto oltre venticinque libri. Le piace scrivere personaggi femminili forti, che trovano sempre il lieto fine. Quando non è in viaggio e non scrive al suo portatile, la si può trovare mentre si gode una tazza di tè (o un bicchiere di vino molto abbondante) nella sua casa nel nordest dell'Arkansas. Vive a Jonesboro, con il suo affascinante marito e il suo brillante figlio, tre cani e due cigni molto volubili che girano per il vicinato in cerca di pascoli più verdi.

Iscrivetevi alla sua newsletter *(in lingua inglese, ndt)* a jodivaughn.com per non perdervi le sue ultime uscite!